Staread
星文文化

「狐狸灯真可爱。」晏公子也是。

第六章 入幻梦	277
第七章 寻花香	345
第八章 修罗场	429
第九章 契约结	473

目录

第一章 初相识 001

第二章 任平生 069

第三章 小阳峰 131

第四章 踏雪行 195

第五章 再相逢 227

第一章 初相识

寂然午夜，残月当空。

暗渊之下浓雾四涌，魑魅魍魉百鬼夜行。

此地阴气浓郁，少有外人踏足，此时此刻，却孑然立着一人的影子。

那是个十七八岁的少女，被雾气遮掩了相貌，只能辨出模糊轮廓，以及一身狼狈不堪的染血红衣。

人族血肉乃是妖魔眼中的无上佳肴，无数妖鬼追寻血气而来，蠢蠢欲动。

少女立于其中，许是体力不支，身形一晃。

谢星摇觉得很离谱。

她在回家的路上出了车祸，本以为就此完蛋，没想到再睁眼时，居然见到这种群魔乱舞的景象。

——她非但没死，脑海中还多出一段陌生的记忆，细细想来，剧情与曾经看过的一本小说完全相符。

小说名为《天途》，讲述仙门圣骨在五百年前的大战中遗落各地，几个年轻弟子为搜集仙骨，四处历练的故事。

既然是历练，就免不了遇见形形色色的人和千奇百怪的副本，可巧，第一个副本里的倒霉女配也叫"谢星摇"。

修真界有白、宋、秦、西门四大捉妖家族，在第一个副本中，白氏继承人"白妙言"天赋异禀，却与一只狐妖坠入爱河。

狐妖名作江承宇，她教他术法、予他钱财，在与他成婚的那天，江承宇竟拔剑而出，血洗了白家府邸。

原来江承宇接近她，只为复仇。

多年前山中妖魔杀人无数，百姓苦不堪言，白氏将恶妖剿灭大半，其中使包括江承宇的生父。

长剑没入妻子胸口的那一刻，江承宇后悔了。

他心痛，他流泪，他一夜白了头，他的双手颤抖如癫痫发作，把气息全无的新娘拥入怀中，小心翼翼，眼尾泛红。

为使白妙言复活，江承宇将妻子的魂魄封存于遗体之中，经过数日辗转，终于寻到一线生机——

至纯至善的仙门法术。

他身为恶妖，无法踏入仙山，只能寄希望于下山历练的弟子。

而这个被他盯上的倒霉蛋，就叫"谢星摇"。

念及此处，谢星摇暗叹一声。

那姑娘年纪轻轻，对江承宇一见钟情，不但教给他凝魂固魄的术法，还不顾危险陪他来到暗渊之中，采摘完成术法必需的灵草。

暗渊危机四伏，二人身受重伤。眼见九死一生，江承宇把"谢星摇"当作诱饵吸引注意，趁着群魔不备，自行离开了此地。

倒大霉。

谢星摇勉强动动食指，只觉阵阵抽痛。

这具身体几乎耗尽了灵力，浑身上下鲜血淋漓，她必须死死咬紧牙关，才不至于痛呼出声。

不幸中的万幸，她不会葬身在这里。

原因有二。

其一，有人会来救她。

小说里除了相亲相爱的主角团，也有费尽心思搞事情的反派，譬如即将登场的晏寒来。

晏寒来，除了毁天灭地的终极大魔头外，他是小说里最为棘手的角色。

他修为高深，出身不明，伪装成正义之士跟随主角们一路同行，最终夺走仙骨，大开杀戒。

而他打入主角团内部的引子，便是救下了主角的同门师妹谢星摇。

至于第二个活命的理由——

妖魔嗅到血腥味，肆无忌惮地群攻而来，谢星摇勉强撑起身子。

出车祸时，她正坐在后座玩一款手机游戏。

一声连着一声的幽幽哭声里，她轻抬眉眼，在识海中望见无比熟悉的界面。

拜托……不会这么离谱吧？

浓云翻涌不休，冷冽夜风如刀。

第一只凶戾的魔物伸出利爪，径直刺向不远处的人影。

她灵力耗尽，已是强弩之末，无论如何挣扎，都只能沦为它们腹中的晚餐。

它们饥肠辘辘，迫不及待。

而在触手可及之处，少女怔愣一霎，瞬息之间，手中现出一把长长的漆黑器具。

这物件生得古怪，并无灵力，论锋利比不上刀剑，论威力不及仙法，看上去如同稚童的过家家玩具，惹人发笑。

她莫不是无路可走，自暴自弃了？

这个念头激出群魔的声声狂笑，被视为猎物的谢星摇，默默举起手中物件。

午夜暗渊里，轰然生出一道震耳欲聋的砰响。

离谱。

离天下之大谱。

她的境遇，好像和别人有那么一丁点儿不一样。

虎口被后坐力压得生疼，谢星摇恍惚低头，感受到指尖冰凉的触感。

这玩意儿叫 AK-47。

一把声名远扬的自动步枪。

而她所做的，只不过是点了点识海中的游戏界面，将它设置为游戏角色的手持装备。

子弹贯穿魔物身体，骤然散开一缕黑烟。妖魔们皆以为这姑娘毫无还手之力，见状纷纷怔住，生出几分骇然。

它们……看不清她的动作。

飞刀也好灵力也罢，全是有迹可循的招式，方才谢星摇究竟是如何击中对方的，却令它们无法参透。

电光石火，出神入化，仅凭一颗平平无奇的椭圆小球，便除魔于数丈之外。

能做到如此境界——

这女人究竟是谁？

好几只妖魔不约而同地停下脚步，更多的妖魔则是怒不可遏，一股脑往前冲。

AK-47，巨大的杀伤力无可匹敌，世上最为经典的步枪之王。

此时此刻，正被浑身染血的仙家小弟子牢牢握在手上。

谢星摇拭去嘴角的一抹血渍，努力深呼吸。

等等等等，所以她是连带游戏也一并穿来了？不合理吧，这绝对不合理吧？

她从没见过真正的枪，却对使用方法无师自通，而且……这把理应只存在于游戏里的AK，刚刚直接轰飞了离她最近的那只凶兽啊！

闻所未闻的法器所向披靡，群魔目眦欲裂。

能让诸多妖魔顷刻覆灭，所需灵力不在少数，可它们竟然感知不到一丝一毫的灵力波动……她到底是何方神圣？

前所未有的体验完完全全超出认知，谢星摇满脸问号——

她真的也不知道这是怎么一回事儿啊！扛枪修仙已经超过"开金手指"的范畴了吧！

太离谱。

她做梦都不敢玩这么大的。

要说不害怕，那当然是逞强的假话。

奈何这具身体的原主人是个仙门弟子，早就习惯了降妖伏魔，而且……

谢星摇忍住身体的剧痛，暗暗咬牙。

当妖魔一个接一个扑上前来，识海中的游戏界面相应变换，让她想起了游戏里的突围模式。

同样凶险，同样紧张，与之对应的，也有着同样的走位与攻击方式。

倘若有谁正面攻来，那便侧身闪躲；有谁进入射程，那就找准最为合适的角度，毫不犹豫，一击制胜。

四面八方的战场犹如一场浩大的全息游戏，关于如何操作、如何活命、如何杀出一条血路，谢星摇再清楚不过。

一时间火光不断，她一点点熟悉枪柄的触感，虽因失血有过片刻恍惚，动作始终没有停歇。

直到脑海里的系统振了振。

然后自识海中央，浮起一排黑体字。

"当前任务：濒临绝境，虚弱非常，向远处的人影求救，是你唯一的生路。"

来了。

谢星摇屏息仰头，于重重巨石间，瞥见一道不知何时现出的影子。

恰是这一瞬息，月光刺破绵密厚重的云朵。

最为险峻陡峭的那块石头上，少年无言颔首，任由草草束起的黑发随风上扬。上挑的凤眼沉郁狭长，没有同情，唯能瞧出一丁点儿漫不经心的戏谑。

仿佛在懒洋洋地、没什么兴致地看戏。

晏寒来。

比起中州人的长相，他的五官轮廓更深也更清晰，瞳仁幽冷，在清冷的月色下，折射出琥珀般的暗光。

这分明是上等的相貌，自少年颊边却晕开黏稠猩红的血色，藏匿在黑暗中的大半边脸好似刀锋，溢开冷戾杀气。

此人不是善茬，如今却成了她唯一的生途。

谢星摇心知肚明，因失血过多，她的意识已在逐渐模糊。无论如何，保住性命才最重要。

群魔看出她的力不从心，一拥而上。

原文段落涌现识海，谢星摇身形虚弱一晃，念出记忆里的台词："公子救——"

她开口时有意抬起左手，试图挡下来势汹汹的黑气，却也正是此刻，耳边响起再熟悉不过的提示音：

"危险察觉，即刻触发被动技能！"

被动技能，不需要主动触发，相当于身体做出的条件反射。

在《一起打敌人》里，谢星摇把所有技能点兢兢业业升到了满级。

离谱。

谢星摇面上无甚喜悲，静静凝神于识海，看向金光闪闪的技能框。

我赌你的枪里没有子弹

技能简介：说完本句台词，敌人枪中必定不会出现子弹。也可改为"我赌你的毒针已经用完""我赌你的剑已经断了"等。

弹弓射飞机

技能简介：坚毅的眼神、沉稳的双手，一颗石子射穿机身，你就是今天的神枪手！干碎他们的飞机大炮，一个敌人也不留！

以及正闪烁出暗红色光芒、硕大无比的四个字：

手撕敌人

　　技能简介：撕！只要是敌人，都可以撕！两手一抬谁也不爱，撕裂虚空，撕裂宇宙，撕裂敌人的大本营！

谢星摇：有病吧！

左手抬起，罡风乍来。

不过一个转瞬，近在咫尺的狂潮被猛然撕裂。

这是所有人都意想不到的画面。

在群魔的哀号声里，妖鬼们宛如破布一分为二，光与暗交叠又裂开，唯有人族少女的身影屹立如初，这一刻，她像个战神。

透过那条撕裂的缝隙，谢星摇遥遥望见晏寒来的脸。

轻轻挑起眉梢，少年发出一声嘲弄的低笑："……哈。"

万事万物离不开能量守恒。

譬如方才那惊天一撕，就耗尽了谢星摇的气力。当妖魔散作两半，她亦是体力不支，几近晕倒。

巨石上的晏寒来看够了戏，足下轻轻一点，稳稳当当来到她身前。

他身着黑衣，与夜色融为一体，却又因懒散安静，在肃杀的氛围中显得格格不入。

谢星摇眼睁睁地看着他背对着自己，闲庭信步地往前走了好几步。

晏寒来丝毫没有搀扶她的念头，好不容易想到身后站了个人，轻描淡写地转过头来："能走吗？"

他心思不在谢星摇身上，直到瞥见她满身血污，才意识到这是个行动不便的伤患。

麻烦。

不善与人交际的少年思忖瞬息，下一刻，左手伸到她身旁。

晏寒来身上沾了不少血渍，袖口拂过她腰侧，带来的风却是澄净凉爽。

谢星摇勉强勾唇笑了笑，权当向他表达感激，一个"谢"字还没出口，就死死卡在喉咙。

——别人对待伤患要么背要么抱，然而女配没人权，晏寒来手臂一扬，居然将她如麻袋一般重重地扛在了肩上。

硌得慌。

他救人像杀人，大概也没学过什么安慰人的手段，只低声道上一句"当心"，掌心再度凝出暗光，刺向前方的黑影。

晏寒来是个法修。

他所用的术法诡谲至极，不知源于何处。按照寻常惯例，卧底往往会佯装得平易近人、温润有礼，晏寒来却不同。

这人野惯了，不像个除魔卫道的正派修士，更似杀性毕露的豺狼，掌心暗光凝结出若有似无的繁复纹路，细细望去，每道光影都锋利如刀。

妖魔来了又散，满天乌云吞没月光。谢星摇见他划破手掌，任由血流如注，与手中的暗光交织缠绕。

凡是少年所过之处，鲁莽上前的魔物纷纷散作黑烟，而他本人，则在放血的瞬间轻扬唇角。

怪人。

说来讽刺，在这个陌生的世界里，她头一回感到安心，也是因为这位怪人。

不过那都不重要了。

残存的气力消弭无踪，谢星摇打了个哈欠，希望醒来的时候，她能不觉得这么疼。

谢星摇是被疼醒的。

不幸中的大不幸。

身上的伤口被人用绷带细心包扎过，她忍下痛意环顾四周，见到一间古意颇浓的素雅木屋。

识海里那个求救的任务没了踪迹，由另一行字取而代之：

与温泊雪会合，一并潜入江府。

温泊雪，《天途》男主人公，凌霄山赫赫有名的天才少年，也是谢星摇的同门二师兄。

在原文中，"谢星摇"惨遭江承宇背叛，恰好遇见同样下山历练的温泊雪，一番哭诉后，向二师兄告知了江氏一族狐妖的身份。

说来也巧，温泊雪之所以下山，就是为了调查这个镇子里的一桩恶妖杀人案，根据线索推断，恶妖很可能潜藏在江府之中。

于是两人一拍即合，一个为报仇雪恨，一个为查明真凶，结伴潜入了江家府邸。

谢星摇整理好思绪，竭力坐起身。

这间屋子不大，处处弥散出无形无影的药香，她躺在角落的一张床铺上，相邻的另一张床上，靠坐着晏寒来。

她伤得不轻，晏寒来的伤势也称不上好，自袖口露出的左手被绷带死死缠绕，衬得指尖惨白。

这伤虽是为她所受，目的却不单纯。

书中虽然并未写明，但根据谢星摇的分析，晏寒来之所以救她，是为了实现计划中的重要一环——

先不动声色地跟踪一名凌霄山弟子，继而在危急时刻出手相助，如此一来，便能与仙门拉近关系，混入主角团之中。

否则以他杀人不眨眼的性子，怎么可能毫不犹豫地去救一个陌生人？

"这里是……"

目光一动，谢星摇佯装茫然："多谢公子相救。"

晏寒来垂眸瞥她，似是不爱搭理，懒懒点头。

以他的人物设定，不可能对初初见面的陌生人多么热情。

谢星摇并不在意对方的冷淡，继续出声："我是凌霄山弟子谢星摇，不知公子姓甚名谁？"

这回他答得挺快："晏寒来。"

他说着顿住，似笑非笑："谢姑娘所用法器，着实有趣。"

据原著所言，此人打小沉迷于邪魔外道。

晏寒来对她本人毫无兴趣，显而易见，是动了那把枪的心思。

"区区火器，不值一提。"

谢星摇迎上他的视线，坦坦荡荡："反倒是晏公子身手过人，那样独特的术法，比任何法器都更有趣味。"

晏寒来的招式来路不明，称不上正派。她把话题全扔回去，被质问的人变成了对方。

黑衣少年凤目微抬，嘴角虽噙着笑，目光却是郁郁沉沉。

他生性敏感，指不定在思忖着如何抹她脖子。

奈何小魔头虽嗜杀成性，却绝不可能向凌霄山弟子下手——

一旦因此暴露身份，他非但拿不到仙骨，还要落得一个通缉的名头，得不偿失。

如谢星摇所料，对方只回她一个冷漠的笑。

"区区小技，不足挂齿。"

晏寒来学她的语气，多出点儿戏谑之意："反倒是谢姑娘只身一人闯入暗渊……身为仙门弟子，莫非不知那是送死的禁区吗？"

话茬又被抛了回来。

谢星摇不落下风："降妖除魔的事，哪能叫送死？再说，晏公子不也在那儿？"

言外之意，你同样别有用心。

"除魔——？"

这二字被他说得讥诮："若是这般，谢姑娘不愧为少年豪杰，年纪轻轻便有赈济苍生之愿，在下佩服。"

笑面虎。

在《天途》全文里，他自始至终对仙门成见颇深，连带谢星摇这个小弟子一并遭殃。

此人居心不良，谢星摇不想多做纠缠，闻言笑笑：

"晏公子不顾自身安危，救我于危难之间。我见多了虚与委蛇、口蜜腹剑之人，公子可要比他们好上十倍百倍。"

空气里无形的弦将断未断，两人同时抬眼，笑得礼貌。

谢星摇笑意未退，忽听身侧传来木门打开的吱呀响，扭头一望，看到一个手捧瓷碗的中年男人。

这位应当是医馆里的大夫，瓷碗之中盛了刚刚熬好的药，就算隔着很远，也能闻到一股令人不甚愉悦的苦味。

她从小到大不喜吃药，不经意往前一看，晏寒来竟也微微蹙了眉。

不会吧。

之前他被妖魔伤得血肉模糊，从来没抱怨过一句，现如今……因为一碗药就皱了眉头？

晏寒来，他不会怕苦吧？

"二位都醒了。"

眉目清秀的中年男人上前几步:"这是为小郎君熬的药。他被魔气渗透五脏六腑,又失血太多,急需调养生息。"

所以这药与她无关。

谢星摇长出一口气。

另一边,晏寒来面无表情地接下瓷碗。

他虽习惯了受伤生病,却始终尝不得苦味,每当身有不适,往往会从山间直接摘得药草,再囫囵吞入腹中。

煎煮后的药物没了植物清香,散出难忍苦臭。心下觉察出什么,少年侧目一瞥,更生烦闷。

谢星摇双眼晶亮,毫不掩饰眼底看好戏的浅笑,此刻同他四目相对,飞快将唇角抿成直线形状。

大夫不知二人关系,谆谆教导:"年轻人莫要害怕吃苦,吃得苦中苦,方为人上人。小郎君,你身边可还有一位姑娘,别在她面前丢面子。"

晏寒来:好烦。

晏寒来在原著里拽天拽地,哪曾有过如此狼狈的时候。谢星摇看得新奇,"扑哧"笑出声:

"正是如此。晏公子,俗话说得好,天将降大任于斯人也,必先苦其心志,劳其筋骨。努力,坚强,相信你可以……"

她话没说完,晏寒来陡然抬手,将碗中汤药一饮而尽。

旋即被呛到似的皱起眉头。

他当真怕苦。

谢星摇幸灾乐祸,想起不久前与他的针锋相对,唇角一勾:"晏公子厉害!"

只可惜没嘚瑟一会儿,整个人就迟疑愣住。

——有小童煎药回来,手中捧着硕大瓷碗,径直到她床边。

谢星摇笑容消失,快乐不起来了。

谢星摇:"我……我的?"

"姑娘灵力全无,身上又受了太多的伤。"

大夫笑:"虽然都是些皮外伤,但若想痊愈,总不可能不吃药吧。"

天道好轮回,苍天饶过谁。

谢星摇接下汤药,看一看浮动着的不明黑糊糊,又望一望不远处的晏寒来。

对方已恢复脸色，正懒洋洋靠坐在床头，显然是等着看笑话。

谢星摇：可恶。

室内沉寂半晌，好一会儿，终于传来轻微响动。

晏寒来默不作声，看着隔壁床上的姑娘把自己缩成一团，背对着他举起瓷碗。

饮下第一口药汤，床上的圆团整个颤了一下。

晏寒来自认不是好人，见她如此，神色恹恹地扬了扬唇边。

然而很快，少年的眼睫轻轻一颤。

他修习术法多年，对于周身的灵力波动十足敏感，自谢星摇饮下汤药起，空气里便生出些许震动。

等探明那道术法的气息，晏寒来眉心微蹙。

疾行咒。

她竟是给药下了疾行咒，使得药水在喉咙里飞速下坠，不留半点停滞的时机。

……这是常人能想出来的办法吗？

与此同时，床上的人影轰然起身，他感受到另一股灵力波动。

除尘诀，用来扫清口腔中残留的药渣与苦味。

仙门咒语还真是被她给玩明白了。

……但仙家咒法是这样用的吗？

与他的迟疑与困惑完全相反，一碗汤药见底，谢星摇深吸口气，掩饰不住欢喜得意。

居然喝完了。

她讨厌喝药，有生以来头一回解决得如此迅速，连自己也觉得愕然。

想来修真界实在神奇，在遥不可及的二十一世纪，这些法诀无异于天方夜谭，此时此刻，却能被她轻而易举施展而出。

谢星摇整理好思绪，尝试调动指尖的灵力。

身为仙门弟子，她的气息澄澈干净，剔透似水滴。

昨夜的那场恶战消耗了绝大多数气力，如今灵力所剩不多，当她凝神，只在指尖凝出一缕浅白色薄光。

无影无形，虚无缥缈，却又实际存在。

这就是修真界中最为重要的能量。

原主的记忆残留不多，万幸记得不少仙门咒法。

待她伤势痊愈，定要好好练习，否则仅凭几支枪几把刀，在修真界绝无立足之地。

心中打定主意，谢星摇正要躺下歇息，忽听耳边一道窸窣响。

有脚步声。

虽然看不见门外的人是谁，她却已能猜出对方身份——

一场轰轰烈烈的戏，哪能少了最重要的主人公。

"谢姑娘！"

木门被"吱呀"打开，大夫踏步上前："你师兄放心不下，来此寻你了。"

他走在前头，携来一股子清新药香。

身后跟着的那人身量高出许多，雪白衣袂轻拂而来，宛如清风。

正是《天途》全书的主角，温泊雪。

谢星摇凝神抬眸，白衣青年亦是颔首，芝兰玉树，萧萧肃肃："师妹。"

谢星摇觉得，她运气其实还不错。

先是在九死一生的暗渊得了搭救，而今境遇尴尬，又遇上一个同门师兄。

仙门之中供奉有每位弟子的魂灯，魂灯不灭，则魂魄不散；倘若灯中火苗忽明忽暗，即是生命垂危。

据师兄说，她的魂灯在昨夜几乎全灭，守灯人连夜传讯，让附近的弟子速速相救。

"在下名作温泊雪，与谢师妹同为意水真人弟子，听闻师妹身处险境，特意前来相助。"

青年神色温润，对上晏寒来视线："可巧，一经打听，便得知今早有个姑娘被扛进了医馆。"

扛进……

谢星摇眉心轻跳，暗暗端详身前的一袭白衣。

温泊雪，高冷俊逸，霁月光风。

他与原主同出一门，在门派乃是旧识。修真界妖魔频出，夺舍附身不算罕见，倘若在故人面前露出马脚，被识破她并非真正的"谢星摇"，只怕会吃不了兜着走。

原文里对原主的描述……是什么来着？

娇弱可人，马虎莽撞，因是师门里年纪最小的师妹，被宠得无法无天。

"听大夫说，二位都伤得很重。"

温泊雪不愧为高岭之花，表情始终没有太大起伏："听说晏公子为救师妹，体内涌入不少魔气,还需静心调养。师妹,你可有大碍?"

谢星摇礼貌笑笑,心中暗忖着应对之法:"我没事,师兄不必担心。"

"晏公子魔气入体,寻常郎中没法根治,恰好本门有几位长老精于此道,不如随我们上山看看?"

温泊雪颔首低眉,嗓音如三月清泉,带出冰雪融化的冷:"公子意下如何?"

剧情对上了。

在原著里,也是温泊雪邀他前往凌霄山,本以为是行善积德,到头来却成了农夫与蛇。

晏寒来笑:"多谢。"

温泊雪点头:"你们暂且在医馆中休养几日,等外伤痊愈,再随我入凌霄山。"

一旁的大夫顺势接话:"诸位不必忧心,温道长曾为我们连喜镇除过恶兽,二位是道长好友,在下定当竭尽全力。"

他说到一半,面色凝重几分:"不过……温道长,近日镇中屡屡有人失踪,不知你可有耳闻?"

"我下凌霄山,就是为了查清此事。"

温泊雪道:"关于这件事,大夫可否详细说道说道?"

"怪事大约发生在半月之前。"

大夫轻叹口气:"最早失踪的,是郊外一个独居的裁缝。听说他夜里与人喝酒,夜半独自回家,那么大一活人,第二天就没了影子。从那以后,镇子东边的王叔、镇子北边的铁匠,就连住在我斜对门的郑家二儿子,都莫名其妙不见了踪迹。"

谢星摇静静地听,心里明亮如镜。

致使百姓失踪的罪魁祸首,乃是藏身于江府里的各路妖魔,包括江承宇。

这个修真界讲求人、妖、魔和睦共处,绝大多数妖魔循规蹈矩,当然也有例外。

江家府邸堪比一座妖窟,上至当家主人,下至丫鬟小厮,混入了不少魑魅魍魉。

食人心、饮人血,对妖魔而言,这种邪术能大大提升修为。在此之前,江承宇一直将流浪之人当作猎物,然而复生之术对灵力的需求太大,一次失控,让他对郊外那名裁缝下了手。

面黄肌瘦的流浪汉,哪能比得上这种味道。

江承宇食髓知味,行事越发肆无忌惮,不但毫无顾忌地大肆屠戮,还将更多的男男女女关入江府地牢，以备不时之需。

他早就打好了如意算盘，等复活白妙言便搬离此地，到时候死无对证，谁能奈何得了他。

谢星摇揉揉太阳穴。

她虽知晓一切的来龙去脉，却没办法直白告诉温泊雪。

"出了这档子事，所有街坊邻居都不好受。郑二他娘每日以泪洗面，他爹不去上工，四处寻人讨说法。"

大夫长叹："近日镇中人心惶惶，有诸位道长在，我便放心了。"

他说到这里，心有所念，望向身侧那面墙壁。

"还记得三年前妖兽作乱，也是温道长为我们平了祸灾。那回道长受了伤，还是在我这儿医治的——温道长，你可记得亲手赠我的这面牌匾？"

墙上挂有不少牌匾锦旗，大夫含笑所看，正是中央那块方方正正的草书竖匾。

"自然记得，这四字皆是由我亲手所写。"

温泊雪仍是清清冷冷的模样，川渟岳峙，风姿澹澹，言语间停顿稍许：

"——炒干面去。"

谢星摇正在喝水，呛得连咳三声。

她从小学习书法，对竖匾认得清清楚楚，自上而下，分明是无比正经的四个字：

"妙手回春。"

大夫一愣，继而哈哈大笑："道长真会开玩笑！'妙手回春'居然还有这种读法，有趣有趣。"

这回温泊雪停顿的时间更长，良久勾起半边嘴角："我看师妹被吓得不轻，便想以此缓解气氛。"

谢星摇笑："多谢师兄。"

话虽如此，但她总觉得不大对劲。

这个"缓解气氛"的解释，未免与温泊雪的人设相去甚远。

他自幼熟读诗书，在字画上颇有建树，加之性格严肃认真，绝不会拿书法开玩笑。

另一边，温泊雪顺理成章地接下她的道谢，眉目微舒，唇边的微笑好似冰水消融。

无人知晓，与此同时，青年玉竹般的指节重重扣在身侧。

——糟糕。

糟糕，糟糕，糟糕……这个叫谢星摇的师妹一定察觉出不对劲了！

温泊雪是昨天夜里穿来的。

他一个普普通通的演艺圈小糊咖，居然莫名其妙成了仙门二师兄。这里讲究飞檐走壁御剑飞行，牛顿来了百分百气到上吊，无论吃穿住行，都让他觉得不适应。

不过没关系，他的身份是全书主角，英俊潇洒不说，还有一身百年难得一见的天赋，按照小说经典套路，定能披荆斩棘一路高升，走上人生巅峰。

但思考一夜后，他很快意识到了危机。

修真界妖魔横行，躯壳里闯入另一个魂魄，那叫冤魂附身，是要被洒黑狗血、打入万劫不复之地的。

于是他给自己的大半张脸下了定身咒。

毕竟原著里的"温泊雪"不苟言笑，表情不多，还真别说，这定身咒一下，居然没人察觉出不对劲。

"温泊雪"的壳子里换了个魂儿，这件事绝对不能被戳穿。他把秘密深深藏在心底，要想暴露身份，除非有人一层一层剥开他的心——

但是"手"和"回"写成连笔，可不就成了"干面"吗！

"这边的行书也不错。"

这个小插曲转瞬即逝，谢星摇似乎没有过多在意，而是扬起白且细的脖颈："温师兄，你平日里最爱书法，觉得这四个字怎么样？"

温泊雪顺着她的视线抬头。

他不懂什么行书草书，只觉得古代人写字看不懂。作为高雅艺术的门外汉，他一向对书法不感兴趣，然而见到那四个字，还是忍不住睁大双眼。

这幅字……

规规矩矩的医馆里，怎会挂出如此不堪入耳的言语？

另一边的谢星摇凝视他半晌，"扑哧"笑出声："师兄，这'智巧是金'写得遒劲有力，与你不分伯仲，想必出自一位高人。"

智巧是金。

温泊雪恍然大悟，露出一个释然浅笑。

他险些忘了，古人的阅读顺序是从右往左，方才匆匆瞥去，险些看成"全是弱智"。

……等等。

胸口突突一跳，后知后觉终于意识到什么，他努力压下心中不安，沉着眸子缓缓抬头。

果不其然，谢星摇正静静盯着他，眼中笑意深了许多。

上当了。

他早该料到，这丫头根本不是中意那行书，而是看出他不懂字画而刻意使诈，只等他神色大变，自行露出马脚。

世上竟有如此阴险狡诈之人，古人实在恶毒！

"我下山数日，不知师父与师兄师姐们近况如何？"

谢星摇语气云淡风轻，笑意越来越浓。

又来，又来，又在试探。

温泊雪一颗心脏瑟瑟发抖，已经能想象自己被大卸八块——

这这这，这不像是主人公的剧本啊！

温泊雪下意识应答："师父还是老样子，我下山时，师兄师姐还特意来送行。"

这句话方一出口，他就明白大事不妙。

意水真人总共收了三个亲传弟子，谢星摇是唯一的女孩。

他们从来没有师姐。

还是在诈他。

脸上的定身咒，已经濒临崩溃。

去你的修真界，去你的走上人生巅峰。

这女人好可怕，他想回家。

他一身小马甲掉了个精光，眼看就要被拉去喝黑狗血，不知为何，谢星摇竟并未戳穿。

这个看似柔弱无害的傻白甜抿唇笑笑，仍是温声："真想尽早回凌霄山。古人有言，但愿人长久，千里共婵娟，下山虽然有趣，却远远比不上与同门相处的时日。"

这丫头……不会又在变着花样耍他吧？

不对，修真界也有《水调歌头》吗？难道这儿也有苏轼？

心头像被猫爪挠了挠，温泊雪一时怔忪，听身旁的大夫笑道："但愿人长久，千里共婵娟。这句子不错，不知出自哪位大家？"

谢星摇道:"是我家乡那边的词人苏轼。"

家乡那边,词人苏轼。

温泊雪心口重重一跳。

大夫既然爱好书法字画,怎么可能没听过苏轼大名,眼前的大夫一脸茫然,这古怪的场面,只能有一种合理解释。

苏轼并不存在于修真界,谢星摇之所以百般试探却不戳穿,正是因为……

她,是他老乡。

不会吧。

这么离谱?

两道目光于半空短暂交会,温泊雪将她眼中的笑意看得分明,一颗心提到喉咙口。

难道——

谢星摇心有所感,某个看似荒诞的念头涌上心口,让她忍不住翘起嘴角。

莫非——

温泊雪试探性张口:"苏轼我也知道,听说他精于辞赋,前些年还得了那个……诺……诺贝尔文学奖。"

谢星摇咳着笑了一下。

谢星摇:"那年竞争激烈,我有位同乡姓李名白,也得了个奖项。"

姓李名白,还是你会编。

激动的心颤抖的手,温泊雪眼眶发热,下一秒泪水就要汪汪流出。

在异世界漂泊整整一天后,他终于找到了一个看上去很靠谱的队友!

谢星摇的兴奋不比他少:"师兄连夜奔波,一定十分辛苦,不如坐下歇息片刻。"

"正是正是!"

大夫亦是笑道:"温道长天赋如此之高,我以为你定会在凌霄山闭关修行,力求突破呢。"

"修为固然重要,实战练习同样不容忽视。在平日里,师父常常这般教导我们——"

温泊雪敛眉正色,掷地有声:"五百年修仙。"

谢星摇应声点头,目光坚定:"起码得要三百年模拟。"

"居然是老乡！"

一场小小的风波尘埃落定，温泊雪既激动又紧张："你什么时候穿来的？咱们还能回去吗？对了，你看过《天途》吗？"

谢星摇点头，轻轻咳了一下。

温泊雪以同门叙旧为由，坐在她床边的木凳上，表面波澜不起，实则疯狂传音入密。

传音入密，即是二人通过神识沟通，所说话语唯有你知我知，旁人很难听见。

说来奇怪，她的这位师兄在识海里鬼哭狼嚎，面部表情居然纹丝不动，仍是一副高冷冰山的正经模样，面若白玉身如青松，一双桃花眼翩然上挑，好看得不得了。

"那个……"

谢星摇小心插话："你之前很淡定地同我说话，心理活动也这么丰富吗？"

"当然啊！"

温泊雪："我给大半张脸下了定身咒。"

好家伙。

前有她用疾行术飞快喝药，后有温泊雪用定身咒扮高冷，谁看了不说一句八仙过海各显神通。

难怪她一直觉得二师兄像座冰雕，原来不是因为性格清冷，而是很单纯地——脸僵了。

谢星摇莞尔："能想出这个法子，厉害厉害。"

温泊雪被她猝不及防一夸，耳根涌起淡淡薄红："我演技一直很差，思来想去，只能这样做了。"

演技。

这个词语在心口一晃而过，她望着身前青年，莫名觉得"温泊雪"这个名字，有那么一点点耳熟。

谢星摇恍然大悟："温泊雪……温博学！你就是拿了前年金扫帚——"

她说到一半，顾及对方颜面，识趣地住了嘴。

温泊雪苦笑："就是我，演戏从头到尾没变过表情、拿了金扫帚最烂男演员奖的那个。你呢？"

"我就是一个普通学生，倒霉出了车祸。"

谢星摇云淡风轻地跳过这个话题："你接下来打算怎么办？晏寒来这种危险角

色，带在身边不安全吧。"

他这才后知后觉："对哦，他是潜伏在我们这边的大反派！要不咱们付了药钱就溜？"

"恐怕溜不掉。"

谢星摇目光轻动："他一直觊觎仙骨，而仙骨究竟在何处，只有凌霄山知道。就算我们拒绝同行，他也一定会悄悄跟在身后。"

晏寒来没兴趣和他俩搭话，半垂长睫靠坐床边，想来是在打坐静思。

他鼻梁高、眼窝深，薄唇抿成一条直线，衬得侧脸轮廓隽秀流畅，兼有几分凌厉锐气，但又因神色静谧，在阳光下如同一只骄矜的猫。

定睛看去，耳上还有个通红如血的坠子。

只一霎，琥珀色的眸子朝她转过来。

偷看被当场抓包，谢星摇笑得面不改色，转过头来继续分析："而且你也有任务吧？任务显然在把我们往原著的方向引，晏寒来好歹是一个重要角色，按照剧情，不可能让他提前离场。"

她说着语气加深："不过……虽说有任务，但如果我们选择不接受，那会怎么样？"

"我的上一个任务，是来医馆找你。"

温泊雪应得飞快："我本想脱离原著剧情，离连喜镇越远越好，结果脑袋疼得受不了，最后差点炸掉。"

也就是说，任务是强制性的。

这就更奇怪了。

任何行为都有相应的目的，更何况是这种大费周折的经历。

谢星摇不相信世上真有月老会做慈善，辛辛苦苦扭转一次时空，只为了像爱情小说里那样制造一次浪漫邂逅。

但这背后的用意究竟是什么，是谁一手促成了他们的到来，她无论如何也想不通。

"再然后，就是连喜镇的除妖任务。"

谢星摇："你知道这件事的来龙去脉吧？"

温泊雪点头："知道！狐妖杀人挖心，用来增进修为，我和你会联手把他除掉——你认识那只狐妖，对吧？"

"嗯，江承宇嘛。"

按照原文进度，他顺利从暗渊取得仙草，今时今日，已将白妙言复活。

"江承宇伪装成商贾之子，在连喜镇中连杀数人，修为绝对不低。"

谢星摇细细回忆："我记得剧情是，江承宇成功复活白妙言，二人隔着血海深仇却又彼此相爱。我和你伪装成乐师混入府邸，查明他的真实身份后，最终将狐妖亲手除掉。"

温泊雪长叹一口气："而且在江承宇死掉之前，白妙言得知他残害无辜百姓，死活不愿和他在一起，为了让他永失所爱，当场拿剑自刎。婚礼变葬礼，有够惨烈。"

谢星摇轻嗤："那叫狗血。"

倘若她是白妙言，只恨不能把渣男捅成马蜂窝，他刺一剑，就该还他十刀。用伤害自己来报复别人，美其名曰"永失所爱"，想不明白是哪门子逻辑。

"不过——"她一顿，"江承宇的宅邸设了结界，外人没办法随意进出。在原文里，他为筹备大婚典礼，在连喜镇内广聘乐师，温泊雪擅长古琴，这才顺利进去……你会吗？"

温泊雪朝她眨眨眼，唇角往下一咧："对不起啊，我从来没学过乐器。"

精通古典乐器的人本就不多，谢星摇对这个答案并不意外，轻声笑笑："不碍事，古琴我会一些，不妨去试试。要是不能通过，还有其他办法。"

她说得温言细语，沉默不语的青年坐在一旁静静聆听，眼底隐隐泛起亮色。

像是狗狗抬起一双人畜无害的眸。

谢星摇被看得一怔："怎么了？"

温泊雪腼腆地摸摸鼻尖："我只是觉得，你好厉害。"

他不好意思地挠头："我学历不高，什么都不会，只能拖后腿……演戏的时候也是这样，全剧组都希望我好好发挥，我也想演好给大家看，结果一开拍就紧张，表情全都很丑很奇怪。"

"修真界不考演技，也没有高考。"

谢星摇笑："我有伤在身，战斗力不强，进入江府以后，就靠你应付那些妖魔了。"

温泊雪挺直脊背："嗯！"

谢星摇多是外伤，经过医馆大夫的精心诊疗，再服下温泊雪带来的仙家丹药，不过三日，伤口就好了六成。

三日之后的今天，正是江府选拔乐师的日子。

江承宇自知对不起白妙言，因在上次的大婚害了她全家，决定将此次婚礼办得恢宏盛大，用作赔礼道歉。

谢星摇想了很久，始终没弄明白前后之间的因果关系，无论这出婚礼有多出彩，那些死去的白家人难道还能从土里爬出来不成。

晏寒来伤得太重，仍需待在医馆疗养，她与温泊雪顺路买了古琴，行至江府，正值正午。

江承宇掩藏狐妖身份，靠酒庄生意积攒了不少银钱，江家府邸自有一番气派景象，入眼便是碧瓦飞甍、高墙深院。

谢星摇左右打量，听身边的温泊雪悄声道："这易容术，应该不会被发现吧？"

她安静点头。

原主和江承宇是老熟人，一旦被他认出，只能落得个被杀人灭口的下场。她和温泊雪同为法修，变出一张相貌平平的假脸不算困难。

"二位可是前来应征的乐师？"

一个小厮模样的少年守在门边，礼貌笑道："请随我来。"

偌大的江府，入门便是一条宽敞幽径，两边青树翠蔓参差披拂，绿意浓浓。

据原文所述，此地九成复刻了白妙言曾经的家，用来烘托渣男的深情。

穿过园林，可见一处立于湖中的凉亭。亭子里坐着衣衫华贵的男男女女，中央则是个秀美女子，正在弹奏箜篌。

箜篌之声轻柔如风，初时清浅微弱，好似清潭流波，继而恍若银瓶乍破，急促而澎湃地奔涌而出。

谢星摇："这是个高手。"

倘若所有乐师都是这个水平，以她半吊子的技艺，肯定没戏。

箜篌声毕，旁侧几人窃窃私语。

"的确不错，但总觉得差了那么点儿意思。"

一名中年男子双手环抱，面露纠结之色："就——不刺激不激烈，不能打动人心。"

另一个端坐着的女人点头接话："整首曲子都很好，只不过太好了，反而让我印象不深。"

这分明是在故意刁难。

"说话的男人是江府管家，原著里写过，是个被蒙在鼓里的普通人；至于那女人，是江承宇的娘亲。"

谢星摇蹙眉："白妙言刚醒，江承宇必然日日夜夜在她身边照料，没心思管这种应征乐师的闲事，所以让他娘来当评委。"

应征的要求如此苛刻，她十有八九入不得他们的眼，看来得提前想好备用方案。

女子没能被聘用，苦着脸愤愤下台，紧接着来到凉亭中央的，是一名少女琴师。

琴音缕缕，低沉哀怨，凄凄惶惶，一曲罢，在座诸位皆是面有难色。

管家摸摸山羊胡："这……弹得虽然不错，可听上去怎么像是丧曲呢？"

江母皱眉："这曲子名为《笑柳枝》，风格本是轻松明快，被你弹成这样……"

"评选也太严格了吧！"

温泊雪看得心惊胆战："你有几成胜算？"

"一成不到。"

谢星摇苦笑："台上这位姑娘，恐怕也……"

"我……遭遇那种事后，如何能弹出欢喜的曲子！"

女琴师哽咽开口，谢星摇没料到还有这样一出，茫然地眨眨眼。

"我生来就是孤儿，万幸在七岁时被师父收养，才不至于饿死。"

少女以手掩面："师父教我读书弹琴，此生最大的心愿，便是能见我登台演出……可我还没来得及去坊中应征，师父她……她便罹患重病，命不久矣！"

在座众人皆是一阵唏嘘。

"我年纪太轻，资历不足，乐坊哪会让我登台献乐。为了却师父心愿，我只能来江府试上一试。"

她说罢抬头，神色哀伤却不见泪光，只狠狠皱着一张脸，望向远处竹林中的角落："师父，对不起，是徒儿无能！"

谢星摇顺势扭头。

在竹林簌簌的阴影下，居然当真有个坐在轮椅上的中年女人，口眼歪斜面色惨白，闻言颤巍巍伸出一只手，无比虚弱地挥了挥。

……可是姐姐你脸上的面粉压根没涂匀啊！脖子比脸盘子黑了八百个度不止！

"此等情意，感天动地。"

凉亭隔得远，管家看不清其中猫腻，握紧双拳："我……我实在说不出那'淘汝'二字！"

他这样一说，身边其他人也露出悲恸的神色。江母被夹在正中，不耐烦地连连摆手："罢了罢了，你留下吧。"

谢星摇："恕我直言，这套路似曾相识。"

温泊雪目瞪口呆："这就是——修真界好声音？"

谢星摇："也可能是仙光大道。"她说罢一顿，"我知道咱们应该如何过关了。"

江府给出的薪酬很高，前来应征的乐师不少。

谢星摇踏入凉亭，已是一炷香之后。

"我看姑娘与那位小郎君一路同行，还以为二位会合奏一曲。"

温泊雪身形高挑，早就吸引了不少评委的注意，见他并未入亭，管家罕见地主动搭话。

他把山羊胡子吹得左右晃，看上去惬意又欢快，谢星摇忍不住暗暗去想，当他知晓身边的熟人全是妖魔鬼怪，究竟会露出怎样的神色。

"家兄不会奏乐，只是担心我会紧张，所以一路安慰罢了。"

谢星摇领首笑笑，将身前木琴放好。

"这琴是他今日给我买的。我们兄妹两个从小相依为命，我喜欢音律，哥哥便做苦力供我学艺。可他身体不好，如今积病成疾……若能进江府弹琴，我就有钱给哥哥治病了。"

好几人又露出同情的表情，谢星摇心下一喜。

这乐师应征分明就是一场比惨大会，只有打感情牌，才有可能进入江府。

她早早编好故事，让温泊雪在一旁做出虚弱又期许的表情，准能顺利过关。

她正要继续讲故事，不料被另一人抢了先。

"又是得病，又是家里穷，又是必须进江府？"

江母终于品出不对劲，在管家开口之前抢先道："我怎么觉着……今日全城快死的人都到这儿来了？"

这么显而易见的事，居然才反应过来吗？不对，为什么偏偏是现在反应过来啊！

她本以为这是道不用动脑子的送分题，没想到难度突然来到地狱级。

这群妖魔绝对称不上善茬，倘若发现自己受了骗，到时候定然不好收场。

必须想个合理的解释。

与此同时，江母冰冷的声线再度传来："而且你兄长……听你说起如此艰辛的往事，为何一直无动于衷、呆若木鸡呢？"

谢星摇努力支撑的笑意终于崩塌。

直到此刻，她才终于想起，自己忽略了一个最为重要的事实。

温泊雪，他是个毫无演技的纯流量小生。

二十一世纪的影视剧，流量为主，演技为辅，温泊雪虽然演得稀烂，但一张毫无瑕疵的俊脸摆在屏幕上，同样能获得不少收视率。

当然，也激起过网友铺天盖地的讨论，声称他如同一台在不同剧组打工的机器人。

总而言之，演啥啥不像，全靠一张脸在撑。

谢星摇勉强稳住心神，侧头看他一眼，呆滞、茫然、五官微微抽搐、双目无神。

救命。

真的好像刚出厂的机器人。

温泊雪传音入密，语气自责："他们好像发现了。对不起……我是不是很像刚出厂的机器人？"

……居然还很有自知之明！

因为江母一番话，亭中响起窃窃私语，刚刚同情轰然褪去，气压低得有如山崩。

一阵凉风拂过，携来池水刺骨的凉。谢星摇心口怦怦直跳，再一次看向温泊雪。

既然觉得他无动于衷、呆若木鸡……

那她就来一出以毒攻毒。

"诸位，请不要这样说。我兄长之所以这副模样，全因他——"

凉亭中央，少女黑眸柔和闪烁，刻意压低声音，不让亭外那人听到："是个盲人。"

温泊雪听不到她讲话，仍在努力扮演等待妹妹演奏的好哥哥；凉亭里的交谈之声，却因这句话悄然平息下来。

原因无它，只因太像。

那毫无焦距的双眼，那轻轻颤抖的五官，那笨拙的、木偶一般的动作……太像了。

他那么努力，又那么僵硬。

"我本不愿向各位展露曾经的伤疤，但事已至此，必须证明我兄妹二人的清白。"

谢星摇佯装悲痛，自怀中掏出一个储物袋，右手一动，握住一颗圆润的石头。

正是修真界特供奇珍，浮影石。

浮影石类似投影仪，最为神奇的一个功能，是可以映出某人识海里想象的画面。

谢星摇把心一横，凝神回想曾经看过的温泊雪表演的片段，把记忆里的人想象成他易容后的相貌。

第一幅图景，温泊雪受伤躺在大雨中，两眼凝望天空。

他浑身是血，应当痛极，可那双眼睛无悲无喜，不似受伤，更像四十五度仰望天空的摆拍。

第二幅图景，温泊雪向女主告白，惨遭无情拒绝。

他翻白眼，他龇牙咧嘴，他的五官以奇妙弧度扭曲成团，让人分不清究竟是愤怒还是急病发作，而他的眼神，仍然如此空洞。

盲中盲，大盲人。

可能还有点儿面瘫和抽风。

浮影石中的画面虽然可以伪造，但在如此短暂的时间内，绝不可能模拟出这样详尽的情景。

也即是说，他们此时此刻见到的一切，的确存在于这个小姑娘的记忆里。

满堂沉默间，管家拍案而起，大受震撼："是我们错了……怎会觉得他在演戏？如此自然的盲人，没人能演出来！"

谢星摇腹诽：真不知道温泊雪听见这句话，心中是喜是悲。

他身侧的男人亦道："是啊……这般无神涣散的眼神，绝不可能模仿。他真是条汉子，受那么重的伤，流那么多的血，居然连眉头都不皱一下！"

谢星摇暗叹：大哥你有所不知，他就是以这个片段，拿了最烂男演员奖。

江母咬牙："行行行！你们过了！快去找管家拿佣金！"

谢星摇：她还没弹琴呢太太！

进入江府后，谢星摇莫名其妙地收获了一个上蹿下跳的迷弟。

"你跟他们说了什么？当时差点儿被识破，我心脏都要跳出来了。"

温泊雪顶着一张禁欲系冰山美人脸，眼中满是崇拜好奇："结果你只凭几句话，居然就让他们打消了怀疑，好厉害！"

谢星摇想说实话，又唯恐伤了他的自尊心，只得细细斟酌一番措辞："他们觉得咱俩不够惨，我就给你多加了一个设定，说你眼睛看不太清。"

"眼睛看不太清……"温泊雪摸摸眼皮，"你放心，我不会露出马脚的！"

江府空房众多，特意给每位乐师安排了住所。

他们要来两间偏僻小屋，等领路丫鬟离开，立马商讨起之后的计划。

"江承宇吞食了不少人的血肉魂魄，实力比我们两个都强。"

谢星摇道："真正的'温泊雪'能和他四六开，你要是对上他，有多少把握？"

温泊雪空有一身修为，无论身法与经验，都停留在新手阶段。

他颇有自知之明，闻言赶忙摇头："绝对打不过。"

谢星摇点头，静静思忖接下来的剧情。

在《天途》中，为调查近来的失踪案，"温泊雪"假扮琴师，来到江府搜寻线索。

与此同时，江承宇一心想要复活的白妙言终于睁开双眼。

一边是死心塌地相爱的夫君，另一边是不可磨灭的血海深仇，她在两种情感之间苦苦挣扎，日复一日，生出庞然心魔。

和所有的经典套路一样，心魔需以爱来化解。

江承宇将二人的定情信物放入她识海，附带一个拥抱和一段深情表白，从此白妙言对他死心塌地，生死相随。

谢星摇想得入神，识海忽然"嗡嗡"一响，现出一行全新字迹。

当前任务：除灭连喜镇恶妖

对了，任务面板。

谢星摇抬眸："我来到这里之后，识海里出现了一款射击游戏，你也有吗？"

"我也有一款游戏。"温泊雪顿了顿，声音越来越小，"不过不是射击，而是……那个，《人们一败涂地》。"

谢星摇一点点睁圆眼睛。

《人们一败涂地》，探索解谜游戏，没有特异功能，没有神奇道具，最大的特点是人物走起路来歪歪扭扭、没有骨头。

简而言之，变成一团软趴趴的人形橡皮泥，连行走和跳跃都很成问题。

温泊雪低头，恢复成满面歉疚的哈士奇模样："还是很没用，对不起。"

"没没没关系！"谢星摇赶紧出言安慰，"解谜游戏多好啊！你可以攀爬、换装和……嗯……跳跃奔跑！"

因为她最后四个字，温泊雪神情更悲伤几分。

但这份低气压并未存在多久，青年很快整理好低落情绪，好奇地仰头："不过……射击游戏？你可以用枪吗？"

——他好不容易在这里遇上一个同伴，如果因为自己的情绪影响她，让她觉得为难和不开心，那未免太混账了。

"嗯。准确来说，应该是战斗游戏。"

谢星摇点头："枪只是一种武器，除此之外，我还有些战斗技能。"

她说罢拿出之前那把AK，耳边很快传来温泊雪的一声惊叹。

"至于技能，大概就是类似于'精准射击''身轻如风''极速移动'。"

谢星摇道："我灵力不多，凭借这些，应该能在对上江承宇的时候帮你些忙。"

温泊雪好奇地开口："身轻如风？真的能像风一样飞起来吗？"

几天前在暗渊里，谢星摇只来得及试了试"手撕敌人"。

战斗讲究熟稔流畅，万万不能临时抱佛脚。她心中也生出期待，点了点识海里的"身轻如风"技能框。

足下轻轻一点，好似凌波微步，谢星摇竟毫不费力地跃上了房梁。

身轻如风，果然不假。

谢星摇轻盈落地，点开识海中的游戏界面："再来试试……'极速移动'。"

极速移动，顾名思义，是一项短时间内的加速技能。

技能触发，不过几个眨眼的工夫，温泊雪便见她到了数丈之外的房屋另一角。

温泊雪由衷感慨："好厉害！"

谢星摇明白自己几斤几两，被夸得不好意思，朝他摆摆手："别别别，我们别'商业互吹'，不管武器还是技能，我都用得不太熟练。"

她说罢目光微动，落在紧闭的房门："……奇怪。"

"怎么？"

"你还记不记得，在《天途》原著里，温泊雪住进房间后，没过多久就有人敲门。"

"你是说——"温泊雪恍然大悟，"月梵！"

月梵，凌霄山神殿圣女，贯穿全文的恶毒女配，早期苦恋温泊雪而不得，后来由爱生恨，不断在温泊雪身后做手脚使绊子，只为见到他堕落的模样。

她如今还在一心一意的痴恋阶段，听闻温泊雪入住江府，本应紧随其后，很快应征而来，然而他俩留在房中讨论这么久，居然没听见丝毫响动。

以月梵的性子，怎么可能不来？

谢星摇想来想去猜不出理由，忽然听见门外一阵窸窣响动，像是不少人在叽叽喳喳。

她心觉不对，吱呀打开房门，正好撞见一个仰首张望的女人："姐姐，发生什么事了？"

"你还不知道？凉亭那边，好像来了人砸场子。"

女人堪堪说完，不远处立马有人接话："什么砸场子，分明是在发疯……听说还是凌霄山弟子！"

凌霄山弟子……月梵？

那个清冷又高傲的恶毒女配，发疯砸场子？

耳听为虚眼见为实，接话的青年乐师声称自己刚从凉亭那边过来，有幸见证了这场骚动的始终。

说罢还拿出了一颗浮影石。

"一切原本顺顺利利的，直到来了这个女人。我当时觉得她好看，想用浮影石记录一番，没想到……你们自己看吧。"

谢星摇顺势低头。

入眼是无比熟悉的景色，青枝长藤团团簇簇，倒映在碧青色的水波粼粼之中，石桥尽头的凉亭巍巍而立，檐角飞翘，雕出双龙衔珠。

此景清幽静美，然而当视线触及那道立于亭中的人影，方才惊觉一切景物都黯然失色。

女子相貌极为年轻，青丝粗略绾在脑后，只着了身毫无缀饰的白衣，偏是这般打扮，生生衬出她身形纤长、气质脱俗，泠泠如冷月照寒江，高洁不可侵。

待画面靠近，谢星摇看清了她的容貌。

柳叶眉瑞凤眼，红唇不点而朱，抿出一条浅浅弧度，肤色瓷白宛若凝脂，有金灿灿的日光洒落其上，好似明珠生晕。

大美人。

谢星摇毫不掩饰对美人姐姐的喜爱："好优雅，好漂亮。"

青年乐师神色复杂，幽幽瞧她。

与此同时，画面里的女子深鞠一躬，被微风撩起颊边碎发，侧脸柔美动人。

谢星摇眼见她垂首低眉，素手纤纤，缓缓捧起一把琵琶——以抱吉他的标准姿势。

等等。

……吉他？

管家直白发问："姑娘，琵琶是这样拿的吗？"

"有些问题不需要答案，制作人。"

月梵挑眉，红唇上扬如小钩，妖冶而瑰丽："秘密，让女人更美丽。"

"难道她也——"

浮影石中的场景太过离谱，温泊雪倒吸一口冷气："她会弹古代的曲子……不对，她会弹琵琶吗？"

"她应该不至于想不开，当众唱现代流行曲吧？虽然小说里经常写，主人公用一首《水调歌头》惊艳四座什么的……"谢星摇脑子"嗡嗡"响，"但其实古时候的唱法和流行歌完全不一样。"

温泊雪看得忐忑："你觉得那群评委会让她通过吗？我记得以前看过一本小说，主人公的做派和她差不多，表演结束以后，不但得到了全场的一致好评，还被认为是个有趣的女人。"

又一个深受小说荼毒的受害者。

谢星摇摇头："更大的可能性，是被古人认为脑子有病，当场赶出去。不过问题不大，她顶多唱一唱流行情歌，总不可能大跳街舞，把现场弄得一团糟吧。"

恰在此时，清绝矜雅的女修用力一拨琵琶弦，嗓音如山泉潺潺，淌入心扉："一，二，三——"

只一瞬，月梵熟稔撩起长发，眼中媚意横生，忽地挺直身板，双手下压。

温泊雪眼珠子都快瞪出来："街……街舞，还是——"

眼看浮影石中的人影整个向下，双腿高抬两手变换，身形如陀螺般飞转，吱溜溜转出残影。

温泊雪："托马斯全旋！"

谢星摇目露惊叹，由衷感慨："厉害，真是个好有趣的女人。"

温泊雪双手掩面，不敢往下看："可是评委好像都不这么想啊！"

在一片沉默里，从扫堂腿跳到霹雳舞的神仙姐姐被一群家丁架走了。

被架走的神仙姐姐奋力挣扎，临走时高声呼喊："别啊，再给一次机会，我还会唱'明月几时有'！"

——为什么还真有《水调歌头》！

月梵语有怒意："你们会后悔的！三十年河东三十年河西，莫欺少年穷！"

——串频道了吧你这！

温泊雪的表情很难用言语描述："她不会有事吧？"

"问……问题应该不大。"谢星摇擦擦鼻尖汗珠，"出了这种事，顶多丢人而已，难道还能说她有伤风化，觉得她脑子有问题？"

"这位兄台，"温泊雪一个头两个大，抬头望向青年乐师，"浮影石里的姑娘乃是我二人旧识，你可知她如今身在何处？"

青年惋惜低叹："这位姑娘举止古怪，不少人称她有伤风化、脑子有问题，或许已被山中野猴附身，提议送去净身驱邪。"

野猴倒也不必。

谢星摇深呼吸："这也不算太糟糕。驱邪而已，不会受苦，要是被关进大牢，那才麻烦。"

青年用力一拍大腿："嘿，神机妙算，又被你猜中了！这姑娘闻言勃然大怒，打趴了好几个试图抓住她的家丁，如今已被押入监察司的大牢里了。"

监察司大牢。

牢狱建于地下，昏暗无光。

尽头处的牢房最为阴暗，薄薄血气萦绕四周，绿色苔藓布满墙壁，显出灰蒙蒙的绿。

一片死寂里，骤然响起中气十足的女音。

"狱友，我刚唱的那首歌好不好听？在我家乡很出名的！"

女子说罢停了会儿，很快又道："狱友你怎么一直不理我？你做了什么被关在这儿？让我猜猜，不会是杀人吧！"

她身旁的犯人深呼吸，又深呼吸："我没杀过人。倘若你再烦我，那马上就有了。"

月梵："啊？为什么？"

狱友似是愤怒又似无可奈何，狠狠瞪了她一眼，双手堵住耳朵睡觉。

于是没人听她讲话了。

月梵垂头丧气地坐在草堆上，用右手托住腮帮。

她稀里糊涂地来到这儿，还成了一本小说中的恶毒女配，对男主温泊雪十年如一日地死缠烂打，就算后来黑化入魔，也心心念念要让温泊雪臣服于她。

月梵只想戳着她的额头教训她：笨蛋，天赋那么好，地位那么高，修道成仙称霸修真界不好吗？

角落里的牢房幽寂非常，浅淡火光好似一缕薄薄的纱，被黑暗吞噬大半，徒留几点转瞬即逝的亮芒。

在这种环境下，视觉模糊成黑漆漆的小团，其他感官则越发敏锐。

譬如现在，月梵听见有人朝这边走来。

从脚步判断，一共有三个人。

她心中隐隐有了猜测，抬头的刹那，果然望见两张似曾相识的脸。

原主残留的记忆告诉她，这是与自己同派的温泊雪与谢星摇。

"出来吧。"走在最前的狱卒打开牢门，"他俩保你。"

花温泊雪的钱，这种便宜不占白不占。

月梵一直不喜这位男主角的后宫设定，如今代入了原主的委屈，更是将此人视为眼中钉，踏出牢门时轻咳一声，脖子往上仰了仰。

无论什么时候，都不能丢掉风度。

对了，还有谢星摇。

这位同样是温泊雪的小迷妹，明明资质不错，后期却成了个卖萌的花瓶，在几乎所有出场的剧情里，全都"双眼发亮地看着二师兄"。

作者就把她当成 LED 灯写呗。

月梵在她家乡那旮旯是个大姐大，身边跟着不少小妹妹，秉持能帮一个是一个的原则，礼貌道了声"谢师妹"。

谢星摇眉眼弯弯："月梵师姐。"

这小姑娘生得十足漂亮，一双鹿眼漆黑如墨玉棋子，沁出淡淡的笑，鼻尖小巧，被火光映出一点粉红，看上去灵巧又娇憨。

多好一苗子，怎么就成了恋爱脑挂件呢？

月梵正色："多谢相助，二位今日所出的钱财，我定会如数偿还——谢师妹，你打算一直跟着温泊雪行动吗？"

谢星摇诚实点头，眸子里溢出蜂蜜般清甜的笑："是啊。师姐，怎么啦？"

好乖，好可爱。

在原著剧情里，现在的小师妹被恶妖蒙骗、伤心欲绝，正因温泊雪出手搭救，她才会在后来渐渐生出好感。

如果这段时间和她在一起的不是温泊雪，谢师妹是不是就能脱离备胎命运了？

月梵轻咳："你我二人皆是女子，相处起来方便许多，不如一起行动，师妹意下如何？我会做饭、唱歌、讲故事、弹吉……"

古人哪会知道吉他，她速速改口："谈及师门趣事。"

纯真可爱的小白花师妹眨眨眼，莞尔一笑。

她表现得温和又无害，月梵在那一瞬间做好了所有思想准备，无论被接受还是被拒绝，都不会觉得惊讶。

然而谢星摇说道："看师姐在江府拿琵琶的姿势，的确很会弹吉他。"

月梵："哈哈，被你看出来啦！古代乐器我哪会用啊，只能……"

等等。

月梵瞳孔地震："……嗯？啊？啥？等会儿，吉他？你怎么知道吉他？"

"我们不只知道吉他，"谢星摇笑，"师姐看过不少小说吧？"

什么情况？

莫非……

难道……

她的眼眶发热，下一秒眼泪就要汪汪流出。

月梵猛吸一口气，颤巍巍地握住谢星摇的双手："家……家人？"

近在咫尺的小姑娘点了点头。

月梵："什么'真是个有趣的女人'、什么惊艳全场水调歌头……小说害死我了呜呜呜！"

"离谱。"

月梵在江府大闹一番，身上磕磕碰碰受了点伤，从狱中离开后，随谢星摇来到医馆擦药。

他们三人都对修真界心怀好奇，在长街上一路走一路逛，顺道买了不少从未见过的糖果和小点心。

"千载难逢、万里挑一的机会，怎么成批发的了？"

月梵道："不过话说回来，能遇上老乡还真是三生有幸——你们说，除咱仨以外，会不会还有别的人遭遇同样的情况？"

"不好说。"

温泊雪狂按眉心，无数次尝试做出科学解释又无数次失败。

他们一路上交换了彼此的信息，方知月梵在二十一世纪是个小乐队吉他手，每晚在酒吧驻唱，她的真名没这么仙，叫秦月凡。

平凡的凡。

"有没有别的人，要等遇上才知道。"

谢星摇往她手臂上擦药："当务之急，是解决江承宇。"

她和温泊雪商议过，江承宇实力强劲，他们则是初来乍到的愣头青，一旦交手，极难占得上风。

"原著里的月梵没有参与这场战斗，如果我们三人联手，说不定还有胜算。"

谢星摇上药完毕，不知想起什么，眸色微沉："要么……再叫上晏寒来。"

"晏寒来？"

温泊雪一愣："你不是不怎么喜欢他吗？"

"不喜欢？"

月梵探过脑袋："他不是你的救命恩人吗？"

谢星摇毫不犹豫："他是反派角色啊。"她往口中塞了一颗糖，语调平静，"他之所以救我，一定是为了接近凌霄山弟子，提前预谋了不知道多少天，才等来这个机会。"

她心知晏寒来救了自己的命，在理性上须对他保持感激，但他的出手相救摆明了动机不纯，更何况此人心狠手辣，视人命如草芥，在后期大肆屠杀仙门中人，杀得血流成河。

从感性角度来说，谢星摇绝不会与他深交。

"有没有这种可能，他在暗渊遇见你纯属意外，直到救下你，才知道你是凌霄山的人？"温泊雪道，"你想啊，凌霄山弟子那么多，他怎么就偏偏选中了原来那个谢星摇——莫非他神机妙算，知道谢星摇会在暗渊遇险不成？"

"如果是碰巧，正常人谁会三更半夜去暗渊那种地方？他一个反派，还能冒着生命危险，只为救人不成？"月梵摇头，"如果跟他合作，岂不是与虎……与虎那个啥？"

谢星摇贴心接话："与虎谋皮。"

她堪堪说到这里，隔壁小房间的木门被倏然打开，余光所及之处，现出一道暗色青影。

温泊雪条件反射地打招呼："晏公子！"

月梵如临大敌，应声抬头。

晏寒来重伤初愈，脸上瞧不出太多血色，薄薄面皮苍白如纸，衬出唇上一抹朱红。

几缕黑发垂在颊边，发尾微蜷，疏离之余，透出点儿锐利的冷意。

妈妈说过，越好看的男人越会骗人。

"晏公子的伤如何了？"温泊雪开启做作演技，"这位是我师妹，月梵。"

晏寒来敷衍应了声"嗯"，接过大夫递来的药碗："多谢。"

他不知听到了多少对话，谢星摇百分之百可以断定，最后那句"与虎谋皮"他定然听得清晰。

她生出些许心虚，佯装镇定地对上他的眼睛："晏公子的身体可有大碍？"

无事献殷勤。

晏寒来漫不经心地觑她："有事直说。"

谢星摇被怼得一噎："我们一行人正在追查连喜镇的失踪案，有不少线索指向城中江府。"随后如实相告，"江承宇修为高深，恐怕不好对付。"

他当即明白话中深意，笑意更冷："让我帮你们？"

温泊雪弱弱道："不愿意也没关系……"

晏寒来："正是。"

谢星摇接过晏寒来话茬，继续同他对视："晏公子能在暗渊将我救下，修为定然不差。身法卓绝，杀伐果断，还有一颗路见不平拔刀相助的侠义之心，我们在连喜镇中能够信任的修士，恐怕只有你了。"

她不觉得能用这段话打动晏寒来，但她手里，有对方觊觎的筹码。

晏寒来想通过凌霄山寻找神骨，势必要与他们一行人打好关系。

眼下正是紧要关头，主动拉他入伙，相当于给了个台阶。

她赌晏寒来会答应。

下一刻，耳边响起少年微哑的嗓音："江承宇是何人，何等修为，江府在何处？"

赌赢了。

谢星摇松下握紧的拳，听温泊雪好奇道："你不知道江承宇？"

——他要是把谢星摇当作接近目标，怎会没听说过整天和她待在一起的那只狐妖？

"我昨日来的连喜镇。"晏寒来挑眉，眼中破天荒露出几分少年气的茫然，"他是什么大人物？"

温泊雪若有所思，飞快看了看谢星摇。

他将事情的来龙去脉大致讲述了一遍，晏寒来安安静静地听，末了应声："何时动手？"

温泊雪一喜："既然晏公子已能行动，不如和我们一起住去江府，静候时机。"

他们唠叨了这么一会儿，被晏寒来端在手里的那个瓷碗，估计快要凉了。

谢星摇心有所感，默默瞧他一眼。

他五官深邃，手中汤药升出细细白烟。白气上涌，好似浓墨重彩的画卷被水浸透，晕开朦胧而柔和的一丁点儿乖驯。

晏寒来也意识到这一点，淡声开口："我去房中拿些东西。"

他说完便要转身离去，温泊雪好心提醒："晏公子，不如在这里把药喝完，端着碗多不方便……晏公子！"

晏寒来走在医馆的长廊上。

这条回廊连通主厅与客房，中间隔了一处寂静小院。时值早春三月，院中野花簇簇开放，浓郁草色宛如融化的颜料，仿佛能浸透整个春天。

身上的伤口虽未痊愈，好在已能行动自如，他对疼痛习以为常，甚至百无聊赖，用力按了按腹部被撕裂的皮肉。

想到还要将手里的药喝下，晏寒来不耐烦地加重力道。

长廊右侧鸟语花香，他听见风声、鸟声、街上的吆喝声。

还有一道越来越近的脚步声。

多年练就的本能刹那间爆发，晏寒来转身，拔刀。

当小刀横上那人脖颈，他手中的汤药未洒落一滴。

看清来人模样，少年面色更冷。

"晏公子。"

谢星摇乖乖立在原地："好快的身手，厉害。"

被这把小刀架过脖子的妖魔不在少数，无一不是目露惊恐，连声求饶。

她倒好，非但没后退半步，反而朝他笑了笑。

晏寒来面不改色："谢姑娘身法轻巧，同样高超。"

谢星摇自动无视话里的讽刺，目光向下，见到那个仍盛着药的瓷碗："晏公子，这药还没喝呀？"

一看晏寒来的神态，她就知道自己没猜错。

这人怕苦，喝药前总得犹犹豫豫，之所以端着药回房，是为了不在他们面前露怯。

身为一个毁天灭地的大反派，对着苦药皱眉头的确有损自尊。

晏寒来不愿多做纠缠，正要收回小刀，却听她似笑非笑道："晏公子，喝药的时候不妨加些糖和蜂蜜，味道会好许多。"

出于幼稚的、暗暗较劲的赌气，他忽然就不想回去了。

接下来的话没来得及出口，谢星摇微微一愣。

——身前那人陡然仰头，当着她的面一口喝完汤药，许是觉得太苦，眸色更暗几分，长睫簌簌一动。

即便到了此刻，晏寒来仍不忘出言讽刺："谢姑娘不如多多关心自己，一味研究除尘诀和疾行咒，下次出事，保不准还能不能为人所救。"

谢星摇扬眉："晏公子救我于危难之中，关心你，是我应该做的。"

任谁都能听出这段话里的阴阳怪气，少年唇角勾出冷笑："谢姑娘不是不愿与虎谋皮吗？"

许是极少受到夸赞的缘故，晏寒来似乎很受不了旁人夸他。

谢星摇觉得有趣，低头看了一眼近在咫尺的刀尖冷光。

旋即是一霎的沉默。

他们立于长廊之上，一边是瓦片晕开的乌黑，另一边是浓烈而纯粹的青，两种色彩交融出截然相反的光与影，铺天盖地叫人窒息。

气氛压抑到极致，她没说话，右手一动。

这是个毫无预兆的动作，晏寒来习惯性握紧刀柄。

而谢星摇抬手，亮出一个锦囊般的粉色小袋。

袋子被撑得鼓鼓囊囊，因她的动作晃荡不休，像不停滚来滚去的圆球——

骨碌骨碌，滚到他刀尖上。

"我们不久前路过一家糖铺，进去尝了尝，味道不错。"

心尖微妙一跳，晏寒来没开口。

"若是畏苦，不妨试试这个。"

谢星摇抬头与他对视，阳光融进漆黑双眼，如有蜂蜜在悄然融化。

她说着后退一步，笑里多出一丝调侃的戏谑："就算是老虎，说不定也会喜欢。"

古怪，无法理解，阴晴不定。

红衣翩跹跃动，复而转身离开。

似是想到什么，谢星摇侧过脑袋："多谢你救我。"

……不可理喻。

直到绯红的身影消失在回廊，晏寒来这才抬起手腕，惹得那团圆球随之一动。

这把刀屠杀过无数妖邪，沾染过鲜血、欲望、憎恨与数不尽的脏污，此刻却挂着圆鼓鼓的锦囊，未染杂尘，透出干净薄粉。

一抹刀尖上的甜糖，格格不入，又恰到好处。

送出去了。

离开长廊，谢星摇暗暗松了一口气。

她仔细想过，无论晏寒来出于何种目的，都的确救了自己一命。

救人后只得来几句冷嘲热讽，未免可怜兮兮。

既然他不喜喝药，那便送上解苦的糖。

她本打算好言好语，没承想被晏寒来那样一怼，心中不服输的劲头又涌了上来。

应该……在气势上把他唬住了吧。

那股阴沉沉的压迫感仍未散去，谢星摇蹙眉，侧过视线。

长廊中脚步响起，晏寒来推门而出。

他手里没拿锦囊，不知将它放在了什么地方。

这个角色在原文中和甜糖沾不上边，瞧不出他的好恶。谢星摇心有好奇，传音入密："糖你吃了吗？是桂花味的。"

少年淡淡瞥她："我不喜甜食。"

意料之中的回答。

身为一个正儿八经的反派角色，倘若既怕苦又爱吃糖，不如去糖罐子里当个吉祥物。

谢星摇莫名有些丧气，低低应了一声"哦"。

温泊雪见他现身，同样飞快抬头。

既然还没撕破脸，晏寒来就算是他们的半个队友。他估摸着要和新队友处好关系，奈何一向嘴笨，思忖半晌左右看看，灵光乍现。

温泊雪一拍脑门："晏公子用熏香吗？身上好像有股香味！"

晏寒来脚步顿住。

与此同时，白衣青年憨厚的笑声清晰又响亮："——还是桂花味的，真好闻！"

哟嚯。

谢星摇若有所思地眯起双眼，嘴角不由自主地往上一翘。

短暂的沉寂后，红裙向前靠近一步。

晏寒来神色如常，唯独动了动脖颈，别开脸不去看她。

她似乎还认真嗅了几下。

"喂。"谢星摇身形一动，凑到他跟前，"真有香味……这么浓，你不会一下子全吃光了吧？"

晏寒来不愿搭理，听她嗤了笑继续道："味道怎么样？"

晏寒来："平平。"

"平平你还吃这么多？"她笑得更欢，"别不好意思呀，我不会笑话你的。"

这分明就是在笑话。

他好烦。

晏寒来抿唇压下上涌的热气，再一次挪开视线。

偏偏身旁的温泊雪处在状况外，睁着双狗狗眼，毫不掩饰关切之意："晏公子你觉得热吗？脸这样红，我带你出去透透气。"

谢星摇故意起哄："有吗？谁脸红了？"

老实的温泊雪老实扬声："晏公子——"

月梵从门外探进脑袋瓜："什么！我看看！"

……你们可闭嘴吧。

"我们如此这般，就成功混进江府了。"

从医馆到江府的距离挺长，在前往江府的路上，谢星摇简短叙述了一遍今日经过。她认真解释，晏寒来安安静静地听。

许是因为吃糖的事觉得别扭，当他开口，语气颇为冷淡："既要除妖，为何不直接杀了他？"

关键是打不过啊。

《仙途》是本成长型小说，温泊雪身为主人公，因为年纪不大，压根不是那些百岁老怪物的对手。

这次之所以能赢,一是因为江承宇心系白妙言,为她的复活损耗了太多灵力;二是几日后白妙言思及故人,生出心魔,大大扰乱了他的心神。

总而言之,若想胜过那只百年老狐狸,最好耐心等候原文中的时机。

"你们看,"街边嘈杂热闹,月梵倏地仰首,"那是什么?"

谢星摇循声望去:"街头说书。"

站在街角的说书先生身形清瘦,故事似乎挺有吸引力,身侧围了不少男男女女,个个面露期待。

她对天马行空的故事极感兴趣,等认真去听,不由得一怔。

"一百年前,白家本是小有名气的捉妖大族,结果就因那狐妖,满门遭难哪!稚童老妪皆被残忍杀害,当夜哭号不绝,血流成河,听闻白老爷的冤魂至今未散,在废宅里拿着他那把传家宝刀,逢人便问'你可曾见过我女儿'。"

竟是在说江承宇和白家的事。

原著花了很大笔墨描写虐恋情深,关于白家其他人后来的遭遇,谢星摇还是第一次详细听到。

小说总会有无数个不起眼的小人物,生生死死全埋在文字里头。

有人好奇地问道:"那狐妖和白小姐呢?妖孽作恶多端,难道没得到惩罚吗?"

"惩罚自然是有的。"

说书先生一拍惊堂木:"狐妖害死白小姐后,才陡然明白自己的真心,他虽是为了复仇,却一步步不可自拔地爱上了仇人之女。可斯人已逝,岂有复生之术?几十年后的某日,有人见到与狐妖长相一模一样的男人。他千方百计只为寻得凝魂之术,手中时刻抱着个小木偶,被雕成白小姐的模样。"

谢星摇心觉好笑,听身边有人不服气地低喃:"这算什么惩罚?"

她循声扭头,看了一眼月梵。

"白家人连命都没了,他呢?莫非要说他失去了'珍贵的爱情'?"月梵轻嗤,"但这么多年过去,他该吃吃该喝喝,说不定修为还'痛苦'地涨了好几倍——这样的痛苦,不如让我也尝尝。"

她话音方落,便有个十二三岁的女孩侧目过来:"可他每天过得很苦啊!狐狸那么爱白小姐,甚至因为她而选择变为男子,杀死白小姐后,一定日日夜夜被后悔折磨。"

月梵只温声笑笑:"你养过猫猫狗狗吗?"

"小时候养过一只兔子，"小姑娘隐约猜出她的用意，"它在很久以前就死了——不过兔子哪能和人相提并论？"

"养兔子的时候觉得开心，等它死掉，会难过一阵子。"

月梵道："兔子的确不等于人，但你那时对它的喜欢是真的，因它生出的开心与难过也都不假……只可惜到现在，连它的样子都快忘了吧？"

时间能冲淡许多东西。

或许江承宇的确深爱白妙言，时隔多年仍在寻找复活之法，但无法否认的是，如今的他坐拥千金，锦衣玉食，过得比绝大多数人要好。

归根结底，人是为了自己而活。

谢星摇看小说时就觉得好笑，怎会有人为了报复别人而让自己死掉，真要报仇不如去捅他一刀，毕竟死了，才是真的什么都没了。

而活下来的人，永远拥有希望。

"好像……也对哦。"小姑娘懵懂地摸摸脑袋，猛然瞪大眼睛，"那……那狐狸杀了那么多人，如今却活得好好的，岂不是天道不公！还有白小姐，白小姐的魂魄怎么办？"

她年纪小，说起话来咋咋呼呼，连毫无兴致的晏寒来都被吸引了注意力，投来不带感情色彩的目光。

按照原著结尾，白妙言会用自刎的方式，给予江承宇最后的报复。

这个结局叫人如鲠在喉，月梵迟疑顿住，瞥见身侧的红影轻轻一动。

"天道怎会不公？"谢星摇俯身，摸摸女孩毛茸茸的脑袋。

小姑娘见这个姐姐漂亮又温柔，黑眼睛里漾着蜜糖一样的浅色阳光，气焰倏地软下来，听谢星摇轻声道："我听过这个故事的后续，狐狸残害生灵，被一群修士诛杀；白小姐的魂魄得以投胎转世，真正得了自由。"

小姑娘眨眨眼："那……白家的冤魂呢？"

和许许多多来了又去的小角色一样，原著里从未提过这一茬。

谢星摇略略怔忪，很快笑笑："他们当然也得到了超度，在另一个世界与白小姐团聚啦。"

没人不爱大团圆的结局，小孩果然露出惊喜的神色。

"谢姑娘倒是心善，为她编出这种结局。"女孩欢欢喜喜离开，晏寒来似笑非笑，"不过依我看来，灭门之恨痛心蚀骨，白妙言不亲手除去江承宇，不可能有脸面下地府团聚。"

月梵摇头叹息:"不懂爱情,所以你才一直孤寡。"

虽然她也挺不懂的。

白妙言当然有恨,可江承宇这么多年来为她奔走辗转、不离不弃,她看在眼里,怎会无动于衷。

追妻火葬场,没有冲突没有狗血,没有几个为男女主爱情牺牲的炮灰,那火还烧得起来吗?

"不过,"谢星摇心下一动,"方才说书先生有一句话,狐妖为了白小姐才变成男人……这是什么意思?"

晏寒来抬眸:"他是灵狐。"

他极少主动接话,察觉到谢星摇的惊讶,漫不经心别开目光:"相传灵狐以色事人,最擅巧言令色,蛊惑献媚,甚至连男女之身,都是为了他人分化而成。"

谢星摇:"啊?"

"初生的灵狐无男无女,须得死心塌地爱上第一个人,才会定下身份。"晏寒来笑得轻蔑冷淡,"若爱上女子,那就变为男人;爱上男子,便成为女人——连男女之身都要因由旁人定下,不觉得可悲吗?"

他似乎并不喜欢这个种族。

想来也是,像晏寒来这种只关心打打杀杀的角色,与风月之情搭不着边。

谢星摇不服气:"当然不是啊!"

少年垂眸看她,瞳仁晦暗不明。

"虽然变男变女取决于心上人的性别,但喜欢上对方、真正下定决心要改变的,归根结底是他们自己吧。"她站得有些疲累,轻轻跺两下脚跟。

"不会被强迫,也不会被诱导,始终跟随自己的意愿。而且这样的感情很纯粹呀,不管那人是男是女、是纤细是强壮、是不是符合世俗的许多规矩,喜欢就是喜欢,单纯对某个人心动而已。"她被自己说服,点头下结论,"好浪漫!"

晏寒来没出声,不耐烦似的侧开脸去。

与此同时,人群中传来似曾相识的嗓音:"你……谢星摇?"

谢星摇动作一顿。

"那……那不是江承宇他娘吗?"

温泊雪倒吸一口气:"她怎么到这儿来了……我们没易容!"

易容需消耗不少灵力,他们刚从医馆出来,距离江府尚远,加上江承宇日日夜夜不出房门,一行人理所当然卸下防备,清一色顶着原本的相貌。

要是让江承宇知道谢星摇还活着,为了不被仙门报复,他定会先下手为强。

谢星摇竭力稳住神色,迎上江母目光。

妇人面带轻蔑:"承宇已快成亲,你莫非不清楚?还在镇中晃悠,莫非想来吃喜糖?"

看来她并不清楚暗渊之中的变故。

江承宇一心复活白妙言,摘得灵草后,必然立刻去了白妙言的房屋。像谢星摇这种小角色的去向,用不着大肆宣扬。

分明在不久之前,狗男人还觍着脸叫她"摇摇"。

"怎么办?"温泊雪传音入密,"她如果告诉江承宇你还活着,事情就麻烦了。"

月梵紧跟其后:"要不把她杀了?反正这一家子残害民众,不是什么好人。"

"杀了她,江承宇更会对我们追查到底。"谢星摇不动声色,"只能试试……让她自己不说出去。"

温泊雪蒙了:"让她自己?贿赂还是威胁?她不缺钱也不怕你,两种方法都行不通吧?"

他还在纳闷,身侧的谢星摇已上前一步:"江夫人。"

江母对"谢星摇"的态度很差。

原著里提到过,因为早年那场除妖,母子俩都对仙门中人深恶痛绝,不管谢星摇或白妙言,都只能得到她的冷眼相待。

偏生江承宇爱极了白妙言,后来爱屋及乌,有点儿把谢星摇当作她替身的意思,如此一来,与母亲爆发过不少矛盾。

江母极力赶她走,江承宇竭力劝她留。

这一点,或许可以试着利用。

"我自然知道大婚将至,救活白姐姐,也有我的一份功劳。"谢星摇笑道,"承宇对我十分感激,邀请我去婚礼做客——他今日还传讯告诉我,府中来了二十余名乐师,烦得很呢。"

"高手啊!"月梵小声分析,"在江夫人的认知里,谢星摇今天没进江府,绝不会知道得这么详细,只有可能是从江承宇那儿得来的消息。她此话一出,绝对能让对方深信不疑,觉得她仍和江承宇有所往来。"

温泊雪呆呆点头,晏寒来没什么表情。

江母果然着急:"他都要成亲了,你还缠着他做什么!"

"这不是还没成亲吗?"谢星摇笑笑,"夫人,我已决定要一生一世守在他身边，十年五十年，他总有愿意看我的一天。您见过我与他相处的情景，他不像对我毫无感觉，对不对？"

江母本就厌恶仙家弟子，之所以着急赶她离开，还有一个更为关键的原因。

江家母子杀害了不知多少无辜百姓，谢星摇执意留在这里，倘若某天引来仙门中人寻她回去，到那时候，连喜镇里的恶妖必将被连根拔除。

江母冷嘲热讽骂不走谢星摇，又不能杀了她引来凌霄山，威逼不行，剩下的法子恐怕就是——

妇人咬牙："十万灵石，离开我儿子。"

猜对了，利诱。

月梵："厉……厉害。居然是言情小说套路之一：男主之母甩钱劝分手？"

温泊雪："牛……牛啊。怎么突然就给钱了？我听漏了吗？"

"她没有别的办法。为了不引来更多修士，只能出此下策让我离开。"谢星摇用神识回他，"她以为我和江承宇两情相悦，想自己用钱生生拆散。只要我收下这笔钱——"

温泊雪恍然大悟："她反而会觉得心虚，觉得自己背着儿子逼走他的心上人，不可能再在江承宇面前提起你了！"

得钱又能把事瞒下去，一举两得。

他们预判了她的预判，这居然是一场心理战！

江母正是这样想的。

眼前的少女乃是仙家弟子，若是一举杀了，凌霄山定会追究到底；偏偏她又厚脸皮至极，软硬不吃赖着不走，唯一的法子，便是出钱。

不过……以此女对她儿子的痴心程度，这个办法估计也行不通。

果不其然，谢星摇的神色决然而倔强："我与承宇出生入死，情投意合，岂是这区区十万灵石能收买的？"

江母叹气。

果然如此。她儿子丰神俊逸，早就将这小姑娘迷得不轻，看来得找个别的法子才行。

下一刻，耳边传来谢星摇无比笃定的低语："得加钱。"

一旁的温泊雪咳出声来，晏寒来本是带了点看笑话的意思在围观闹剧，闻言亦是愣了愣。

江母："啥？"

谢星摇看着她，神色还是那么决然而倔强。

江母："……二十万。"

谢星摇："夫人，生死之交。"

江母："二十五万！"

谢星摇抬头四十五度仰望："几天前他还对我说，有过和我共度余生的念头。"

她做证，在白妙言还没醒来的时候，江承宇的确对原主讲过这句话。

江母咬牙："三十万！"

这套路怎一个牛字了得，温泊雪与月梵听得两眼发直。

晏寒来自始至终没说话，看她的表情从冷淡到一言难尽。

也正是此刻，江母终于想起这个不久前同谢星摇说话的年轻人："这是谁？"

"出现了！"月梵小声叭叭，难掩激动，"言情小说经典桥段之二：每当需要假借身份的危急关头，男主角一定会伪装成女主未婚夫、男朋友或追求者！"

不会吧，不会吧，莫非她要亲眼见证一场偶像剧的诞生！

温泊雪连连点头："我知道我知道，两人你来我往一推一拉，'扑哧扑哧'迸发出爱的火花——剧本都这样写。"

哇，是真人版假戏真做！

晏寒来："我是她爹。"

月梵少女心破碎，温泊雪两眼发直，纷纷痛苦闭嘴。

谢星摇只想当场敲他一个脑瓜崩。

不过，还好晏寒来没回什么"未婚夫"，她方才演得一往情深，倘若立马翻车，非出乱子不可。

但这借口……她是能为五斗米折腰的人吗？

谢星摇正色："爹！您别生气，我得到这些钱，就能治您的脑疾。我保证，虽然您脑子有病，但一定能恢复正常的。"

但江家给得实在太多了。她不会为五斗米折腰，三十万，绝对行。

再说，晏寒来也别想讨到便宜。

听见"脑疾"，江母下意识地后退几步。

虽说修真界人人驻颜有术，看上去差不多年纪，可谢星摇突然冒出来一个亲爹，她还是下意识地生了怀疑。

但转念一想，不对劲。

若想编造谎话，大可用"朋友""未婚夫"一类的通俗理由，这"爹"……

这是正常人能想出来的东西吗？

太离谱，反而像是真的了。

晏寒来勾唇：“女儿你在凌霄山修习一百五十年，如今仍未突破金丹，眼看要被辞退，还是用这些钱孝敬孝敬长老吧。”

还有个留堂一百多年的傻子。

江母默默瞧她一眼，目露嫌弃。

谢星摇笑得杀气腾腾：“这不都随爹爹嘛，爹爹三百岁了，也只初初摸到金丹门槛啊。”

傻子一家亲，江母鄙夷之色更浓。

"再者，为了区区药钱放弃心上人，为父于心不忍。"晏寒来不理会她，声调懒散，"三十万灵石，等我治好病后一颗不剩，你也失去了心心念念的爱情……那不就什么都没有了？"

言下之意，还得加钱。

江母眼角抽抽："三——十——五。"

"我听说你前些日子受了重伤？"晏寒来挑眉斜睨，"药材贵重，我们银钱拮据，只能让凌霄山的人送些过来了。"

谢星摇一秒接戏，委屈巴巴地拉他袖口："爹爹快些，我疼。"

要命的凌霄山。

江母一张银票狠狠丢过来："四十万，拿去买药看病！"

——还能这么玩儿？你们俩奥斯卡来的？

温泊雪："牛啊。"

——简直顺理成章一气呵成，要不是他知道内幕，早就信了。

谢星摇顺手接下银票，身后的温泊雪飞快出声："对了，一定要仔细看看！"

月梵深有感触，沉声解释："其一，货币必须是灵石，不是什么廉价的冥币魔晶。其二，税后四十万，不是税前。其三，一次性结清，我们不要分期付款。"

温泊雪用力点头："最好再立个法咒，证明这是她的自愿赠予行为，今后千万别去官府告我们敲诈勒索。"

身为辛辛苦苦的打工人，谁不是被合同坑过来的呢？

两人惺惺相惜地对视一眼，情谊更深几分。

他俩每说一句，江母的脸色便差上几分，不多时转身就走，很快消失了踪迹。

于是三个没见过世面的凌霄山弟子一股脑凑上前，细细端详谢星摇手里的银票。

温泊雪:"所以,真的是四十万?"

月梵:"所以,你是怎么想到这个法子的?"

谢星摇:"江夫人很不喜欢我这个角色,之前就甩过一次银票,被原主拒绝了。任何事物都要辩证看待嘛。现成的套路摆在这里,与其被困在它的框架里,倒不如——"

她一笑,露出两颗小虎牙:"反过来利用套路。"

这哪是利用套路——

这是把套路按在地上摩擦啊!

温泊雪的钦佩发自真心:"这难道就是传说中的辩证唯物主义……不愧是玩《一起打敌人》的人,这思想觉悟。"

月梵一本正经:"家人们,我把想说的话打在公屏上了。"

谢星摇闻声抬头,但见白衣女修眉目绝尘,头顶灵力汇集,用白光"噗噗噗"凝出两个大大的汉字。

——"真牛"。

谢星摇一日暴富,易容之后优哉游哉地抵达江府。

身为被聘乐师,她拥有拖家带口的权利,告知管家之后,月梵与晏寒来也能得到一间客房。

"江家的心肠这么好?"温泊雪摸摸侧脸,确保易容完好无损,"这政策,堪比扶贫啊。"

谢星摇道:"倒也不是。让更多人入住于此,是为了添一些妖魔的食物。"

不知情的乐师们还以为遇上好心人家,殊不知人心隔肚皮,自己只是送上门来的盘中餐。

她记得原文里写过,在江承宇的计划中,大婚之日便是群魔出笼之时,届时江府一片血色,无人生还。

待饕餮之宴结束,就一把火烧光这座府邸,造成妖魔突袭、江家无人幸免于难的假象,而他本人,则带着白妙言去往别处逍遥快活。

活生生一个妖中之渣。

要想抵达客房,必须穿过那条竹树环合的小道。

这地方风景不错,谢星摇张望着观景,听见身后两个小丫鬟的窃窃私语。

"看那边,是少爷和少夫人。"

"少爷真疼少夫人。听说少夫人昏迷的日子里,少爷茶不思饭不想,日日夜夜陪在她身边照看。"

不,你们少爷除了照看少夫人,还能对着别的女孩甜言蜜语,生活丰富又多彩,根本叫人意想不到。

谢星摇心下腹诽,静静抬头。

小径两旁翠竹依依,随处可见绿浪翻涌,竹影横斜。

不知怎么,她心口重重跳了一下。

立于竹下的男子锦衣玉冠,生有一副温润书生相,眉目清俊,清冷沉毅,一双狐狸眼动人心魄。

与她记忆里的相貌相符,正是江承宇。

心脏仍在不安分地跳动,谢星摇不动声色,瞟了一眼晏寒来。

他一向对旁人显不出兴趣,此刻正安静地打量竹下的男人,目光懒散,隐有认真。

倒真像是头一回见到江承宇似的。

莫非……晏寒来在暗渊遇见她,当真纯属巧合?

她的偷看明目张胆,没过片刻便被抓包,琥珀色眼瞳悠悠一转,少年对她挑衅般挑了挑眉。

谢星摇赶忙把目光移开。

白妙言初初醒来,正是神魂虚弱的时候。

她是极传统的白月光长相,面如白瓷柳如眉,双目虚虚半掩,透出琉璃一般的破碎感。

可她毕竟是除妖师的后代,周身气质高寒如雪,即便惹人怜惜,也绝不会叫人联想到娇弱的菟丝花。

此时此刻,应该正处于江承宇和白妙言二人观念的碰撞期。

江承宇失而复得,只求过往恩怨一笔勾销;白妙言与他隔着深仇大恨,却又见到江承宇这么多年来的付出,爱恨交织,若即若离。

至于这会儿,除却他们两人,角落里还站着三个陌生的男人。

其中两个家丁打扮,双双眉头紧锁;被架在中间的男人年岁已高,双目通红,不断奋力挣扎,试图挣脱家丁的束缚。

"我……我怎会欺瞒二位?我儿子那天特意告诉我们,他要来江府应征画师……他已失踪了整整七天，江公子当真从未见过他？"男人哀声开口，声音与身体皆在颤抖，"我儿子名叫郑建洲，身长七尺，浓眉大眼……"

左边的家丁面露难色："少爷，郑夫子以死要挟，非要闯进来，我们压根拦不住。"

"失踪？"白妙言似是头一回听说此事，敛眉抬首，声线温柔，"先生莫急，不妨说与我听听。"

那男人竟是个教书先生。

谢星摇将他上下打量了一番，只见到满头灰白的乱发与红肿不堪的双眼，哪里还剩下一丝半点为人师表的儒雅气派。

不知是哪个小丫鬟低声道："听说二儿子失踪后，郑夫子的娘子大病一场，他也疯疯癫癫的，真可怜。"

"可不是吗？"另一人接话，"我表姐也不见了，家中二老每天都在掉眼泪。"

白妙言身为世家传人，不厌其烦地细细询问失踪的细节；江承宇默然片刻，竟突然抬头，朝他们这边投来一道视线。

冷漠，狐疑，满含杀气。

这道目光直勾勾地撞上谢星摇，她被盯得脊背发凉，猝不及防，耳边掠过一阵凉风。

晏寒来沉默无言，高挑身形微微一动，挡在她身前。

江承宇蹙眉，转而收回视线。

失踪之事一时半会儿哪能说得清，郑先生被家丁带去客房歇息，待白妙言进一步询问。

男人的诉苦与哽咽渐渐停下，紧张气氛终于有了缓和，温泊雪长出一口气："那就是江承宇……看上去倒挺正人君子。"他说着顿住，凑近看一看谢星摇，"怎么了？"

"没事。"她压下心口怪异的悸动，遥遥望了一眼江承宇，"应该是之前受了伤，气血不太活络。"

这句话毫无底气，温泊雪满腹狐疑，却来不及追问。

当满目颓败的郑先生经过他们身旁，谢星摇上前一步，拦住了两个家丁前行的脚步。

这是原文里从未着墨的角色。

眼前这位须发皆白的老人，以及他那不知去向的儿子，他们的一生那样漫长,有那么多值得铭记的喜怒哀乐,然而到头来,也不过是鸿篇巨制里的小小一粒微尘,连一句话的描述都得不到。

当初看小说的时候,她从来只关心男女主角经历过的爱恨纠葛、阴谋阳谋,至于这些不起眼的平民百姓,全被划分在"三界苍生"这四个字里头。

凝视老人通红的双眼,她头一回如此真切地感受到,何为平凡之人的愿望。

渺小的、彷徨的、无能为力的愿望。

它们同样真实存在。

谢星摇想开口,徒劳地张了张嘴,最终只是掏出一方拭泪的手帕,放进老人布满皱褶的手中。

以他们半吊子的水平,要想对付江承宇,十有八九会以惨败收场。

于是,来到客房后,谢星摇、温泊雪与月梵声称要进行一场同门叙旧,三人一并进了房屋。

晏寒来独自一人乐得清净,去了自己房中。

月梵不满地蹙眉:"这剧情也太狗血了吧!白妙言被江承宇灭了全家,居然心甘情愿地和他在一起。看他俩的模样,居然还挺恩爱。"

谢星摇坐在她身旁:"虐恋情深嘛。现在的小说电视剧,必备三大要素:一是我爹爱你娘、我娘对你叔始乱终弃、我大舅杀了你小姨妈,总而言之就是上一辈人的恩怨情仇;二是男女主互相捅刀,死了再复活;三是一会儿被灭一会儿又被拯救的三界和天下苍生。"

温泊雪恍然大悟:"齐活了。而且江承宇是最近很火的'追妻火葬场'设定,人气不算低。"

谢星摇耸耸肩:"要想赢他,或许得开一开金手指。跟我绑定的游戏是《一起打敌人》,有些战斗技能和现代化武器,你们呢?"

温泊雪老实接话:"我是《人们一败涂地》,除开换装,好像就没什么技能了。"

"《人们一败涂地》?"月梵乐了,"就是走起路来歪歪扭扭的那个?你能像那样走路吗?换装的衣服多不多?好看吗?"

温泊雪挠头:"只要开启游戏模式,走路姿势就会变得很奇怪。至于衣服都很简单,像是潮牌短袖、马里奥背带裤、葫芦娃同款、姜饼人。"

他觉得这项技能无比鸡肋,说话时带了点习惯性的不自信,没想到话音落地,居然见到了两双亮莹莹的眼睛。

月梵颇有兴趣，笑得咧嘴："能瞬间换装吗？能吗能吗？"

谢星摇满怀期待："葫芦娃同款！可不可以变一个？"

温泊雪脸皮薄，被她们直白热烈的视线看得不好意思，迟疑片刻，低低应了声"嗯"。

下一瞬，谢星摇眼前出现了一片令人怀念的赤红。

——青年生得如雪如松，一身傲骨可比高岭之风，然而在俊美无俦的五官之下，赫然是一件粗糙的红背心。

头上还有个圆滚滚的小葫芦。

谢星摇猛地一拍掌："大娃！"

月梵乐不可支："还有别的吗？"

温泊雪脸红得要命，闻言立刻点头，身上衣着速速一变。

谢星摇满眼羡慕："是你，美团小哥！"

再眨眼，面前的黄澄澄又成了红通通。

月梵啪啪鼓掌："蜘蛛侠！"

她们两个太给面子，温泊雪只觉面上越来越热，赶紧换回原本那件白衣："别别别，这不是多么了不起的技能。"

"不会啊。"月梵笑着拍他肩膀，"随身衣柜多实用，跟魔法少女变身似的，我想要都没法子用。"

"而且衣服也很有趣。"谢星摇看出他的害羞，右手托起腮帮，"我们来到修真界，各门各派的仙法五花八门，战斗技能其实并不那么重要了——反倒是看见这些衣服，能让我想到从前的时候。"

温泊雪愣愣地瞧了她一眼。

他从小家境不好，脑子也呆，后来凭借一张脸进入娱乐圈，又得来无数冷嘲热讽。当初得知谢星摇带来的游戏时，他心中最先涌起的反应，是自卑。

这是他习以为常的情绪，仿佛成了刻在心底的烙印。

温泊雪不会想到，当他战战兢兢说完，会遇上两道赤诚而明亮的目光。

那点儿羞愧和胆怯一点点缩回角落，他心觉不好意思，低低开口："谢谢。"

"最后是我啦。"月梵向前探探身子，"我当时玩的游戏，是《卡卡跑丁车》。"

"赛车游戏？可修真界没有——"

谢星摇一怔，旋即恍然："难！道！"

月梵神秘笑笑，向她竖起大拇指："《卡卡跑丁车》自带车库，你们想坐兰博基尼还是劳斯莱斯?"

谢星摇毕竟是个小姑娘,闻言惊喜笑开:"万岁!"

手机游戏里的跑车,无论多么华贵多么拉风,终究只是一串虚拟的数据,但当游戏系统融入现实,一切的意义就截然不同了。

"修真界不是有行空符吗?我之前尝试过,只要把它贴在车上,就能实现空中飞车。"月梵搓搓手,"别人御剑御器坐飞舟,速度像乌龟一样慢,等哪天有了空闲,我带你们去玩儿飞天飘移加速,甩他们一大截。"

谢星摇用力点头。

月梵:"对了,除开技能,我游戏里还有个小仓库。东西不多,我看看,有求婚戒指、葡萄汽水、仙女棒……"

她说着一停,瞥见温泊雪忽然扭头,好奇地问道:"怎么了?"

温泊雪摇头:"没什么,我好像听见了什么声音……可能是错觉。"

三人之中他修为最高,对于妖气的感知也最灵敏。

一句话说完,温泊雪定定心神,传音入密:"有妖气,应该就在不远处。"

月梵:"知道具体位置吗?"

温泊雪正要摇头,想到不能打草惊蛇,迅速僵住脖子:"太淡了,江府里的妖魔全都服用过匿气丹,很难被修士察觉。"

谢星摇拈起一根仙女棒:"江府里的这些乐师,其实就是妖魔们的盘中餐。我记得原著里讲,每到夜里,会有饥肠辘辘的家伙偷偷下手。乐师数量这么多,彼此又不熟,很难注意有谁失踪。要是贸然出手,很容易让他们逃脱,暴露我们的身份,不如静观其变,等他们现出位置,再速战速决。"

"可以啊!"月梵目光一闪,看她的眼神里多出几分欢喜,"不愧是玩儿战术的。"

既然要静观其变,那便不能露出马脚。

谢星摇开口,语气如常:"我也有个小仓库。"

与此同时,窗外——

两团黑雾飘荡如烟,隐入夜色。

左边的影子斟酌半响:"今夜,就他们?细皮嫩肉,看起来味道不错。"

右侧黑影冷冷一笑:"昨日你选的夜宵味道可不怎么样,年纪轻轻,吃上去居然那般粗糙,还总爱吵吵嚷嚷,若不是我一剑封喉,那姑娘的惨叫能吵醒整个院子的人。"

他伙伴语调散漫,舔舔下唇:"就当是个开胃菜。方才屋里的男人往我们这边看了看,他不会有所察觉吧?"

"察觉?我们服用过匿气丹,莫说凡夫俗子,连修士都很难感知。"他说着蹙眉,停顿稍许,"除非……他修为极高。"

可房中毫无灵力波动,一男二女举止寻常。

等等。

穿过窗外婆娑的树影,他望见烛火摇曳中的景象。

那红裙少女长睫微垂,手中分明没有火石,却倏然冒出火焰。

这是……御火诀?

谢星摇举起手里燃烧着的仙女棒:"点燃了!我仓库里恰好有个打火机。"

不得了。

黑影两眼睁得更大:她非但凭空御火,指尖还噼里啪啦炸出火花,此等术法闻所未闻见所未见!

左侧影子语气沉凝:"看这火光和持久度,起码得是筑基水平。"

话音方落,两妖又俱是一震!

红裙少女静待火光散去,手中一动,现出一个纯黑色长方体。

以及几张巴掌大小的纸片。

他们修为不低,目力超群,轻而易举便看清了纸片上的画面——

赫然是一个又一个穿着奇装异服的人。

那玩意儿像画,却绝不是画。

每个人的五官都无比真实而清晰,不似用画笔描摹而出,更像是……活生生的人。

准确来说,应该是魔族。在修真界里,唯有魔族会身穿那般不入主流的奇特衣物。

"他们……被困在里面了?"右侧影子打了个哆嗦,"我听说的确有种术法,能够困魂锢魄,让魂魄留在符箓之中永受折磨,可那种术法需要的修为——"

他的同伴咬牙:"即便到了金丹期,也只能初学皮毛。"

筑基期的小菜鸟谢星摇低头捣鼓一阵,眉目弯弯,语意含笑:

"游戏里有拍照功能,拍立得挺方便的,你们看,这是我和其他玩家的合影——对了,还有这个!"

一句话说完,两妖彻底骇然,惊愕得屏住呼吸。

她手中无剑无符，只有一个普普通通的黑色圆筒，然而抬手之际，竟有无上金光随之涌出，空灵绝伦，如无边法相。

金光潺潺，更胜月色三分；光柱极长极直，宛如一把凛凛神剑，于瞬息之间刺破茫茫夜幕，华光满屋。

引出金光法气，对修士而言算不上困难，毕竟人人皆有灵力，灵力波动之下，自有恢宏妙法。

但此时此刻，四面八方灵气全无。

"不用灵力，便召出此等法光。"左侧暗影后退一步，牙关打战，"以气为灵、化气为光，此人……最低化神！"

"我悟了。"右侧暗影蜷缩一下，"还记得那男人刚才的扭头吗？"

直到现在他才明白，原来很早之前，就已然显出了某种不对劲的端倪。

先是含糊地试探，再循序渐进展露实力，这绝非巧合，只有一种合理的解释——

屋里的大能们实力高深到难以想象，早就发现他们藏在此地。之所以亮出法宝与法诀，全为震慑他们这两个暗中窥视的小贼！

他悟得很深，很透彻。

"不……不至于吧？说不定一切都是巧合。"左侧的同伴维持着最后一丝理智，"他们倘若当真发现了我们，为何一直装傻？如果按你所说，他们理应将金光照向窗外，催促我们快快束手就擒！"

房中的谢星摇对一切毫不知情，慢条斯理地说："听说这是德国进口的，效果非常不错。屋子里有蜡烛，看上去不是太明显，我们往窗户外照照。"

于是回应两只妖魔的，是一束澄黄亮光。

金光满溢窗外，令一切阴暗无处遁形，无比清晰地描摹出两道骇人身影。

几双眼睛茫然对视，场面一度十分寂静。

两只妖魔又惊又惧，理智为零。

怎会如此，她……她居然当真一针见血地，照过来了？

谢星摇头脑发蒙，面无表情。

她……她只是想试试功效，照一照黑漆漆的地方……这什么运气？

而且这两只妖，看起来修为不低。

突袭一触即发，空气里紧绷的弦将断未断。她有信心能赢，但届时引起的响动定然不小，等其他妖魔察觉，他们就全完了。

在这种情况下，要想悄无声息地击败对手，可能性无限趋近于零。

……这回危险了。

"别怕。"温泊雪鼓起勇气上前一步，毅然决然地挡在最前："我……我……我来保护你们！"

他心跳如擂鼓，已经做好了最坏的打算，一句话堪堪说完，便见两只恶妖狠狠向前一扑，旋即——

扑到了地上？

左边那个瑟瑟发抖："我们有眼不识泰山，居然把主意打到三位大能头上！"

温泊雪：什么情况？

右边那个语带哭腔："还请红衣大能收了手中的无上金光妙法，饶我们一条命吧！"

月梵：他们吃错药了？

"红衣大能"谢星摇同样摸不着头脑，循着对方视线探去，见到他们口中的无上金光妙法。

貌不惊人，通体深灰，正散发着一束澄净亮芒，光华流转，刺目至极。

她的……手电筒？

有句古话叫"踏破铁鞋无觅处，得来全不费工夫"。

原著剧情里，自从进入江府以后，温泊雪便冒着巨大的风险日夜搜寻，在千钧一发之际，终于找到关押百姓的地牢。

这段情节惊心动魄，穿插着各种斗智斗勇，以如今这位"温泊雪"的业务水平来看，要想找到地牢恐怕够呛。

万幸，这两只妖闯进了屋子里。

他们似乎对一行人的真实水平生出了误解，将拍立得当作摄魂术，手电筒则是传说中的化神之气……

谢星摇只想说，感谢物理技术，感谢现代科技。

两只妖物被吓了个够呛，全然一副放弃抵抗的模样，温泊雪试探性地问起地牢，立马得到他们争先恐后的应答：

"就……就在府中东南角，那里有一口古井……三位大人有大量，放过我们这一次吧！"

尾句方落，月梵与谢星摇同时起手，趁其不备直攻死穴。

若是正面对抗，她们定会用去不少气力；这次的突袭毫无征兆，妖物来不及反应，很快没了气息。

月梵没料到谢星摇也会动手，先是一愣，旋即与她对视一笑。

温泊雪被吓了一跳："就……就这么没了？"

谢星摇轻捻指尖："这两只妖怪留不得。对我们示好，不过是为了保命而已。千万不要忘记，他们在窗外窥视已久，最初的目的是把我们生吞活剥。"

放走这两只妖，意味着更多的人会惨遭毒手，沦为他们的腹中食物；更糟的是，他们很可能回去通风报信。

到时候不仅江承宇，整座府邸的妖魔都将群起而攻之，如此一来，生还的概率便是微乎其微了。

月梵本以为她是个心慈手软的娇娇女，没想到谢星摇下手竟会这般利落。

想来也是，心慈手软的娇娇女可不会巧舌如簧，讹走人家几十万灵石。

这个队友异常靠谱，月梵越看越喜欢，睨一眼地上的妖尸，指尖稍动，心头默念口诀。

再一眨眼，那地方只剩下青烟徐徐，渐渐散在跃动着的烛火中。

"接下来，只需等到白妙言心魔发作，我们与江承宇正面对上了。"月梵红唇轻勾，"我们有主角光环护体，就算实力跟不上，天道也不会轻易让我们挂掉的。"

温泊雪弱弱开口："但我们不是原装的魂魄……如果被天道发现，不会被直接劈死吗？"

月梵跳起来敲他脑袋："晦气，快把这句话呸掉！"

月梵所言不错，解决了地牢的问题，接下来最为关键的剧情点，便是他们与江承宇的决战。

原著将这次战斗描写得扣人心弦，主角团九死一生，最终多亏温泊雪于须臾间参透道法，修为大增。

道法的领悟需要日积月累，如今这位温师兄初来乍到，恐怕很难如书中一般绝处逢生。

他们所能做的，唯有尽快熟悉术法与游戏系统，竭尽全力去拼。

谢星摇身心俱疲，一觉睡到第二日晌午，打开房门，正好撞见一张最不想看到的脸。

晏寒来坐在院中石凳上，垂头看书。几个小侍女自廊前匆匆而过，速速瞥他几眼，又如鸟雀般轻盈走开。

一棵槐树笼下参天荫地，将少年的白皙面庞染上沉沉暗色，阳光透过缝隙洒落下来，映出他冷然的双瞳，长睫倏忽一颤，懒洋洋地撩起。

他简单易了容，静坐的模样安静又隽秀，一身青衣如竹，高马尾被随意扎起，发带飘摇之间，尽是少年人独有的倨傲恣意。

倒是耳边那殷红的坠子刺眼了些，叫人想起沁出的血。

"谢姑娘，早。"

一个"早"字被悄然加重，谢星摇看看头顶明晃晃的太阳，听出他话里的讽刺，皮笑肉不笑：

"我方才还纳闷，究竟是谁顶着烈日闷头看书——日光刺眼，晏公子莫要为了吸引姑娘们的注意力，弄瞎自己眼睛。"

晏寒来神色淡淡地放下书本，谢星摇瞧上一眼，果然是本修行法诀。

此人除了修炼和杀戮，好像再无别的什么爱好。

他没出声反驳，左手倏然上抬，不知何时拿出一个方形木盒，轻轻放在面前的石桌上："早餐。"

谢星摇一愣，听少年淡声解释："他们二人声称要去早市，托我将此物给你。"

这是月梵、温泊雪准备的食物。

昨日得了笔意外之财，三人商量着买些灵符法器，许是见她没醒，不忍打扰，便只有他们两个早早前去。

他们都知道，这几天最费神费心的是谢星摇。

至于晏寒来，他习惯于独处一室，之所以坐在院子里，是等她出来。

谢星摇浑身的气焰灭了一丢丢。

"……谢谢。"

她有些局促，抿唇摸摸鼻尖，脚步轻快地走上前去，小心地打开木盒。

晏寒来说过这是早餐，应当被放置了挺长一段时间，此刻盖子掀开，居然冒出白茫茫的热气。

谢星摇看着盒子里圆鼓鼓的点心，下意识地问："你一直用灵力让它热着？"

对方没答。

以晏寒来古怪至极的性子，沉默等同于默认。

点心皆是精挑细选之后的小镇特产，本身味道极佳，搭配暖和的热意，更是锦上添花。

谢星摇心满意足地吃完,合上盖子时,又瞥见晏寒来低垂的眼睫。

他自始至终没看她,递过木盒以后,便聚精会神地看起法诀。

这个角色一向如此,神秘莫测,喜怒不形于色,直至在原著里凄惨死去,都未曾表现出失态与恐惧。

尤其此刻低头看着书,眉目如同笔墨勾画,阴沉散去,徒留清俊书香气,一板一眼的神态让人想起高山雪岭。

晏寒来越是游刃有余,谢星摇就越莫名想要唬一唬他,看看高山雪岭陷落时的模样。

"晏寒来。"

她声音响起,少年不耐抬眸。

与此同时,一道刺眼白光闪过。

"我看看——"

拍立得慢悠悠地吐出照片,她拿在手中晃上一晃,得意地笑笑:"拍得怎么样?"

一张纸片被送到他眼前,晏寒来皱起眉梢。

纸上竟是一个与他相貌相同的人,剑眉凤眼,侧脸勾出凌厉弧度,正冷冷仰头,薄唇抿成直线。

"这是我们凌霄山祖传的宝贝。"想起昨夜那两个妖物,谢星摇咧嘴轻笑,"此物名为'摄魂印',能将人的一魂一魄禁锢其中——你想要回来吗?"

她说得轻巧,双眼弯开晶亮的弧,半晌,晏寒来也懒散地勾起薄唇:"剩下那二魂六魄,谢姑娘可还想要?"

谢星摇怔住。

"这具身子算不得重要,姑娘若是有意,全盘拿去便是。"

他言罢扬眉,许是见她怔松,笑意更浓:"我来帮你?"

晏寒来怎么可能束手就擒,之所以这般回答,定是看出她在撒谎。

挖坑反被埋伏,谢星摇暗暗咬牙:"无聊。"

"原来在谢姑娘看来,'有趣'便是被你戏耍得团团转。"晏寒来好整以暇,冷声哼笑,"姑娘不妨去学堂住下,寻些八九岁的稚童——他们的头脑应当与你很是相近。"

冷漠,毒舌,不饶人。

她真是脑子蒙了油，才会在吃到热腾腾糕点的时候，觉得这人有那么一丢丢好。

"这的确是种小玩具。"她一顿，"你怎么看出不对劲的？"

倘若当真将魂魄握在手中，不会是那般神态。

她的笑容纯然无害，宛若等待恶作剧生效的猫，真正掌握旁人生死之时，不会笑得如此纯粹。

这一点他最是明白。

晏寒来沉默片刻，微微启唇："纸上那人相貌与我相同，始终保持我曾做过的动作，应当是留下了我当时的影像，仅此而已。"

被他说中了。

谢星摇叹气认栽："它叫照相机，你想试一试吗？"

对方摇头："不必，多谢。"

他一向独来独往，送餐的任务完成，便也不打算逗留于此，很快起身告别，做出将要回房的姿态。

然而尚未转身，晏寒来忽地神色凝住。

他很少露出这种警惕的表情，谢星摇本欲出言询问，手臂却被人猛然抓紧。

然后是一股毫无征兆的拉力。

他们坐在巨大的槐树之下，晏寒来只一拉，等她反应过来，已然被带入了树后的阴影里，整个人跌坐在角落。

谢星摇摔得闷疼，想要抱怨，却发不出声音——

少年人半跪在地，与她只有咫尺之距，左手修长白皙，沉沉下压，挡在她唇上。

"莫要出声。"他传音入密，"有外人的气息……江承宇来了。"

"他身为灵狐，对气息的感知格外灵敏。你与他既是故交，很容易被察觉。"晏寒来的语气听不出起伏，"离我近些，能遮掩气息。"

难怪昨日在竹林里，晏寒来有意挡住她的身形。

谢星摇："……哦。"

她极快应声，耳边传来"嗒嗒"的脚步声响，以及紧随其后的男音："妙言！"

正是江承宇。

不知为何，仅仅听见他的声线，这具身体便不由自主地开始紧张，心跳频率越来越快，好似木槌一遍遍敲打胸腔。

脚步声一前一后，应当属于白妙言与江承宇，倏然之间，后面那道脚步停了下来。

即便看不见大树另一边的情景，谢星摇仍能想象到他的眼神，冰冷刺骨，满含疯狂凶戾，正如上回在竹林外，江承宇向她投来的目光一样。

灵狐的感知力何其敏锐，他定是品出了不对劲。

四周寂静，压抑得能听见枝叶晃动的声音。属于江承宇的脚步向他们所在的方向缓缓迈开，谢星摇屏住呼吸。

然后听见"咚"一声心跳。

在脚步响起的须臾，晏寒来忽然靠近。

她的鼻尖差点儿撞在他胸口上。离得近了，能嗅见一股干净的皂香，没有更多乱七八糟的味道，纯然而清冽，泛着微微的冷。

少年宽肩窄腰，颀长高挑的身形好似屏障，此刻毫无保留地贴近，陌生香气伴随着沉甸甸的倒影，几乎将她压得窒息。

为了让气息消失殆尽，对方甚至伸出手，笨拙地将她护住。

太奇怪了。

无论心口还是手掌，对方都没有真正与她触碰。二人看上去紧紧相靠，实则隔了毫厘之距，无法触及形体。

她不敢呼吸，也不敢动。

晏寒来没说话，喉结却微微一颤，上下动了动。

谢星摇不动声色地垂下眼睫。

隔着一树阴影，两头皆是迷蒙暗色，风声倏过，每次枝叶的颤动都犹如扫在心头。

不知过了多久，另一边的脚步声迟疑半响，终于不再前行。

谢星摇稳下心神，传音入密："你的手，放下来。"

身后的手掌顺势放下，她蹙眉补充："我嘴……嘴上那只。"

唇上的冰凉触感闻声一动，直到此刻，她才觉察出晏寒来掌心上厚重的茧与疤，有些磨人，更多的是莫名的痒。

她讨厌这种说不清的感觉，听他迟疑出声："……抱歉。"

晏寒来居然会因为这种事情道歉。

谢星摇心中觉得新奇，恢复与他相处时的一贯语气，绝不在气势上落下风："没什么好道歉的，避险而已。晏公子心跳如此之快，不会从未接近过女子吧？"

少年一顿，很快漠然扬唇，针锋相对："谢姑娘结结巴巴，倒也不似很有经验。"

"谁结巴了！"谢星摇咬牙，"红凤凰粉凤凰，红粉凤凰花凤凰——我好得很。"

晏寒来没想过她会用一段绕口令自证清白，先是微微怔住，旋即自喉间发出一声极其微弱的气音，抿唇扬起嘴角。

晏寒来移走视线，避开她的目光。

谢星摇传音："你是在笑话我对吧。"

识海中短暂一静，很快响起熟悉的少年音："谢姑娘目力极佳，明察秋毫。"

他还真是毫不遮掩。

江承宇尚未离开，她不敢有所动作，只能贴着晏寒来心口稍稍抬眼，望见对方修长侧颈上的一缕薄红。

她想出言讽刺这片绯色，又不知怎么觉得别扭，只得轻哼一声："晏公子厚颜无耻，叫人望尘莫及。"

晏寒来："过奖。"

厚脸皮。

谢星摇嗅着被春风吹散的皂香，在心里朝他做了个鬼脸：迟早比你有经验。

"怎么了？"

突如其来的女声打破寂静，江承宇很快应答："无事。你好些了吗？"

说话的女人，应当就是白妙言。

惨遭灭门以后，非但没有追究弑父杀母之仇，居然还愿意与江承宇成亲，谢星摇搞不懂她的脑回路，小心翼翼地不再动弹，静静聆听。

"嗯。"白妙言沉吟开口，嗓音婉转柔和，"我昨夜又梦到了白府。"

江承宇轻叹口气："你还是放不下？妖族伤你家人，我亦始料未及。莫非因为我也是妖，便让你心生芥蒂？"

"不是！"白妙言轻咳几声，"我……我只是梦见你站在白府，浑身上下全是血……我知道那只是个噩梦，但……"

只是个噩梦？

谢星摇暗暗皱眉，分明是江承宇把妖魔引入白府，酿成祸端；捅了白妙言致命一剑的，同样是他这个"痴心人"。

她心觉奇怪，下意识地微微仰头，看了看晏寒来。

"他可能对魂魄动过手脚。"他一眼便看出这道视线的含义，漫不经心地答，"白妙言由江承宇复活，他将魂魄攥在手里这么多年，有的是时间模糊记忆。"

江承宇温声："你放心，从今以后，我不会再让任何人欺辱你。"

真是好厚的脸皮，这会儿倒成了个痴情种。

暗讽之余，谢星摇总觉得奇怪。

江承宇一说话，她心口便"扑通扑通"跳个不停，像是紧张到了极致，连带脸上都在发热。

这绝非正常现象，古怪得很。

另一边的白妙言沉默许久。

半晌，她低声开口："对了，镇子里百姓失踪的事情……会不会是妖魔所为？"

江承宇显而易见地顿了一下。

"你为何不将此事告知于我？不及时找出罪魁祸首，会有更多人……"

"因为这是我们的大婚。"江承宇打断她，"妙言，我历尽千辛万苦把你复活，如今唯一的心愿，便是与你共度一段时光。你不会辜负我的，对吧？"

道德绑架玩得挺溜。

谢星摇心中冷笑。

"百年前发生那种事，白家早已经……"江承宇道，"这起案子自有人查，无须你我费心。妙言，比起白氏后人，你首先应当是我的妻子，莫非这短短几天的独享，我都不配拥有？"

这是哪门子的歪理邪说。

谢星摇被恶心得直皱眉头，只可惜，江承宇跟前的姑娘并不这么想。

白妙言一愣，先是欲言又止，终究无奈妥协："我……抱歉。"

就很让人恨铁不成钢。

这声道歉轻轻落下，院中很快响起远去的脚步声。

等脚步声消失殆尽，谢星摇终于深吸一口气，与晏寒来拉开距离。

自从听见江承宇开口说话，侧脸一直发热到现在。

她不明缘由，只能伸出双手，如扇子一样在旁侧扇风。

扇着扇着，想起与晏寒来过于贴近的距离，又猛地退开一步。

这种情形下的这种动作，若是不明真相的人见了，或许会以为她是因方才的靠近感到害羞。

谢星摇不愿让他误会，低声解释："你别多想。我只是在见到江承宇的时候，忽然特别紧张。"

她找不出合适的形容词，摸一摸发热的心口："跟学堂睡觉被点起来答题的感觉一模一样——我有那么怕他？"

她说得茫然，跟前的少年沉默片刻，忽然道："不是恐惧。"

谢星摇抬眸。

晏寒来也在望她，目光懒散，说话时斜靠在槐树上，引得几片叶子"沙沙"作响。

"是心动。"

晏寒来道："看来谢姑娘当真毫无经验……你被他下了媚术。"

媚术。

顾名思义，就是让人对施术者情不自禁产生好感与依赖。

谢星摇总算明白了，原主作为一个备受宠爱的仙门弟子，为何会对江承宇死心塌地，为之放弃尊严与信念。

看白妙言百依百顺的模样，会不会……她也中了招？

解咒步骤烦琐，不能被外人打搅，一番商议后，谢星摇被他领着进了房间。

说心里话，她很不情愿和这人独处一室。

晏寒来孤僻又毒舌，显而易见和她不对盘，然而既要解咒，那就是她有求于人，挑剔不得。

谢星摇正襟危坐，挺直身板。

"别动。"晏寒来语气冷淡，"咒术遍布你全身经脉，若有差池……"

她最怕这种精细的活计，唯恐哪里出点儿岔子，闻言立马坐稳，变成一动不动的木头人："晏公子心灵手巧十足可靠，绝不会有半分差池！"

谢星摇脑袋轻轻一晃，语气里多出点儿不确定的试探："对吧？"

晏寒来没应声，抿掉一个嘲弄的浅笑，听她直着身子继续道："能问你一个问题吗？"

晏寒来："白妙言也中了媚术。"

谢星摇："你怎么知道我想问什么——不对，既然白妙言身中咒术，你应该也能帮她解掉吧？"

"她的咒术比你更深更复杂，需要不少时间。江承宇日日夜夜守在她身旁，很难寻得机会解开。"

破案了。

她一直纳闷白妙言为何执迷不悟，原来是被篡改记忆蒙了心。

她好歹是个天之骄女，被害得家破人亡，性命垂危，最后还要因为媚术对江承宇不离不弃，同他死在一起。

什么破剧情，想想就来气。

她心里憋屈，情不自禁地皱了眉，等回过神来，竟见晏寒来手中寒光一现，继而溢出血色。

少年熟稔地划破指尖，空出的左手握住她的手腕，血珠滴在掌心上，晕开滚烫的热度。

这是打算就着血，在她手中画阵？

谢星摇一惊："你这是做什么？画阵不是用朱砂毛笔就好了吗？"

"我一向用这个。"晏寒来被随手扎起的乌发轻轻摇了摇，琥珀色眼睛极快地看看她，毫不掩饰眼底的嗤笑，"谢姑娘觉得此物肮脏，不愿触碰吗？"

他说得毫不留情，嗓音冷到极致，听不出任何多余情绪。

谢星摇闻言愣住，赌气回以冷笑："怎么，难道我这外人就不配体谅体谅晏公子吗？"

她还想好了别的词，却见晏寒来沉沉投来一道视线，短暂对视之后，居然不再阴阳怪气，开始闷头绘制阵法。

对手一下子泄了气，谢星摇没心思继续斗嘴。

"每次都用血画阵画符，不仅疼，还很浪费——看你脸色这么白，说不准就是贫血。"

血比朱砂霸道，在她掌心逐渐现出暗红色光芒，汇入条条经脉之中。

属于晏寒来的灵力温温发热，她凝视掌心，视线上移。

他生有一双好看的手，十指冷白如玉制，指甲则是浅浅的粉，然而仔细看去，能见到好几道深浅不一的陈年伤痕。

有长有短，有的褪色殆尽，有的还残留着浅褐色泽，仅仅手上这块皮肉便是如此，不知身体其他地方是何种模样。

《天途》里很少详细描写晏寒来。

他的来历、身份和目的全是未知，谢星摇对他的唯一印象，是相貌出众却嗜杀成性的大反派，今天亲眼见到⋯⋯

晏寒来过往的经历，看起来不会太好。

他手指运转飞快，指尖暗光明灭不定，逐一冲散媚术禁锢。

谢星摇心知不能打扰，一直乖巧地坐得笔直，任由少年指腹的茧子蹭过掌心，勾起丝丝轻痒。

这种古怪的感觉十分微弱，在四周寂静的空气里，仿佛被放大十倍有余，让她下意识地缩了缩右手。

然后就被晏寒来不由分说地握住手腕，抬眸瞪她一眼。

谢星摇小声道："有点痒。"

晏寒来嗓音懒懒，轻嗤道："那我下手重些？"

谢星摇："倒也不用！"

这人吐不出好话，谢星摇不再开口，抬头看一眼天边落日。

经过这一番解咒，已近傍晚时分。

关键剧情点快到了。

白妙言虽然身中媚术，心中却忘不了被残害的白家满门。一边是儿女情长，一边是除妖大义，两种思绪碰撞撕扯，不可避免地催生了心魔。

江承宇为除心魔，将在这件事上耗费不少灵力，最终用一根定情的发簪唤醒白妙言心中的爱欲，让爱情在她心中占了上风。

解咒所用时间不少，等暗红光芒尽数褪去，晏寒来也退开一步。

他不愿与外人多待，刚要下逐客令，身形却微微滞住，飞快撩起眼皮。

谢星摇心下了然，心魔来了。

白妙言在沉睡期间，被灌入大量灵力、妖力和灵丹妙药，如今心魔爆发，连带着这些力量一并散开，波及整个江府。

整个府邸被心魔笼罩，凡是修为低弱或心障难解之人，都会卷入自身心魔，直面最为不堪回首的往事。

好在他们一行人都已到筑基，不会受此影响……

等等。

残阳余晖荡漾如火，漫天火烧云下，沉沉暮色浸湿窗棂。

窗外是清一色的竹林，谢星摇却闻到一股桃花香，忽而平地风起，恍神之际，一抹浅粉飘过眼前，遮住全部视线。

一花障目，再一眨眼，周身竟全然变了景色。

原剧情里……根本没有这一茬啊？

谢星摇凝神屏息，手中暗暗掐出护身法诀，以防万一。

这是她从未见过的景象，入目尽是连绵的桃树，花落如雨。浅淡的粉裹挟出蓬勃的绿，团团簇簇，生机盎然。

而在距离她不远的地方，站着个小男孩。

男孩只有七八岁大，玉簪束发，身着一件暗纹锦衣，手里拿了把寒光四溢的长剑。他原是背对而立，许是听见声响，迅速转过头来。

面如白玉，相貌精致，凤眼纤长秀美，透出熟悉的琥珀色。

这是晏寒来的心魔？

"姐姐？"

与想象中截然不同，小孩虽有一张似曾相识的脸，神色却干净柔和，一双漂亮的眼睛澄澈如水，带着童稚与好奇："姐姐，你是新来的客人吗？"

被凶巴巴的小魔头亲口叫姐姐，谢星摇茫然眨眨眼。

晏寒来小时候，有点儿乖。

此地遍是桃枝，她分不清东南西北，只得尝试发问："这是什么地方？"

男孩静静与她对视，眼尾稍弯。

这是从未在晏寒来本人脸上出现过的笑意。

在谢星摇的印象里，他总是一副懒散阴沉的模样，虽然时常在笑，却无一不带着嘲弄与讽刺，好似一朵沁了毒汁的花，危险性十足。

眼前的笑容天真纯净，叫人想起天边的云，又甜又软，伴随着星星一样闪烁的目光："这是……"

可惜她没等到答案。

两个字方一吐出，忽有一缕黑烟飞速袭来，不偏不倚正中男孩面门。

这道突袭来得毫无征兆，小孩霎时化作一抹白烟，桃林退去，渐渐晕出房屋的深褐。

谢星摇抬眸，正对上幽暗的琥珀色。

晏寒来神情不善，手中残留着漆黑的余烟。

"晏公子出手果真快极。"她如往常一般勾勾嘴角，"我想到一个能干掉江承宇的法子，事不宜迟，我们先去寻温泊雪与月梵吧。"

这番话出口，反倒是晏寒来微微怔住。

谢星摇见到他的心魔，若是旁人，定会好奇心大增，刨根问底。

然而现实是，她完全没提到那处桃林里的心魔，就像一切从未发生。

晏寒来弄不懂她。

少年沉默一霎，终究忍不住开口："你不好奇方才那是何种景象？"

"好奇啊。"

谢星摇看着他："你不想说，莫非我还要逼你讲出来吗？"

晏寒来少有地凝神觑她一眼，似是极轻地笑了下："什么法子？"

"江承宇实力太强，与他交手，我们即使能赢，也定会身受重伤。"谢星摇行至门前，仰头望一望漆黑的夜幕，"但我们一直忽略了，在江府之中，除却江承宇，还有一人也到了金丹修为。"

晏寒来很快明白了她的意思："……白妙言。"他说着长睫一颤，"她对江承宇死心塌地，不但中了媚术，还被修改过记忆。"

言下之意，白妙言不可能与江承宇为敌。

他说得笃定，却听谢星摇轻声一笑。

她说："所以他们之间根本就没有正常的情感关系。中了媚术，那就将它抹掉；被修改了记忆，那就让她重新想起来。到那时候，你觉得她会帮我们，还是帮江承宇？"

某个人单方面的偏执与禁锢，能被称为爱吗？

谢星摇觉得不能。

对江承宇而言，它名为占有，欺骗，自我满足。

对白妙言来说，它意为谎言，玩弄，是被操控、被当作附属品的一生。

这种故事一点儿都不美好。

晏寒来沉默须臾："若是她想起一切，仍心系于江承宇呢？"

"那就见机行事，反正我们不亏。不过——"

她站在门边，回头之际惹出一缕幽幽晚风，吹落不甚明亮的星色，一股脑落在眸中。

谢星摇咧嘴扬唇，露出白亮亮的虎牙："晏公子，或许绝大多数时候，爱情对女人来说，压根没话本子里写的那么重要。"

从前看小说的时候，透过字里行间，她只能见到男女主人公的分分合合、恩怨情仇，爱欲来了又去，贯穿始终。

直到置身于此，她才得以窥见更多——

挣扎，无助，欺瞒，被困作笼中之鸟，连自我意识都被磨灭成灰。

这满园浮荡的心魔怨气，皆是一个女人无声的哀号与求助。

谢星摇笑笑："江承宇为复活白妙言，让她服用了大量天灵地宝，修为大增。

倘若他辛辛苦苦养出来的金丝雀，最终成了杀他的刀……是不是挺有趣的？"

少年沉默与她对视，瞳仁晦暗不明。

能说出这番话，谢星摇有八成把握。

毕竟在原文里，白妙言即便对江承宇爱得死心塌地，得知他残杀百姓，仍是选择了自刎而亡。

谢星摇曾经只觉得可笑，如今想来，在媚术与咒术的双重操控之下，这已是她最为竭力的反抗。

自始至终，白妙言都未曾伤及无辜，未曾与恶妖为伍。

只是这样的结局，未免太不讨人喜欢。

更何况他们还得拼死拼活，落得个全员重伤的结局。

在《一起打敌人》里，同样有许许多多高自由度的主线任务，玩家需要通过各种方式，圆满达成任务——而谢星摇，是这个游戏的满级玩家。

原著里的故事于她而言，不过是一份普普通通的中庸通关攻略，全靠战斗硬怼，毫无技巧可言。

系统只让他们"斩杀恶妖"，从未规定过具体方法，既然原文没有提及，那就开辟一条全新的、未曾有人踏足的道路。

团结一切可以团结的力量，建立最广泛的统一战线，让反派角色毫无还手之力，而全体队友无伤通关。

这才是满级玩家的操作攻略。

第二章

任平生

谢星摇万万没有想到,自己会在出门后遇见江母,以及跟在她身后的管家与几个小丫鬟。

　　此处多是客房,主人几乎从不露面,许是瞧出她的困惑,江母缓声道:"你是兄长失明的那位姑娘……天黑了,不回房歇息吗?"

　　谢星摇礼貌颔首:"夫人,我们用了晚饭,出来散步消消食。"

　　她不忘介绍身后的晏寒来:"这是我大哥。二哥看不见,还需他在身边多多帮衬。"

　　江母恍然:"所以,二位是去寻那位失明的兄长?"

　　谢星摇心觉不妙。

　　第六感诚不她欺,对方倏尔一笑:"我一并前去看看,如何?"

　　江母说罢稍顿,似在观察他们二人神色。

　　"二位莫怪我多管闲事。近来镇中多有怪事,我儿大婚在即,定要确保府中安全。今日有人进言,你兄长神态自若,实在不像重病之人,或许——"

　　镇子里一桩桩怪事的真相如何,身为罪魁祸首,这狐妖比谁都清楚。

　　谢星摇含笑与之对视,脑中飞速运转。

　　他们昨晚杀过两个妖物,江府的人之所以来这里刨根问底,必然是怀疑府里混入了修仙者。

　　明明是江府作恶,她却将自己撇得干干净净,伪装出一副温婉良善的模样,不愧是只老狐狸。

一旁的管家性子直，冷脸接话道："夫人心善，不便对你们说狠话。我可把话撂在这里，倘若你们有所欺瞒，定要被送去监察司，好好查查你们与妖魔的关系。"

这番话说得正气凛然，只可惜他尚被蒙在鼓里，不晓得自己身边那位"心善夫人"的真面目。

谢星摇心下并不轻松，佯装出沉稳神态："夫人请随我来。"

她头脑飞快，一路走，一路迅速思考对策。

传音术有距离限制，如今最好的法子，便是趁敲门的时候传音入密。门关着，江家人见不到温泊雪活蹦乱跳的模样；等门打开，他已经兢兢业业地进入演员模式，问题不——大。

谢星摇停下脚步。

问题很大，非常大，大大的大。

直到远远接近温泊雪客房，她才发觉一个悚然的事实。

这人没把门关紧，留了条极宽的缝。

透过缝隙，入目是摇曳着的昏黄灯光，白衣青年端坐于桌前，因背对着他们，只露出劲瘦挺直的脊背。

与他并肩坐着的，是同样背对房门的月梵。

夜色寂静，她听见温泊雪苦恼道："怎么办？我什么忙都帮不上。"

此刻正是传音的好时候，谢星摇稳下心神，正要有所动作，后背却被晏寒来轻轻一按。

传音用的灵力，一股脑全压了回去。

她想不明白此举用意何在，飞快送去一个眼刀，再看屋内，恰好见到温泊雪缓缓起身。

只不过……他站起来的姿势，为什么这么奇怪？

温泊雪思考了很久。

他从前只是个糊咖小演员，没读过多少书，连动脑子的时间都很少。在往常，自己还能凭借一张脸演戏赚钱；如今来到修真界，什么忙也帮不上。

这让他觉得有些失落。

"凡事总要适应嘛。"月梵喝着从飞车仓库里取出的葡萄汽水，轻声宽慰，"反正周围没别人，你不如试试游戏里的操作，说不定有意外收获呢。"

温泊雪握紧双拳,用力点头。

房门之外,华服妇人面色沉沉,暗暗思忖。

昨夜有两个修为不低的妖消失踪迹,大抵遇上了修真之人。

他们应当未曾离开过江府,府中下人大多信得过,如今最大的隐患,便是这些来历不明的乐师。

为了防止谢星摇与晏寒来传音入密,找准时机与屋里串通,她已在这两人身上悄悄下了法咒,只要使用灵力,哪怕仅有一丁点儿,也会马上被察觉。

"你兄长的病,似乎比之前好很多了?我以为他会卧床不起,听说话的声音,倒是精神得很。"

江母语带讽刺,抬手欲要上前:"今日便让我们仔细看看,他究竟有何种怪疾……"

她没能把话说完。

因为下一刻,温泊雪站了起来。

即便那人背对而立,江母还是看出了很明显的不对劲。

譬如此刻,当他直直立起身子,不过一瞬……竟以腰部为折点,整个上半身后倾了九十度!

谢星摇猛地倒吸一口冷气。

这难道是传说中的……《人们一败涂地》!

画面太过匪夷所思,江母忍不住后退一步。

眼前的景象已是巨大视觉冲击,然而更离谱的还在后头。

温泊雪身体摇摇欲坠,他身侧的女人却是十足激动:"对,就是这样!尝试着站起来,站直,你可以!"

男人看了会沉默,女人看了会流泪。在她持之以恒的鼓励下,那团软趴趴的肉,终于动了起来。

他浑身像是没有骨头,双手如同绳子乱晃,许是为了保持平衡,笨拙地伸直双手,一并举在身前。

在众目睽睽之下,他向前迈开了第一步。

然后"啪"地摔倒在地。

谢星摇:完蛋。

温泊雪的行为如此怪异,浑然不似常人。她要想糊弄过去,恐怕只能往"身患重病"的人设上靠。

让她想想，怪病、瘫软、家境贫寒、无法直立行走……

但这也太离谱了吧！真有正常人会相信吗？

她正欲开口，身侧猛然一道嗓音响起："他……他莫非身有怪疾，浑身瘫软无力？"

谢星摇懵懂抬头，望见一撮风中飘摇的山羊胡。

管……管家？

"看这模样，怕是连直立行走都难。"管家嘴唇抖了一下，"我记得你们家中贫寒，这孩子，怕是从未去医馆诊治过吧。"

……居然抢光了她的台词！

此言一出，丫鬟们的神色立马变得越发柔和。

晏寒来面无表情，冷冰冰叹一口气："二弟，何苦。"

……你接戏也太快了吧！

此情此景，任谁都能明白这对兄妹的难处。

遥遥相对的小屋里，青年摔倒又站起的身影是那么清晰，这一刻，他仿佛不再是一个单纯的人，而是渐渐抽象成为两个字——

励志。

他显然有病，而且病得不轻。

一时间没人再开口说话，直到温泊雪终于慢慢站直，如丧尸般狰狞地前行几步。谢星摇透过夜色，看见管家泛红的眼眶。

当初乐师选拔，也是这人哭得最凶。

"你可以走路了！"月梵喜上眉梢，掩饰不住兴奋，"能试着跑起来吗？还有跳跃！"

有小丫鬟已经开始抹眼泪。

因为屋子里的那人，他当真带着骨折似的双手双脚，扭曲着四肢跳了几下。

然后在弓起右腿的瞬间，烂泥一般跌倒在地。

月梵倒吸一口冷气："你怎么样！"

"没事。"

温泊雪蹙眉抿唇，望一眼膝盖："我好像……感觉不到疼痛。"

对啊。

在《人们一败涂地》里，他只是个橡皮泥小人。而橡皮泥，没有痛觉神经。

如果没有疼痛，他的身体完完全全橡皮泥化，是不是也代表……他真能和橡皮泥一样不怕疼不怕火，还能当作电力绝缘体？

修真界里的渡劫，好像就是劈天雷来的！

这个念头有如暗夜明灯，温泊雪被激得一喜，再一次敲敲膝盖："没有痛觉……我真的不觉得疼！"

"连痛觉都已经失去了吗？"管家双目微合，不忍再看，"身患重病，家境拮据，如今渐渐丧失五感，他只能面对亲人强颜欢笑，不愧是真汉子！"

晏寒来："二弟，何苦。"

谢星摇：……自我脑补出了好完整的故事线！还有晏寒来你也太配合了吧，是捧哏吗？

月梵："不怕疼？这挺好的。跑起来太难，你要不休息一会儿？"

温泊雪咬牙："不，我一定可以。"

这也太离谱了。

谢星摇搜索记忆中的苦情剧台词，抹去眼角不存在的泪水："二哥……你为何这么傻？"

"不。"管家真情流露，语带哽咽，"他不傻，他一定可以。"

这是属于人类的奇迹，生物学的光辉。

青年笨拙地抬起双手，在经历了一遍又一遍的摔倒后，终于如螃蟹般一步一步、一点一点，以无比诡异的姿势来到房屋中央。

不只月梵，连门外的小丫鬟们都目露柔光。

他做到了。

——他终于做到了！

烛光轻晃之间，温泊雪亦是扬唇笑开。

原来，他也能做到与众不同的事。

此时此刻，清风徐来，拂过他乌黑的发与含笑的侧颜，他的世界冰雪消融，万物复苏，一切都光明而澄净，充满美好与希望。

唯有知晓一切来龙去脉的谢星摇沉默无言，眼角狂跳。

——在毫无励志滤镜的视角下，温泊雪被风糊了满脸头发，顶着一张惨白的脸咧开嘴巴，一边狂奔，一边扯动着瘫软的面部肌肉："哈哈，哈哈哈。"

就很惊悚，很恐怖片，很像丧尸围城，因为找到了猎物而发出狞笑。

如果有谁说他没病，一定会因为诈骗罪被判处死刑。

一缕风声倏过，屋里响起月梵欣喜的嗓音："太好了！不过好奇怪，你觉不觉得今夜一直在吹冷风？门窗应该关紧了……"

她最后一个"吧"字没说出来。

因为当房中二人齐齐扭头，视线所及之处，是门外一堆黑压压的脑袋。

月梵笑容凝滞，并拢双腿，挺直腰身，慢慢恢复平日里的仙女坐姿。

温泊雪一双眼睛失去神采，笑声越来越小，直至消失不见："哈哈……哈，哈哈。"

他想哭。

"嗯，那个——"

电光石火之际，月梵想起他的盲人人设："二弟你别怕，门外是大哥、妹妹和江夫人。"

她说着笑笑："让各位见笑了，我弟弟他身体不太好。来，二弟，走累了休息休息，喝水，喝水。"

温泊雪佯装镇定："多谢，我没事。"

他显而易见满脸通红，为了缓解尴尬，将递来的葡萄汽水一饮而尽。

谢星摇却想起一个颇为严肃的问题。

此时此刻的温泊雪，仍然是游戏里的橡皮泥小人。

橡皮泥小人不具备人体构造，如此一来，能喝水吗？

这个念头须臾闪过，她看见温泊雪倏然缩小的眼珠。

在他眼中，那一刻飞快掠过许许多多情绪例如茫然、惊恐以及竭力遏制的慌乱。

旋即，一声哗啦暴响。

——温泊雪身体用力一晃，整个人有如老牛反刍，化身为一只狂暴版豌豆射手，自口中喷射出紫红交织的葡萄汽水，飞流直上三千尺，直冲房梁之上！

"救……救命啊！喷……喷……"那紫红近黑的液体似曾相识，管家目眦欲裂，"喷血啦！"

丫鬟们大受震撼，噤若寒蝉。

"今夜……是我们打扰了。"江母稳住颤动不止的眼珠，用所剩不多的理智斟酌词句，"想不到令兄病重至此，实在……"

谢星摇轻扯嘴角："二哥病重的时候就会这样，我们已经习惯了。"

——才怪嘞！她眼珠子都快被吓掉了！

江府一群人神色复杂地走了。

温泊雪被汽水呛得直咳嗽,一见谢星摇与晏寒来,面上更红。

月梵颇为心虚:"你们什么时候来的?"

"不久之前。"

谢星摇心知他们脸皮薄,特意岔开话题:"江府怀疑我们来自仙门,多亏师兄师姐察觉动静,特意上演这样一出好戏,我们才能摆脱怀疑。"

她这话一举两得,既能化解温泊雪的尴尬,同时也向晏寒来编了谎,用来解释方才那些古怪的动作。

她说罢目光一转:"我本打算向你们传音,却被人压住了。"

这话里含了点儿问询的意思,晏寒来被冷不丁盯住,神色如常:"我若不压,谢姑娘是等着传音被江家人察觉吗?"

"……江家人?"

"灵狐感知极强,她又对你下了个窥神咒,一旦催动灵力,必然露馅。"

她完全没察觉到自己何时被种了咒。

谢星摇皱眉:"你怎么知道我要传音?"

对方笑出一道气音:"谢姑娘还能想出什么高深的法子?"

这是在暗讽她思绪浅薄。

谢星摇也笑:"晏公子能立马想到这一点,岂不是所思所想与我相同?"

——要傻一起傻,你别想占便宜。

温泊雪看不出这两人的明争暗斗,闻言恍然大悟:"我知道!这是心有灵犀!"

此话一出,立刻收获两道不善的视线。

"说回正事。"谢星摇向身后看上一眼,确认再无他人,小心翼翼地关好房门,"整个江府心魔异动,你们应该有所觉察了吧?"

温泊雪如同回答老师问题的小学生:"嗯!"

"以江承宇对白妙言的痴迷程度,定会折损修为救她,为她破除心魔。虽然可以等心魔退去之后,与他殊死一搏。"谢星摇用指节叩叩桌面,在咚咚的响声里再一次开口,"不过……我想到另一个更好的办法,你们愿意试试吗?"

温泊雪:"……啊?"

他是当真蒙了。

谢星摇口中那个"不够好"的办法,正是《天途》原文剧情。

他们趁江承宇虚弱之时动手,结局是江承宇和白妙言一并死去,几个主角都受了重伤，好在保住一条命。

这是他能想到的唯一生路。

但正如之前讨论的那样，一旦撞上江承宇，他们有很大概率落败。

"突破点在于，白妙言之所以对江承宇死心塌地，全因中了他的媚术，记不清过往的事情，而且不知道他在残害镇中百姓。"

谢星摇颔首，为二人简略叙述今日发生的种种。

她曾经觉得这个故事匪夷所思，在心里吐槽过千万遍矫情的虐恋，然而事到如今，一切终于解释得通了。

白妙言之所以心生魔障，全因心心念念曾经的白府。奈何媚术仿佛坚韧的锁，每当她想要逃离，都越来越紧，越来越折磨。

说到底，她只是个苦苦挣扎的可怜人而已。

谢星摇："江承宇要破心魔，定会献上他们二人的定情之物，以情破魔，把爱欲刻进她的识海。那么问题来了，如果在破除心魔的重要关头，有另一件东西代替定情信物，斩断她识海中虚假的记忆呢？"

月梵双眸一亮："她说不定能清醒过来！白妙言被供养这么多年，修为一定不低，若能得到她的助力，扳倒江承宇轻而易举。所以接下来的问题是，我们应该给她什么？"

谢星摇点头："一个与白妙言有关的，于她而言，比爱情更重要的物件——你们还记不记得，白家有把祖传的刀？"

月梵："也就是说，你想用那把刀破开白妙言的心魔。"

温泊雪重重落地，收好浮空的百里画卷，好奇地朝四周看了看："哟——这白家老宅怎么阴森森的？"

按照白日里说书人的说辞，那把刀仍留在白府。他们要想取刀，必须御器飞行来这个地方。

月梵双手环抱，打了个哆嗦："不是说这屋子闹鬼吗？全家人惨遭屠戮，怨气深重不得往生，那白老爷还整夜瞎转悠呢。"

在场的除了晏寒来，全是生长在五星红旗下的好少年，哪曾见过怪力乱神的事。

温泊雪吞了口唾沫，他连看悬疑电影都会被吓飞。

"白家人以捉妖驱魔为己任，就算变成鬼怪，应该也算不得怨灵。"谢星摇心里也有点打鼓,见他俩犯怵,轻声笑道,"保持平常心就好,它们总不可能突然出现,专程来吓唬……"

她话音未落,忽然听见断井颓垣边的一声闷响。

谢星摇止住跳起来尖叫的冲动,迅速后退一步,拉住身旁那人的衣袖。

暗夜之中,唯有月色澄明依旧,亘古不变的皎白莹光映上不复当年的败落院墙,一抹黑影自屋顶跃起——原来是只路过的猫。

怦怦跳动的心脏趋于平缓,谢星摇悄悄松了口气。

再抬眼,心口又紧紧绷住。

方才的变故突如其来,谢星摇出于本能抓住一人的衣袖,回过神来,才发觉那是件似曾相识的青衣。

对上晏寒来双眼的刹那,她的太阳穴重重跳了两下。

对方的凤眼瞧不出笑意,偏生嘴角一勾:"保持平常心。谢姑娘字字珠玑,在下自叹弗如。"

谢星摇回以假笑。

这段插曲匆匆过去,她只当一切从未发生,抬头环顾四周。

原是玉树莺声,江南水榭,哪知胜景最易冰消,这屋子被当作鬼宅很久了,少有外人踏足,院落的高墙绿荫处处,透过斑驳的爬山虎,能窥见被大火灼烧过的乌黑。

黑渍肆意生长,在月光里宛如鬼魅在张牙舞爪。夜色沉沉,若有似无的压抑感如影随形,偶有风声掠过,像极了呜咽声,惹人心慌。

目光经过庭院正中,谢星摇脚步顿住。

一把长刀深深插于地面,力道之大,将两侧地板破开蛛网般的裂口。

这里的一切都老旧蒙尘,长刀却锃亮如初,月光被刀锋斩碎,化作片片涟漪,流连刀尖。

温泊雪鼓起勇气上前一步:"这应该就是那把……"

"当心!"

月梵的呼声同时响起,她眼疾手快,将温泊雪后拉几步,几乎是瞬息之间,自长刀涌出滔滔黑气。

谢星摇看着它汇出一道人影。

人影高大,生得英武正气,俊朗魁梧,倘若忽略他身后的腾涌黑烟,不似冤魂,更像个武神。

拥有如此强烈的压迫感,且能寄宿在宝刀之上,这应该就是白妙言的父亲,亦即此刀逝去的主人。

男人未如寻常怨灵一般发狂,沉默着扫视一圈,嗓音低哑阴沉:"仙门弟子?仙门有仙门的规矩,家传宝刀,你们恐怕碰不得。"

"正是。"谢星摇生涩作揖,"前辈,我们今日前来,是为取得此刀,助令爱摆脱心魔。"

"心魔?"

"白家变成这样,江承宇又苦苦纠缠。"白家已经够惨,谢星摇不想让这位老父亲更加难过,刻意省去了大段的虐恋情深,"唯有此刀,能助我们除掉江承宇。"

江承宇。

男人本是神情淡漠,听闻这个名字,身后煞气陡生。

"那妖邪……果然是他。"

浓郁黑气有如实体,引得沙砾灰尘簌簌颤动。

"近日以来的失踪之事,可与他相关?"

谢星摇点头:"不错。前辈如何得知?"

"路过之人多有谈及,我虽在刀里,却能听得。"男人沉声,"他爹娘便是如此,视人命如草芥,杀了不知多少人。可怜我白氏世代除魔,每日听他为非作恶,却只能困于这一方天地。"

他愈说戾气愈重,眼珠里的黑好似泼墨,迅速向眼白渗透。

这是狂化的征兆,随时会有危险发生,谢星摇刚要上前安抚,胳膊却被人轻轻一按。

"所以今日,我们便是来了却前辈的心愿的。"晏寒来不愧为反派角色,面对此等怨灵仍然气定神闲,上前一步站在她身前,"我等自知外人碰不得宝刀,可前辈难道不想报仇?江承宇毁你家宅屠你满门,如今觊觎到你女儿头上……前辈莫非甘心困于此地,而不是用这把白家人的刀,解白家人的仇吗?"

长刀肉眼可见地颤抖起来。

青衣少年长睫微动,任由夜风撩动耳边碎发,嗓音含笑:"更何况,我们会把刀交到白妙言手里。"

男人冷笑:"我如何能信你?谁能保证,你们不是群利欲熏心之徒?"

白家老宅封印着诸多怨气,有怨气在,此刀便不会被外人所得;一旦离开这里，老宅也就失去了保护它的能力。

他不能草率做决定。

况且，在这处宅子里，守着刀的不止他一个。

"奇怪，你们有没有听到什么声音？"温泊雪蹙眉，"不像猫……好像还带了点儿怨气。"

月梵望着角落苦笑："准确来说，不止一点儿。"

而是很多，多到铺天盖地。

先是有黑烟从墙角冒出来，悄无声息聚成人形，仿佛是不满足于阴暗的角落，树梢、房檐、被烧毁的窗棂也接连淌出黑影。月色溶溶，黑雾蒙蒙，整个老宅好似一张宣纸，任凭墨汁溢开。

这是被残害的白家老幼，由于修为不高，被怨气裹挟之后，成了只知杀戮的恶灵。

温泊雪吓到腿软，秉承"要当有用人"的信念，抬手结出一个法阵，将众人护在其中。

另一边，晏寒来神色如常，手中掐诀。

眼见法诀将成，谢星摇顾不得太多，一把握住他掌心，止住即将完成的动作："等一下。"

掌心冰凉，激得她皱了皱眉。

晏寒来下意识挣脱，不料对方握得更紧："此刻不宜下杀手。"

面对亡灵要想活命，要么将其超度，要么赶尽杀绝。

他们不曾修习往生之术，况且白府怨气浓郁至此，若非德高望重的名门大师，绝不可能超度成功。

"怎么？"晏寒来最鄙夷仙门弟子的伪善，因而笑得冷淡，"谢姑娘想要以死殉刀？"

出乎意料的是，谢星摇语气十足冷静："我没那么伟大，愿意拿性命冒险。"

她不是圣母玛利亚，明白在这样的情景下，一旦心怀不忍，就只有被生吞活剥的份。

只是此时此刻，不适合立马动手。

一来这群亡灵的确无辜枉死，生前惩恶扬善却不得善终，倘若死后再被打得魂飞魄散，未免太惨了些。

二来他们有求于人，一边说着给白家报仇，一边让白家的残魂灰飞烟灭，这是要成世仇的节奏，怎么可能拿到家传宝刀？

"我想到一个超度的办法。"谢星摇一点点把手松开，"如果失败了，再除掉他们也不迟。"

温泊雪呆了。

月梵蒙了。

谢星摇声称有了办法时，两人不约而同地想到她的游戏。

《一起打敌人》。

听起来多威风，多有范儿。

温泊雪觉得她会施展一套中华武术，把这群家伙打到心服口服；月梵则笃定她会拿出冒蓝火的加特林，冲着妖魔鬼怪就是一通"嗒嗒嗒嗒"。

但她只是上前几步，接连躲过好几个怨灵的围攻，速度之快预判之准，让其中一个女孩厉然狠声："为什么……我就不信伤不了你！"

谢星摇面色如常，又一次侧身避开袭击："你们当然伤不到我。"

离谱的事情发生了。

她一本正经地开口："因为你们不是真正的怨灵，只是我脑子里想象出来的画面。

谢星摇："怨灵作为一种意识、一种精神力，从根本上讲，不可能出现在物质的世界里。"或许……你们听说过唯物主义吗？

江府，主卧。

夜间霜寒露重，暗柳萧萧，夜空中星子满天飞溅，天将明未明。

江承宇蹙眉垂首，手中力道加重，按于白妙言额头之上。

源源不绝的灵力交织缠绕，汇入女子识海，夜色沉沉，溢开一抹媚香。

"你说你做了梦，"他低声开口，宛如蛊惑，"梦见了什么？"

"你在白府，剑上好多血……"白妙言长睫紧合，面色惨白，"他们……他们都死了，还有我爹，你把剑刺向……"

她话没说完，识海轰然一炸，整个人软软瘫倒向前，被男人一把拥入怀中。

江承宇垂眸，手掌轻抚她脖颈。

"那都是假的，梦而已。"

他说。

他如此爱她，哪能让她心生隔阂，再一次从他身边逃开。

"一百年过去了，我为你踏遍千山，吃过那么多苦头，"江承宇嗅着她发间的清香，"我付出了如此之多，你是心疼我的，对不对？"

倘若白妙言消失不见，他定会疯掉。

恩也好仇也罢，只要能让她留在身边，江承宇愿意编造任何谎言。

欺瞒她，禁锢她，让她成为笼子里的鸟。

——江承宇爱白妙言，她必须留在他身边。

"你已经什么都没有了。"怀里的姑娘静默无言，江承宇沉沉出声，"我收留你，给你一个家，妙言，给我一点回应，好不好？"

怀里的人颤抖不休，熏香缭绕，模糊了他阴鸷的眉眼。

良久，白妙言哽咽着点头，轻轻抱上他的腰身。

与此同时，白府废墟。

谢星摇的一番话来得没头没尾，可谓超越时间超越位面超越了历史，这谁听了不蒙。

月梵与温泊雪面面相觑。

修真界和唯物主义……不管怎么想都搭不着边啊。

不出意料，少女怨灵果然大怒："胡说八道！"

"你们难道不觉得奇怪？"谢星摇道，"我和其他人一起来，为何他们对你们熟视无睹？修仙者见到怨灵，不应该赶尽杀绝吗？再者，你们从头到尾伤不了我，为什么？因为你们生于我的识海，没办法造成实质性伤害。"

温泊雪：这……这是……开始忽悠了？

她话音方落，立刻向另外三人传音入密："朋友们，表演时刻到。"

晏寒来一秒接戏，语气毫无起伏："都说白家府邸怨灵横行，为何我们置身于此，未曾见到哪怕一个？"

月梵僵硬地收回视线，轻咳一声："不是跟你们说过吗？世界上是没有鬼的。"

温泊雪假装四处看风景："唉，好可惜。"

少女怨灵坚定的目光，隐约出现了一条裂缝。

残存的理智迫使她保持清醒，咬牙狠声："不对……你们合伙骗我！"

言罢，周遭杀气更浓，直逼谢星摇面门！

这次的袭击毫无征兆，若是旁人，定会极难避开。

温泊雪手中捏出一个护身法诀，正欲将她罩住，陡然瞥见一抹白光。

在谢星摇头顶，在唯有游戏玩家能见到的视野里，刹那之间浮起两个大字，赫然是被她升到满级的游戏技能。

闪避

当她毫发无伤、稳稳当当躲开突袭，少女怨灵坚定的目光，再次裂开一条更大的缝隙。

谢星摇侧身，避开另一个怨灵的背后偷袭："看见了吗？你们存在于我的幻想之中，一招一式，我都能知道。"

温泊雪默默抬头，凝视她头顶越来越亮的刺眼白光。

闪避

"闪避""闪避"还是"闪避"，在短短几个瞬息，谢星摇最少用了五次"闪避"。怨灵们属于低等级小怪，遇上她这么个满级玩家，自然不可能碰到。

有些人看上去云淡风轻，倘若这真是一局电子竞技，暗地里早就把键盘敲得稀烂。

月梵若有所思：这就是《一起打敌人》，恐怖如斯！

温泊雪佩服得五体投地：这话术，这套路，说它离谱，却居然有一丝丝诡异的逻辑可循。

他愿称之为最强大忽悠，卖拐专家。

谢星摇的言论过于惊世骇俗，偏生怨灵们伤不了她分毫，被唬得迷迷糊糊，久而久之，竟生出几分自我怀疑。

毕竟……它们当真碰不到她啊！

谢星摇乘虚而入，正色道："世界的本原是物质，精神必须以血肉作为物质基础，不能凭空产生，也不能随意消失。灵体从何而来？失去物质载体后，应该以怎样的方式存在？或是说，你们当真存在吗？"

少女怨灵结结巴巴："我……我……"

该死，她居然答不出来！

离天下之大谱，有天下之大病。

接下来将近一炷香的时间，谢星摇给在场的每一位怨灵科普了辩证法，旨在论证他们并非真实，只存在于她的想象之中。

而他们之所以会是怨灵的模样，全因她来到荒宅受了惊吓，理所当然地蹦出一些恐怖的念头。

"我来到荒宅，由于大脑受到刺激，肾上腺素疯狂分泌，海马体构建出让我恐惧的场景与想象——也就是你们。"谢星摇说得铿锵有力，"否则白府中人个个心存善念，济世除魔，就算世上真有魂魄，他们怎会沦为怨灵呢？"

一时间鸦雀无声，良久，一个中年男人冷然开口："既然如此，我有个问题想要向姑娘请教。"

他生得浓眉大眼，不怒自威，显而易见不好招惹。

温泊雪在一旁静静围观，下意识地心中发紧，为谢星摇捏一把冷汗。

"我的问题是——"男人蹙眉，哑声，"这个意识的能动性很有意思，不知姑娘可否详细说说？"

……被忽悠瘸了啊这是！

角落里，一个不到十岁的小男孩怯怯出声："那……姐姐，如果我们不存在，应该怎么办、到哪儿去呢？怨灵都要下地狱，我们也要吗？"

谢星摇像是早就想好了答案，向前朝他靠近，微微俯身："白家人一生心怀正气，倘若人死之后真有亡灵，他们一定不会入地狱。"

她生有一张蛊惑性十足的清丽面庞，鹿眼含光，温温柔柔凝视某个人的时候，眸中沁开能把人化开的水光。

晏寒来想，非常具有欺骗性。

谢星摇："若要我说的话，他们会去九重天上，虽然记得仇恨，但不会让它成为心里的全部。"

男孩眨眨眼，小心翼翼地说："天上会有坏人继续欺负我们吗？"

"不会哦。"少女的目光清亮温柔，"天上是个更好的世界，没有坏家伙溜进去，也没有仙妖人魔的纠纷。嗯……你有什么喜欢的东西吗？"

喧嚣逝去，只能听见静谧夜色中的枝叶"沙沙"作响。

晏寒来静静站在一旁，神色冷漠，默不作声。

他觉得自己遇上了个怪人。

"我喜欢吃糖，那天……我得到了好多好多喜糖。"男孩怯怯地看了一眼身侧的妇人，"我想把糖分给娘亲吃，可没来得及。娘亲也爱吃甜的。"

婚礼本是喜事，那日的白府曲水流觞，每个人都满怀憧憬与希望。

直到血色刺破天际，什么都不再剩下。

"好啊，那我就在想象里，帮你和娘亲做出很多很多好吃的，桂花糕、八宝酥、流心糖，还有种冰冰凉凉的甜食叫冰激凌，草莓牛奶味儿，吃起来软绵绵的，一到嘴里就立马化掉。"

谢星摇说，"天上的星星亮晶晶的，你一低头就看到云，它有时候变成兔子，有时候又是一只胖胖的猫——开不开心？"

男孩看着她，如同世间每个孩子一样，他拥有一双干净的、泛着水光的眼睛："开心。"

谢星摇笑了："好，我要开始想象啦。你看，在我的想象里，怨气一点一点消失，于是你们身上的黑雾也慢慢散去，化出金色亮光——"

温泊雪一愣："那孩子的眼睛……"

晏寒来一言不发，垂眸立在藤蔓的阴影里。

四面八方的怨灵都出现了异样，温泊雪和月梵惊讶地张望着，唯有他神色晦暗，紧紧地看着谢星摇。

怨灵的眼睛原被漆黑填满，此刻竟一点点褪去暗色，露出正常人的眼白。

这是被超度时的模样。

谢星摇让他们相信，白家人能得到善终，不会被仇恨束缚。而作为她脑海中的"想象"，他们理应遵循想象，如她所言一般度化升天。

一种心理学意义上的积极暗示，类似于催眠。

离谱。

温泊雪脑子里第无数次闪过这两个字，当满园的怨灵得以超度，化作金光升天时，他的五官早已因为过度震惊而僵硬麻木。

月梵亢奋不已："不可思议，不可思议。无敌唯物主义，修真界第九奇迹！"

谢星摇被夸得不好意思："没那么厉害，其实我偷偷用了点技能。"

月梵闻声抬眼，看见她头顶上的另一排金色浮光：

哲学之光

技能简介：笼罩上一层哲学之光，用科学的理论武装头脑，用实践的真理击溃谬论，让敌人的歪理邪说无处可藏！社交技能，大大提高话术可信度。

嘴炮攻击

　　技能简介：击败对手靠什么，拳头、刀剑、威逼利诱？不，是嘴炮！策反奸细、对骂敌人、攻略心仪对象，嘴炮一出谁与争锋！社交技能，大大降低敌人心理防线。

　　好家伙，增益效果叠加，难怪能成一个绝世大忽悠。
　　谢星摇收起技能框，长出一口气："好啦。超度的事情办妥，接下来就该解决江承宇了。"
　　月梵："佩服。"
　　温泊雪："真牛。"
　　唯物主义超度，还能这么玩儿！

　　今夜发生的一切究竟出于何种原理，白妙言她爹看不懂，但他大受震撼。
　　怨灵不该留存于世，他本以为这群仙门弟子会不分青红皂白地出手，没想到只有个小姑娘站了出来。
　　而且还用一种闻所未闻的方式，把一大家子全都超度了。
　　他觉得这不太合理。
　　谢星摇乖乖等待院落里的怨灵消散殆尽，直到最后一缕金光飘远，终于卸下防备，长舒一口气之时，身后传来低沉的男音："你们……要去对付江承宇？"
　　"不错。"谢星摇转身，正对长刀之上的魂魄，"前辈，你女儿如今被江承宇囚禁，甚至被下了媚术禁锢神识，唯有此刀能唤醒她的意识。"
　　他们来路不明，白家人理所当然会心生戒备，谢星摇帮助一家老少超度升天，算是一个结盟的筹码。
　　她有筹码在身，多出不少底气，顺势亮出腰间木牌："此乃凌霄山名牌，前辈大可过目。"
　　男人凝视她的眼睛，半晌，终是发出一声叹息。
　　"各位道友。"他垂眸躬身，竟是给在场众人作了揖，嗓音颤抖，如箭在弦上，怒意将发，"江承宇作恶多端，今日将此刀交予诸位，还望能斩除妖邪，还白府、还枉死的百姓一个公道！"
　　萦绕于刀刃的森森鬼气渐渐淡出视野，如水融进夜色之中。

魁梧的男子身形随之消散,嗓音被风吹开:"我执念未消,会以剑灵之体附于刀中……在下还有一疑惑未解,不知当问不当问。"

"前辈请说。"

男人面色沉了沉,压抑恐怖的黑气遮掩半边面庞,看上去严肃又凶戾。

他眨眨眼,满目纯然道:"我……是真实存在的吗?"

朝阳未出,凌晨的江府悄然无声。

庭院深深,月光织成的薄纱细腻且暧昧,空气里弥漫着不知名野花的味道。

几缕黑烟徐徐而过,循着源头探去,赫然一张美人榻。

一男一女坐于其上,女子美目半合,面无血色;身侧的男人剑眉紧蹙,手中不断掐诀画符,映出道道妖异紫光。

江承宇心情很糟。

心魔如此强大,表明白妙言心中极力排斥同他在一起。他感到愠怒,想质问她原因。

但此刻心魔正盛,显然不是时候。

他百般尝试,终于把二人的定情之物印入对方识海,只要在识海留下烙印,白妙言定会死心塌地地跟着他。

从今以后,她将不再记得往日种种,把血海深仇忘得一干二净,乖乖栖息在鸟笼之中。

她会是他最爱的鸟。

更让江承宇心烦意乱的是,门外响起了十分嘈杂的响动。

他脱不开身,凭借声音辨出那是一场打斗。新房外留有数名侍从把守,不允许外人进入,在这种关键时刻,究竟是何人在招惹祸端?

这个疑问很快有了答案。

在一声小妖的哀号中,房门被人狠狠撞开。

江承宇微怔:"你……谢星摇?"

谢星摇点头笑笑:"好久不见。"

青年冷笑:"你没死?"

"我好得很。"

她虽不是原主,但毕竟记得过去的零星片段,加之目睹了白家满园的怨气,口中分毫不饶人:"不似江公子,只能用媚术欺瞒女人。做了如此上不得台面的事,怎么还是像条丧家之犬，得不到主人的怜爱呢？"

一股妖气飒飒而来，晏寒来为她挡下这道突袭，颇为不耐烦地想，这人实在懂得如何惹人生气。

堂堂仙门弟子，只学会了耍嘴皮子。

"你闭嘴！"江承宇被戳中逆鳞，霍然起身，"妙言心甘情愿与我成亲，哪容你们这些外人置喙！"

月梵有点儿犯恶心："心甘情愿，哪来的厚脸皮。"

"你以为找来帮手，就能高枕无忧？"江承宇目光微动，笑意更深，"一群筑基，能奈我何？"

他开口的瞬息，房中气流一滞。

月色被紫气吞没，窗边无风，青年宽大的金边袖口却腾然而起。血一样的暗红蔓延开来，侵蚀他的整个眼珠，如浪如潮。

温泊雪没什么游戏技能，好在道法娴熟，在三个凌霄山弟子中修为最高，当即祭出法器，以灵力抵挡下一波杀气。

晏寒来实力虽高，却不可能向他们表露真实修为，注定整场敷衍应战。原著把这场战斗写得极为惨烈，他们虽然保住一条性命，但无一不是身受重伤。

好在当下有了更好的选择。

谢星摇不动声色，脚步轻旋。

他们位于房间东南角，江承宇的注意力，绝大多数集中在这里。

他要应付来自好几人的进攻，正是对白妙言防卫最薄弱的时候。

储物袋里的长刀震颤不已，不知是感应到了主人的气息，还是迫不及待要将妖邪斩于此地。

它愤怒，也兴奋。

只要几个瞬息就好。

只要靠近白妙言，进入她的心魔之中，把刀送到她手上。

婚房正门，温泊雪蓄力掐诀，引出凌厉法光。

青年如松如雪，身后却是群魔狂舞。他仅凭一己之力拦下府中各路妖魔，在满目肃杀中轻声传音："放心，这边一切交给我。"

月梵手中化出长剑一把，生涩挽出一个剑花："我来吸引江承宇的注意力。"

谢星摇与他们对视一眼，扬唇点头。

技能：潜行

白妙言的人生从未有过不如意。

出生于捉妖世家，从小到大颇受家人宠爱；因相貌出众，性子随和，身边总有数不清的玩伴，从来不觉得孤单。

爹爹看上去又高又凶，其实讲起话来温温柔柔，因她娘亲早逝，他学会了温声细语哄人。

她身边的两个小侍女最爱叽叽喳喳，大多数时候都在讨论新买的话本子；厨娘有个七岁的小儿子，喜欢吃糖，总是甜甜地叫她姐姐。

她还有个温润如玉的未婚夫。

未婚夫长得好看，谈吐风趣举止得体，据他所说，打从第一眼见到白妙言起，自己便确定了此生心意。

他带她放风筝吃糖人，每天过得无忧无虑，白妙言想，这种日子她一辈子也过不厌。

不久之后，就是他们的大婚。

她似乎忘记了什么，无论如何都想不起来。这让她时常头痛，未婚夫告诉她，如果再有不适，就摸一摸两人的定情信物。

那是根精致的银簪子，每每触碰它，识海里翻涌着的莫名情绪都会渐渐平息。

白妙言决定好了，等大婚当日，她要送出好多好多喜糖，再在池塘里摆上花灯，在树上缠满红绸子。

真奇怪，大婚本是喜事，她却不由自主地想要落泪。

她悄悄问自己：为什么会觉得伤心？

古怪的念头再一次席卷而来，她头疼欲裂，习惯性地握紧银簪。

然而这一次，她却毫无来由地觉得，自己应当握着一把刀。

刀柄漆黑，雕有透迤龙纹，刀身狭长笔直，泛起寒光，那是——

识海越发疼痛，猝不及防的一瞬间，眼前袭来一道似曾相识的白芒。

是刀光。

——有人擅闯她与承宇的新房！

对方出现得毫无征兆，携来夜风阵阵，敲得门窗"砰砰"作响。

再这样下去，新房定会塌掉。

白妙言下意识地抬手反抗，以灵力稳住摇摇欲坠的房梁，可那刀光愈盛、门窗愈颤，她脑中的剧痛愈是难以忍受，仿佛有什么东西挣扎而出。

屋外的长刀嗡然一震，木窗如镜片碎开。

她有可依靠的父亲，无话不谈的密友，真心敬重的长辈……

可细细想来，为何临近新婚大喜之日，她却从未见过其中任何一个人？

采朱与青碧从小陪她长大，三人一起看花灯听曲子，悄悄谈论近日所看的话本子。

采朱想要觅得一位英俊潇洒的如意郎君，声称日后一定要请大家吃喜糖；青碧习惯板着脸，一本正经地告诉她，待在小姐身边就很开心。

当白妙言想起她们，却是两张被鲜血浸湿的脸。

青碧以血肉之躯作为代价，拼命护着她逃出婚房；采朱独自拦下杀气腾腾的妖邪，临别前一把抹掉眼泪告诉她："我不想嫁人了，其实一辈子陪在小姐身边也很好。"

一定是假的。

她那样深切地爱着江承宇，他怎会……

这些记忆遥远又模糊，她感到茫然无措，骇然后退一步，在白粼粼的刀光里，却想起更多。

厨娘为保护孩子，被一爪刺穿心脏；兄长拔剑而出，身形被数十只怪物须臾吞没；空气里弥漫着血与火的味道，那么多人在哭在跑，那么多妖邪放声大笑。

最后是前院。

爹爹与群妖对峙多时，周身鲜血淋漓，几乎拿不动手中长刀。她哭着上前，却只得到匆匆一瞥的目光。

男人双目猩红，如山的脊梁高大宽阔，宁折不弯，宛如修罗杀神，令见者胆寒。

看向她时，却是无比清澈温柔的眼神。

"妙言，"爹爹说，"别哭。"

她曾经真的很喜欢江承宇。

世上不会有谁比他更懂白妙言的心事，也不会有谁比他更明白，怎样才能使她开心。

那时的她像小兽一般依恋他，每日祈祷一生一世，可当记忆逐渐清晰，江承宇的面孔反而变得不那么深刻。

新房剧震，不知从哪里传来碎裂般的"咔嚓"响音，好似铁链断开。

她记起来了。

比起他，还有更值得被她铭记的事情。

那是许多年前的一个正午，她与爹爹一并走在庭院长廊上。

那天日光正盛，屋顶有只懒洋洋晒太阳的猫。父亲打开紧锁的房门时，她惊叹上前。

"这便是我白氏一族自古传下来的宝刀。"

那时候的父亲尚未满身血污，他拥有一双深邃却温和的眼睛，看上去又高又凶，其实最爱笑着哄人："想拿着它降妖除魔吗？"

她高兴地咧嘴，满目憧憬："想！"

男人轻笑："它继承了无数先辈的意志，总有一天会传到你手里。"

她好奇地道："可爹爹用得很顺手呀，一直用下去不好吗？"

"爹爹总有老的时候，除魔之路道阻且长，不知何夕便要分离。妙言，莫要恐惧别离。"父亲看着她的眼睛，"无论身处何地，身为白氏传人，不要遗忘今时今日的本心，也不要忘了……这把刀的名字。"

刀的名字。

脑袋疼痛难忍，如有小刀在不断切割血肉。白妙言捂紧太阳穴，眼中湿润一片，似血似泪。

她听见女孩说："我怎会忘呢？"

对啊，她怎会忘呢？

"咔嚓"。

记忆源源不断汇入的间隙，耳边传来轰然一响。

婚房刹那之间烟消云散，放眼望去，四周皆是茫茫白烟。

此地不似真实，更像某人的识海。

方才那婚房……莫非只是一道妄念吗？

身后传来窸窸窣窣的响声，白妙言骇然转身，见到一个面目模糊的说书人。

"公子为报灭族之仇，在大婚当日引群妖进犯。小姐哪会知晓此事，可怜毫无防备，被屠了满门。"说书人一拍惊堂木，"然而即便隔着世仇，公子还是不可救药地爱上了小姐。他为她寻遍千山，踏过九州，蹉跎一年又一年，忍受无尽苦难，嘿，最后还真就找到法子，要与小姐成婚了！"

她默然不语，听那人继续道："这也算是苦尽甘来，天定姻缘。"

"你觉得这出苦尽甘来的戏码如何？"

说书人嗓音落下，另一道陌生的女音接踵而来。

白妙言速速回头。

来者是个年纪不大的姑娘，瓜子脸，鹿儿眼，偏生眼尾勾出了点儿狐狸般的弧度。

与白妙言对视的一霎，姑娘露出和善的微笑："白小姐，我叫谢星摇。"

白妙言蹙眉："你如何认得我？这是何处？"

"我是谁不重要。"谢星摇上前一步，"白小姐还没有回答我的问题——你如何看待这个故事？"

屠尽满门、欺瞒蒙骗，只愿将他挫骨扬灰。

她想这般回答，奈何记忆逐一拼凑，白妙言竟说不出哪怕一句话。

她爱他。

温润的夫君，喜庆的婚礼，美满的人生。倘若一切皆是假象，剥开这块华美皮毛，沁开属于她家人的血……

就算江承宇真心待她，建立在血泊之上的情与爱，又价值几何？

"听故事的时候，我一直觉得奇怪。"谢星摇说，"为什么在这种故事里，深情总是迟迟才来？人家活着的时候不喜欢，死了反而恍然大悟。如果真的喜欢一个人，会迟钝至此吗？"

支离破碎的记忆逐渐复苏，白妙言抬眸，眼尾溢开血色。

"所以我想啊，故事里的这位公子，他究竟喜欢小姐这个活生生的人，还是喜欢拥有她、被她爱慕时的感觉呢？"谢星摇笑笑，"如果我钟情某人，一定希望他能快快乐乐，看见他笑，我也觉得开心。倘若他恨我不喜欢我，我却想方设法将他留在身边——"

她继续说："岂不是和街上那些衣服首饰一样，喜欢就要得到，从不理会它们的想法，只管自己高兴就行吗？"

更多画面争相涌现，在无边无际的刺痛里，白妙言望见绵延的红。

红绸，红月，红色的血顺着长刀淌下，刀光冷寒，映出父亲半跪在地的模样。

他将刀尖深深刺入土地，支撑起摇摇欲坠的身体，直至死去，也未曾倒下。

"你说得对。"白妙言凝视她的双眼，良久，自胸腔里发出闷笑，"他不过将那小姐看作一件物品。"

她后退一步，唇角极白，唇珠却透出诡异嫣红——

被咬破的皮肤渗出鲜血，压抑而妖异："他爱的不是小姐，而是那股年少时求而不得的执念,说白了,他最爱他自己。"

"咔嚓"。

又一层白烟散去,露出无垠识海里的千千网结,每一条皆是江承宇封印的咒术,而在此刻,每一条都震颤不止,自中心处裂开缝隙。

她想起了被遗忘的全部。

江承宇是她的心中挚爱,亦是其他所有人眼里的修罗恶鬼。

白妙言道:"他该死。"

奈何她深陷心魔之中,无法逃离幻境,连自己都无法保全,更别说提刀报仇。

她甚至找不到可以除掉江承宇的刀。

"咔嚓"——枷锁破开一处伤口似的缝。

她看见那个陌生姑娘靠近几步,黑眸晶亮,忽地抬手。

在谢星摇手中,不知何时出现一把刀。

刀柄漆黑,雕有透迤龙纹,刀身狭长笔直,泛起寒光——

只一眼,便让白妙言红了眼眶。

她记起许多年前的和煦艳阳里,女孩于男人身侧修然挺立,任由袖摆乘风而起,凝视着身前长刀。

"我怎会忘呢?"

她抬头,眼中是少年人独有的凛然恣意,嗓音清亮,笃定铿锵:"——名刀,诛邪。"

"别怕。"眼前的谢星摇扬唇一笑,"我想,你或许在找这个。"

谢星摇退出心魔时,正好瞥见一道游龙般的澄净白光。

识海的时间流速与外面不同,她进去这么一会儿,房中只过了几个瞬息。

然而就是这短短几个瞬息,已经足够江承宇做出反应,试图一掌将她从白妙言身旁逼退。

暗紫色的妖气汹汹袭来,被眼前这道白芒轰然逼退。源自仙门的磅礴灵力好似一张巨网,将她牢牢护在其中。

而灵力的源头,正是温泊雪。

"成功了?"白衣青年腼腆一笑,眼中闪过罕有的亮色,"放心,我说过会保护你们的。"

诛邪刀沉沉落地,江承宇笑得讽刺:"白氏那个老家伙的刀?我与妙言大婚在即，诸位道友特意请它前来做客，不错不错。"

谢星摇听得火大，刚要开口，竟听见身后的晏寒来嗤笑一声："不只婚宴，丧事也需请人做客。它既愿来，说不定是想见某人的棺材。"

她平日总觉得此人像只刺猬，说话阴阳怪气叫人不喜，如今与他站在同一战线，居然觉得晏寒来的嗓音多出几分可爱，于是嘚瑟地扬起下巴，接话道："晏公子说得对！"

晏寒来："谢姑娘，莫要狐假虎威。"

很好，她决定剥夺此人的可爱权利。

谢星摇："谁让晏公子口若悬河字字珠玉，我等自愧不如，只能借借晏公子的威风。"

晏寒来显然有被硌硬到，蹙眉击退一只夺门而入的小妖，不愿再理她。

谢星摇刚来修真界不久，万幸记得不少符咒的使用方法，念咒掐诀之余，亦有其他用来进攻的法子。

比如之前那把 AK。

只不过……在这种情形下，不知枪械行不行得通。

漆黑枪身现于手中，她凝神屏息，朝着江承宇扣下扳机。

意料之中地失败了。

浓郁妖气已然形成坚不可摧的护甲，子弹虽然杀伤力极强，但毕竟属于凡俗之物，很难将其穿透。

江承宇相当于穿了层防弹衣，要想伤到他，还得多费些心思。

方才这一击威力十足，将妖气屏障击得震颤连连，江承宇虽未受伤，却真真切切地感受到了势如破竹的火力与杀意，动作稍顿，侧头看向谢星摇。

紧随其后，便是铺天盖地的紫气迎面而来。

满屋妖雾迅猛如电、锋利如刀，在四面八方的围剿之下，无论躲去哪里都会受到袭击，"闪避"理所当然没了用处。

她正要掐指念诀，却见周身白光大作——

下一刻，澎湃紫气好似水落池塘，竟于转瞬间消弭无踪。

至于白光的源头。

谢星摇迅速侧目："月……月梵！"

若说这是仙术，他们应该还没厉害到这种程度。

她脑子有点儿转不过来："你的游戏不是《卡卡跑丁车》吗？"

月梵竖起大拇指:"特大喜讯,我玩的是道具赛!"

再抬眼,她头顶果然飘浮着两行字迹。

天使的守护

技能简介:给予队友护盾效果,免除一次伤害。

谢星摇大受震撼:"哇!"

温泊雪只想鼓掌:"真牛!"

"道具不是时时都有,我也是刚刚才抽出来。"月梵击退又一个小妖,衣袖翻飞,好似银涛雪浪,"'天使的守护'用完,还剩下'强力磁石'和'水泡泡'。"

谢星摇侧身躲过妖气:"这两个道具有什么作用?"

月梵:"不是吧,你小时候没玩过《卡卡跑丁车》?"

于是,月梵耐心解释:"磁石呢,就是飞快拉近你和某个人的距离,或者把你从某人身边迅速推开;水泡泡相当于水牢,可以在短时间内把人困进水球里。"

温泊雪小声补充:"只不过以江承宇的修为,我们顶多困他两秒钟。"

两秒钟。

谢星摇思忖一瞬,目光飞快掠过地上的诛邪刀。在它咫尺之距的角落,少女面色苍白,双目紧合,指尖轻轻动了动。

这是她们约定好的信号。

谢星摇传音入密:"时间足够了。"

江承宇杀气正盛。

今晚本是属于他与白妙言二人的良宵,这群人不知从哪里冒出来,其中还有个曾被他利用过的谢星摇。

他如此深爱着妙言,下定决心一生一世对她一心一意,别的女人哪能入得了他的眼,不过是用完即弃的工具,不值得半点怜惜。

妙言一定会被他的深情打动,像从前那样倾慕他,视他为人生仅有的意义——在他解决掉这些杂碎以后。

温泊雪与月梵声名远扬,然而如今看来,实则比他想象中弱了很多。

眼前四人里,令他在意的只有一个青衣少年。

那少年不知名姓,出手凌厉,身法诡谲,仿佛在极力隐藏实力,保持着中庸之道。

至于谢星摇,他根本懒得忌惮。

江承宇知道她几斤几两,更何况女人嘛,最容易为情所困,成不了大气候。谢星摇那样爱他,被他抛弃时哭哭啼啼,怎么可能痛下杀手。

白妙言亦是如此,两人隔着血海深仇,她还不是爱他爱得死心塌地。

不远处的几人身形忽动,江承宇蹙眉催动妖气,下一刻,只见漫天水光劈头盖脸笼罩而来,回过神的时候,他已被困入一个水球之中。

想用这种法子困住他?

青年不屑冷笑,凡俗之水,劈开便是。

妖力聚于掌心,他堪堪分神一个吐息,再抬眸,谢星摇竟已靠近不少。

手中仍然拿着那把黑漆漆的古怪法器。

技能:潜行

"还执迷不悟吗?"江承宇懒得瞧她,"你那玩意儿的确有趣,但说白了就是堆破铜烂铁,如何能破开我的……"

不对。

凛然杀气呼啸而至,他骇然扭头,视线正对上枪口绽开的火光。

如同一朵绚丽华美的花,在须臾之间开了又败,伴随一声闷响,结出沁了毒的果实。

与之前软绵绵的攻击不一样,这枚看似无害的果实……通体包裹着灵力。

将灵力与子弹融合,既能兼顾科技的火力,又增添了独属于修真界的破魔之气。子弹势如破竹穿透屏障,宛如毒蛇吐芯,在最后一刻露出獠牙。

他慌不择路地匆匆侧身,子弹穿过手臂,生出钻心刺骨的疼。

紧随其后,是第二发枪响。

……莫非之前那些不痛不痒的尝试全是障眼法,谢星摇伺机而动,只为了能在这时出其不意地杀他?

江承宇下意识伸手去挡,直到右手高抬,才发现自己犯下了无法挽回的错误。

子弹被妖力拦下,在枪火与月色的余韵里,谢星摇无声扬了扬嘴角。她笑意冷淡,衬得鹿眼宛如幽潭,深不见底,带着孩子气的得意。

于是唇角那抹上扬的笑弧,也仿佛成了把锋利的刀。

分心顾及一处角落，理所当然会忽视另一个方向。

此时此刻，他身后已然传来刺痛，直直通向心口。

视线所及之处，月光纷乱坠下，打湿少女精致的面庞。

谢星摇又笑了一下，眼中有火，也有光。

她……是诱饵。

而当江承宇回头，长刀将心口彻底刺穿，握刀看着他的，是白妙言。

"为……为什么？"剧痛几乎将他撕裂，江承宇想不通，"我爱你。"

泪水模糊视线，他嗅到血的气味："我为你奔波几十年，为你寻遍世间名医，为你受过那么多苦……我从未对不起你，为什么？你分明也爱我。"

白妙言静静地看着他。

她爱他吗？答案应该是肯定的。

年少的心动，是能够贯穿一生的悸动，那些羞怯的、暗自欢喜的记忆，仿佛发生在昨天。

可这么多年过去，当她获得久违的清醒，与江承宇对视时，眼前却出现许许多多其他的人。

身形魁梧的男人不怒自威，觉察到她的存在，扭头勾勾嘴角，笑得笨拙又温柔；两个小姑娘陪她站在窗前，拿手托着腮帮，看雨点一滴一滴从屋檐落下。

还有一张张平凡朴实的脸孔，一些笑声，一条通往家门的白玉阶，那么长，也那么远。

长刀发出铮然嗡鸣，当诛邪离开江承宇身体，鲜血四溅。

然后是毫不犹豫的第二刀。

"许多话本子里，若想让男主人公受苦，要么安排女主角身死殒命，要么就是女主角被伤得太深，从此对他爱答不理。"

在刚刚的心魔里，谢星摇曾对她道："可是体现一个人的价值，为什么要通过令她受伤、惹旁人心痛的方式？"

在这世上，爱情是那么虚无缥缈，从不会成为某个人的全部。

在成为他人的妻子之前，她首先是白妙言。

"妙言，你定是受了他们的蛊惑。"江承宇竭力出声，语句破碎，字字带血，"你看看我，想想我为你做过的事。我爱你啊！吃食、家宅、漂亮的衣裳、不舍昼夜的陪伴……这些我不是都给你了吗？"

白妙言讥讽一笑："爱我？"

她眼眶绯红，笑声却愈冷："记不清往事，分辨不了善恶，被媚术蛊惑心智，日日夜夜攀附于你身旁……那当真是我吗？"

青年语塞，如被重重一击。

他们心知肚明，那不过是朵和她长得一模一样的乖巧的菟丝花。

江承宇想娶的，自始至终只是个执念罢了。

也正是此刻，江承宇无比真切地感受到，白妙言……是真的想要杀了他。

她看他的眼神，让他想起白家尚未覆灭的时候。

那时的她风光无限，活得肆意潇洒，每当江承宇遥遥凝望她的背影，都会不由自主地想：凭她的天赋，倘若某天比他更强，那该怎么办？

白妙言会遇见更多更好的人，拥有更为广阔的人生，而他，只会被一天天落下。

绝对不能变成那样。

为什么，他明明已经做了那么多，模糊她的记忆，折断她的羽翼，将她的一切摧毁殆尽……

他精心饲养的鸟雀，为什么会成为刺向他的刀？

恐惧宛如无形之手，迫使他咳出一口鲜血，狼狈摔倒在地，后退几步："求……求你……"

"废物。"白妙言却只笑笑，"当年的白家人……可从未有过一句求饶。"

什么才是复仇？

江承宇利用她、辜负她，那便让他由此得来的一切全盘落空；将她做成满足欲望的偶人，那便斩断这妄想，凌驾于他之上。

碾碎他，重创他，令他变得一文不值、悔不当初，最终陷入地狱业火之中，永无东山再起的可能。

一滴泪珠落下，湮灭于滚烫杀意之中。

白妙言垂眸，任凭长刀没入他心口，愈深，愈重。

倘若恨意须得用爱来偿还，他们之中必定会有一人丢掉性命。

死去的那人，为什么不能是他呢？

须臾，势起。

乱世邪妄生，自有我辈横刀。

白氏刀术，第一式。

——斩邪！

汀承宇死了。

诛邪长刀锋利非常，刀光如影，妖魔无处可藏。待刀光散去，满身血污的青年再无气息，双目浑浊，满含愤怒、恐惧与悔恨。

但这些情绪，终究不会有人在意。

四人小队第一次下副本，成功击败小怪若干，反派 Boss 一个，经验值"噌噌"往上涨，升级升级再升级。

——这是大战结束以后，月梵躺在医馆时的陈述总结。

她是个轻度网瘾少女，玩过的游戏不计其数，即便浑身上下裹着纱布，仍能绘声绘色："尤其是摇摇的精准射击，效果拔群！"

温泊雪星星眼："嗯嗯！"

"还有温泊雪！"月梵猛拍大腿，切换成说书人语气，"他法伤不断，每个盾套得恰到好处，最强法师实至名归。台下的观众，我们一起鼓掌！"

她夸得太过，当真"啪啪"拍起手来，反倒让温泊雪支支吾吾红了脸，连连摇头："别别别，我……"

他一句话没说完，房间木门被"吱呀"打开。

方才还猛拍大腿的月梵收敛起狂放的五官，手指顺势柔柔往下，撩了撩裙摆。

温泊雪不遑多让，立马挺直脊背，做出高冷仙君的矜贵姿态。

谢星摇轻声咳了咳："大夫。"

"三位都醒了？"

大夫温和笑笑，身旁跟着刚上完伤药的晏寒来。

他们运气好，因得了白妙言相助，身上多是一些皮外伤，没像原文那样，个个疼得能直接去见阎罗王。

一场大战告终，心头的石块终于落地，来到医馆之后，每个人都沉沉睡了一觉。

谢星摇好奇道："白小姐情况如何？"

"无碍。"大夫摇头，"她神魂不稳，灵力消耗太大，需要睡上一会儿——我再去看看情况。"

大夫心系白妙言安危，没过多久便告辞离去。三个凌霄山弟子你一句我一句，唯有晏寒来不理他们，独自坐在床上闭目养神。

"我还以为，这次肯定会被打得半死。"想起原文里的惨状，温泊雪下意识一抖,"多亏谢……谢师妹想出破局的法子。"

月梵点头:"还有从江家忽悠到的那几十万灵石!"

谢星摇笑笑:"你们也很厉害啊。比如月梵的'水泡泡'和'天使的守护',如果没有它们,我恐怕早就折在江家了;温师兄的术法炉火纯青,非常靠谱,真的。"

温泊雪吃下一口点心,若有所思地眨眨眼。

他性子内向,很多话憋在心里,不好意思讲出来。

在娱乐圈摸爬滚打这么多年,他早就见惯了纸醉金迷、利益至上,已经很久没接触到纯粹的善意。

温泊雪想,谢星摇是个好人。

当她安抚那些白家亡灵的时候,显露出的温柔绝非假象。

更难得的是,这是一种理性的温柔,她有条不紊,似乎总能想到万无一失的对策,令人感到十足安心且舒适。

大家都这么厉害,他一定要继续努力,不拖后腿。

谢星摇和他俩兴冲冲地叽叽喳喳,冷不丁目光一转,看到房中还有另外一个人。

——晏寒来睡在最里侧的床上,因闭着眼,长睫懒洋洋地往下耷拉,眼尾勾出弯弯一条弧线,嘴角轻轻抿着。

摆明是在嘲笑他们的商业互吹,毕竟这人隐藏了真正实力,在他看来,江府里的一切无异于菜鸡互啄。

谢星摇不动声色,给另外两人传音:"晏寒来,Pose(姿势)摆得挺行。"

月梵"扑哧"笑出声:"人家这叫高冷。"

"晏公子会和我们回凌霄山吧。"唯一老实人温泊雪弱弱出声,"话说回来,他到底什么身份啊?"

"他后期用妖力杀了不少人,应该是只妖。"月梵道,"也只有妖魔会那么疯,血洗整整一个仙门吧。"

谢星摇歪歪脑袋:"晏寒来把真身捂得这么严实……你们觉得他是什么妖?"

"我觉得狼或者猫。"月梵毫不犹豫,"有点儿傲有点儿凶,反正不可能是兔子狗狗一类的。"

温泊雪思忖好一会儿:"那个,凤凰……?"

凤凰哪会像他这样。

谢星摇闻言笑笑，目光没从晏寒来身上移开。察觉出这道直勾勾的注视，少年猝然抬眸。

盯着人家被当场抓包，她非但没觉得羞赧，反而咧嘴眨了眨眼，露出两颗小虎牙。

厚脸皮之人所向无敌，晏寒来拿她没辙，默默垂下视线。

刚想闭眼，便听房门被人匆匆一敲。

本已离开的大夫站在门外，嗓音稍扬，掩饰不住欣喜激动："小道长们，白小姐醒了！"

白妙言。

谢星摇见过她几次，她要么处于媚术的控制之下，要么濒临崩溃，神志恍惚，今日与她相见，纵使早就熟悉了那张脸，仍然忍不住眼前一亮。

褪去柔情蜜意小鸟依人的外壳，青衣女修眉目雅致，长身玉立，仿佛迷迷蒙蒙的大雾散去，露出青山绵绵一角，青萝翠蔓，风骨天成。

"多谢道友。"

白妙言尚未完全恢复，面色苍白，脊背挺直如竹。

"江承宇作恶多端，倘若没有诸位相助，我恐怕要助纣为虐，与他为伍了。"

月梵最是仗义，赶忙接话："这不是你的错。那浑蛋下了媚术，而你神魂不稳，必然会被迷惑。"

"那亦是因我心性不坚。"白妙言摇头，"听闻道友们将我家人尽数超度……"

"超度我们没插手，"月梵不抢功劳，拍拍谢星摇肩头，"是她做的。"

白妙言安静笑笑："多谢。"

她说罢低头，自怀中取出一串吊坠。

吊坠上的绿色石头状若翡翠，内里并非玲珑澄澈，而是闪烁着缕缕深色的流影，灵力自内而外无声流淌，显而易见价值不菲。

"我身无长物，这坠子名曰'碧流'，有护体之效，是我如今仅有的宝物，今日当作谢礼赠予姑娘，还望姑娘莫要嫌弃。"

谢星摇自是拒绝："白小姐体弱，应当戴着它防身。"

她说得毫不犹豫，对方却并不退让，掌心摊开朝着她的方向，始终没有多余动作。

温泊雪见局面僵持不下，正打算出言解围，却见一旁的谢星摇陡然伸手：

"多谢。"

白妙言本是神色暗淡，这才从眼角眉梢溢出笑来。

谢星摇将宝贝小心翼翼地收好，晏寒来瞥她一眼，喉头微动。

他能看出来，谢星摇和白妙言很像。

出生于大户人家，有着良好的能力与教养，也理所当然地，拥有独属于自己的那份自尊。

白妙言作为白家后代，置身于今日境地已是十分尴尬，唯有知恩而报，才能令她看上去不像个遭人施舍的可怜虫。

谢星摇最初执意不收，应是想到这一点，才会在后来接过谢礼。

这人倒也不是只懂耍嘴皮子。

沉默片刻，谢星摇迟疑出声："白小姐今后有什么打算？"

白妙言无家可归，今时今日顶着一身虚弱躯壳，不知还能去哪儿。

月梵飞快道："凌霄山是个不错的去处，白小姐有没有兴趣拜入师门？"

白妙言笑着摇头："多谢各位好意，只是我修习白氏术法多年，不宜转修其他。更何况，白氏一族的传承，已尽数落在我手中了。"

她一顿："我爹的魂魄被纳入诛邪，成了刀灵一般的存在。既有他作陪，天涯辽阔，四海皆可为家。"

她说着扬起长刀，于刀鞘之上，渐渐氤氲出缕缕虚影。

影子勾缠生长，最终聚成一个熟悉的人形。

谢星摇脱口而出："白老爷！"

目光可及之处，高大的男人颔首扬唇："诸位道友，多谢。"

他说罢弯了弯眼尾，冷肃的面容如同寒冰消融，溢开几分孩子气的笑："对了，我对那套唯物主义理论极感兴趣，不知谢姑娘可否留张传讯符，以便日后探讨？"

白老爷，唯物主义忠实爱好者，修真界不断探索的理论先驱。

谢星摇在心中默默送他一顶小王冠，点头应声："没问题。"

白妙言看着她爹左右倒腾，静默无言，嘴角止不住地轻勾。

温泊雪："二位打算什么时候走？"

谢星摇看一眼她手里的帷帽："今天……现在？"

"不错。"白妙言会心一笑，"今日天有细雨，大夫送了我帷帽遮雨。"

镇子里妖祸已除，她身为除妖师，已再无逗留的理由，更何况于她而言，此地留下的回忆实在称不上美好。

谢星摇与她默然对视,不需言语,在恰到好处的分寸之间,一切未出口的话语都有了合理解释。

谢星摇点头:"保重,再会。"

白妙言笑:"再会。"

春雨总是细密柔软,如露亦如雾,无处不在,却又寻不到影踪。

白妙言离开时,庭院中恰好吹来一阵凉风,吹落桃花漫天,也吹动竹林隽秀的骨,枝叶簌簌,像极了姑娘摇曳的青衣。

月梵站在窗前:"她会去哪儿呢?"

温泊雪盯着小径上越来越远的背影:"这一幕应该录下来,当作武侠大片的片头,镜头一点点拉远,再定格。"

晏寒来懒懒地靠坐在床头,似是觉得困倦,侧着脸合上双眸。

"我倒是想起一首词。"谢星摇用两手托住腮帮,"穿林打叶,料峭春风。回首向来萧瑟处,归去——"

远处竹影斑驳,墨色屋檐融化在浅白的雾中,一滴雨珠自檐角落下,打湿了白妙言的手背。

她静静回头,与窗前的人们对视一瞬。

高挑青年眉目隽秀,见她回首,微微颔首致意;白衣女子清雅脱俗,不知为何带了几分格格不入的野性,朝她扬起嘴角。

身着红裙的姑娘眉眼弯弯,向她用力挥了挥右手。

在那场婚礼之前,她尚且是个无忧无虑、生活在万千宠爱之下的小姑娘;大婚之后,便不得不背负起千百年的使命与恩仇,面对孑然一身的漫漫长路。

当白妙言再转身,背影笔直如刀。

"我知道。下一句是——"月梵笑,"也无风雨也无晴。"

也无风雨也无晴。

有风掀起帷帽一角,那道青色身影望向没有尽头的前路,一步一步,走入潇潇雨中。

谢星摇在床上休养生息整整五天,因有凌霄山的灵丹妙药,大伤小伤痊愈大半,终于能下地乱跑乱跳。

江府的险情尘埃落定,按照剧情,一行人也就到了回凌霄山的时候。

当然，还得加上一个晏寒来。

无论动机如何，晏寒来在暗渊里实打实受了伤，也是实打实救过谢星摇一命，倘若就这样丢下他，未免有些恩将仇报。

再说，主线任务它也不允许。

谢星摇默默叹了口气，凝神于识海，第无数次看向任务栏。

当前任务：携晏寒来回宗疗伤

很无奈。

总而言之，他们打算离开连喜镇，回到宗门继续走剧情，不过在那之前，还有另一件更重要的事。

月梵痛心疾首："这么多天啊！我们来到修真界，从头到尾干了些什么？钩心斗角、打打杀杀，居然连一顿安心的饱饭都没吃过！"

谢星摇摸摸肚皮，满心期待："听说连喜镇有不少特色美食，我已经订好包厢，不尝不是人！"

温泊雪点头："没错，来都来了。"

"不过，"月梵抬头，"晏公子呢？"

今日的雨从早上一直持续到下午，直到不久前才停下。晏寒来喜怒不定，恰逢今天特别不高兴，中午一声不吭出了门。

算算时间，已经两个多时辰没再出现。

虽然可以不叫上他，只留在场三人前去饱餐一顿，但是吧——

月梵搓搓手："置之不理，好像不太仗义。"

温泊雪弱弱接话："被我们丢下，他说不定会伤心。"

晏寒来在江府救过她的性命，谢星摇也有一点点心虚。

于是三人决定等他回来。

晏寒来不知什么时候才会现身，谢星摇好不容易下了床，正是精力充沛的时机，与其坐在床边干巴巴等他，不如外出走一走，看看医馆中的景象。

"注意安全。"月梵晃晃被包扎成木乃伊的右手，疼得咧了咧嘴，"最近一直下雨，山上道路泥泞，千万不要摔倒。"

温泊雪适时补充："还要小心山里的蛇！"

他说罢挠挠头："不过……修士应该不怕蛇。"

谢星摇笑笑:"知道啦。"

行出厢房,医馆比她想象中大了许多。

除了熟悉的回廊、前厅与客房,后山同样属于领地之一。听说大夫在山里种了不少草药,拜充沛灵气所赐,每年收成都不错。

一场春雨过后,云销雨霁,水雾纷纷。

修真界没有恼人的烟尘,空气里弥漫着泥土、花香与青草的味道,当谢星摇踏上后山长长的石阶,甚至在小水洼里见到一只青蛙。

山道两旁落英缤纷,锦簇花团争奇斗艳,树木的蓬勃枝叶仿佛能通往穹顶之上。她一步步往前,听见哗哗水声。

大夫说过,后山有一幽潭,他有时会捉鱼来吃。

谢星摇在城市长大,许久未曾见过如此天然的景象,一时被那水声吸引,下意识往前。

然后骤然停下脚步。

幽潭位于竹林正中,水汽仍未散去,隐隐约约,勾勒出潭中的一抹青衣。

……晏寒来?

难怪他久久未曾出现,原来是独自来了竹林里头。

谢星摇心觉奇怪,正欲出声,却嗅见一股再明显不过的血腥气。

她蓦地闭嘴。

潭中水汽氤氲,打湿青色薄衫。

鲜血潺潺四溢,循着源头看去,赫然是他的手臂与手心。

这是谢星摇头一回见到晏寒来的手臂。

掀开衣物,少年人的臂膀劲瘦有力,拥有流畅的轮廓与漂亮的肌理,放眼其上,四处布满触目惊心的刀伤。伤口大多数结了疤,新划出的几刀狰狞刺眼,在白玉般的肌肤上平添血红。

她觉得晏寒来不大对劲。

无论何时何地,他总能显得慵懒而漫不经心;此刻在她眼前的人,却是灵力四散,眼眶眼瞳都红得厉害,好似走投无路、饱受折磨的野兽。

晏寒来察觉到动静,极快地看她一瞬,很快再度垂头,左手微抬,在右手臂划开一刀。

看他的神态,应当是极为难受,用小刀带来的疼痛转移注意力。

原文中从未描写过如此古怪的场景……这是哪门子展开?

"你怎么了?"

谢星摇上前几步,口中关切,手上不动声色备好保命的法器,以防突生意外:"生病还是中毒?"

她说得冷静,行至水潭边缘,不由得愣住。

前几日分析晏寒来身份时,她猜测过对方是妖,与温泊雪和月梵讨论了好一会儿他的真身。

龙、凤凰、猫、狼……居然没一个正确。

潭水清澈见底,上有波光粼粼。之前隔着水雾看不清晰,如今靠近一些,谢星摇才察觉到浸在水中的一抹白。

软绵绵,毛茸茸,大大的一团。

所以他才会对江承宇的媚术了如指掌,能适时地察觉到江母的窥神咒,对灵狐一族的习性了然于心——

这是一只湿漉漉的狐狸。

许是感受到了她的目光,水中软绵绵的毛团轻轻一颤,尾端勾出一抹绯红。

"你还好吗?要不我去找找大夫?"气氛压抑,谢星摇心感不妙,右脚后退一步,"我马上回来。"

晏寒来轻颤着深吸口气,与她四目相对。

他在极力克制颤抖,被水浸湿的衣衫下是止不住的战栗,凤眼泛着红,有杀气,也有碎开的流光。

他哑声道:"别找大夫。"

体内的不适感大抵越来越浓,最后一个字轻轻落下,不等谢星摇有所反应,眼前的人便颓然一晃。

紧随其后,是"扑通"一道水声。

晏寒来平日里那么怼天怼地的一个人,此刻不知着了什么道,居然脚下不稳,坠入了水中。

要死要死。

大反派我命由我不由天,整本书的剧情才刚刚开始,就反其道而行之,自行溺毙于潭水之中。

她哪曾见过这般场面,如今救人要紧,没多想就迈步上前,一并踏入幽潭。

水很冷。

谢星摇被冻得大脑空白,本能地将他扶起。少年用来束发的发带已然不知去向，乌发湿答答地垂在耳边，几缕搭上苍白面颊，宛如盘踞的蛇。

谢星摇敏锐地觉察出一丝不对劲。

晏寒来的脸好红。

并非一时羞赧的绯色，而是像发烧一般的浓郁通红，病态又绮丽，与凌乱黑发相衬，在她心口无声一拨。

什么情况？

修真界……应该没有那什么发……发热期吧？

晏寒来不喜与人触碰，条件反射般手心用力，在她肩头轻轻压了压。

谢星摇也觉这种姿势过于亲近，飞快将视线从他脸上移开："好好好，我不叫别人，水下太冷，你现在不舒服，还是先上去——"

……要命。

一霎水声掠过，她没来得及把话说完，陡然屏住呼吸。

心跳很少能跳得如此之快，一下又一下击打在胸口，将思绪搅得一团糟。

也许是出于本能，在她即将离去之时，有什么东西轻轻扫过她小腿腿肚。

那是晏寒来的尾巴。

狐尾柔软，布满雪一样的茸茸白毛，唯有尾端晕出艳丽红色，此时此刻轻轻颤抖着，悄无声息地向后环绕。

如同一个小小的钩，不经意却也刻意地，把她悄悄勾住。

仿佛在说，别离开。

谢星摇觉得很蒙，很离谱。

她当初把原著小说看了个遍，晏寒来自始至终冷淡疏离，从未有过失态的时候，可如今这……

她甚至不由自主地开始怀疑，跟前的这人，当真是晏寒来吗？

尾巴扫过的触感轻轻柔柔，谢星摇下意识想躲，荡开的水声却更显静谧与暧昧。

晏寒来显而易见地蹙了眉，迅速收回狐尾，低声道："抱歉。"

被水这么一淹，他声音更哑了。

谢星摇平日里习惯怼他，这会儿面对一个连站立都勉强的病患，少有地放柔嗓音："没事。你这是发烧……患热病了？"

"无碍，旧疾复发。"

晏寒来沉声，能听出点儿咬牙切齿的味道："你走。"

谢星摇没多犹豫："哦。"

他们勉强算是规规矩矩按照剧情在走，晏寒来在原著里活蹦乱跳那么久，不至于栽在开头。

更何况这人不傻，倘若当真出了大问题，一定不会主动让她离开。

她与晏寒来半生不熟，人家既然下了逐客令，自然没有继续留下来的理由。

谢星摇右手扶上岸边，手腕用力，正要把身子往上撑，倏地又听见一道水声。

比之前那道轻一些，却近了许多。

——晏寒来猝不及防地抬起手臂，用掌心蒙住她的双眼。

水花四溅，谢星摇当即炸毛："你干什么！"

没有人回答。

唯一的回应，是对方指尖上抑制不住的轻颤。

他大概难受到连话也说不出来，口中沉寂，呼吸却是越来越急、越来越重，在一片昏暗的视野中，宛如拥有了实体，幽幽绕在耳边。

谢星摇耳根有些痒。

这是种很难挨的感受，因为看不见，其余感官变得尤其敏锐。

晏寒来的掌心冰冰凉凉，潭水湿漉，顺着指尖落在她下巴；耳边水声不断，与呼吸悄然交织，很凉，也有些热。

与此同时，她听见晏寒来开口："……不能看。"

不是"不要"，而是"不能"。

即便到了这种时候，他仍然保持着古怪的傲气与自尊心，吐字破碎无力，却也有不容置喙的笃定。

偏偏谢星摇最不爽他这种命令式的语气。

"什么不能看？"她轻轻一顿，"譬如晏公子那条尾巴？"

果不其然，晏寒来闻言恍惚了瞬息。

感受到压在眼睛上的力道减轻，谢星摇抬手，拂去他的掌心。

于是一时间四目相对。

晏寒来的脸色比之前更加差劲，几乎见不到一丝一毫健康的血色，眼神凶巴巴雾蒙蒙，裹挟着三分恼意。

类似于一种名为"羞恼"的情绪。

他身后的尾巴在水里浸出红霞，而在他头顶，则是两只毛茸茸的、挂着红色珠坠的雪白耳朵。

被她目光触碰到的瞬间，那双耳朵抖了一下。

原来蒙她双眼，是为了藏住这对狐狸耳朵。

……这是哪门子狗急跳墙的笨办法，晏寒来是小孩儿吗？

晏寒来表情极凶，抬手又打算捂她眼睛，只可惜这一次没能得逞。

因为下一刻，他纤长白皙的左手，整个化为了粉白色的狐狸爪子。

——不过一眨眼的工夫，少年彻彻底底变成了一只白毛狐狸，扑通落进水里。

他人形时身形颀长，能轻而易举地站立在水中；这只狐狸看上去只能算半大，与猫猫狗狗一般大小，毫无预兆地这么一变，被水淹了个透。

看晏寒来那副浑身无力的模样，说不准会沉到水底。

谢星摇一把抹掉眼前的水渍，俯身去捞："你还好吗？"

说了又觉后悔，这毫无疑问是句废话，晏寒来显然跟"还好"这俩字搭不着边。

好在狐狸显眼，她没费多少工夫便将他捞出了水面。

对方的状态比她想象中更加糟糕，狐狸双眼紧闭，周身不停发抖，爪子软绵绵地搭在她的手背上，肉垫碰到少女细腻的肌肤，下意识地抓了抓。

谢星摇还是有点儿蒙："晏寒来？"

狐狸没答，身子动了动，缩成一个圆圆的团，好似冷极。

对了，冷。

不停打寒战，面无血色，浑身发热，和发烧症状差不多。虽然晏寒来的状况明显比发烧严重，但归根结底，应该是体内聚有寒气。

谢星摇对救赎治愈的戏码没兴趣，也懒得眼巴巴去贴人家的冷脸，期待某天能感化反派。

可如今狐狸在怀，为他驱散寒气不过举手之劳，这点儿忙，她还不至于不帮。

幽潭里着实冷了些，她顺势上岸，从储物袋中拿出绷带与一条棉巾，裹住白狐狸的脑袋。

晏寒来动了动爪子，像在挠痒痒。

说不清道不明的暧昧氛围终于一点点退下，谢星摇低头，先包好爪子上的血痕，再为他擦干头上水珠。

这是她第一次见到货真价实的狐狸。

这种动物长得漂亮，双目细长，脸颊尖尖，绒毛干净得像雪一样，只不过晏寒来有些特殊，在耳尖与尾巴上生有玄色纹路，纯白之余，平添瑰丽艳色。

毛茸茸的小动物比男人可爱许多，她的手心隔着棉巾，自狐狸耳朵一直擦到后脑勺。晏寒来许是感受到这股力道，把眼睛张开一条缝，耳朵摇一摇，下意识仰头。

也恰是此刻，他见到谢星摇，恍惚的神志终于清醒，琥珀色眼瞳倏然之间睁开睁圆，狐狸挣扎一下，肉垫拍拍她的手背，一丁点儿力道也没有。

谢星摇蹙眉："别动。"

她停顿稍许，如同一个幼稚的报复，刻意模仿出与他相仿的语调："不——能——动。"

狐狸继续挠她手背，肉垫上的软肉轻轻向下压，架势倒是凶巴巴。

"这是怎么回事，毒？怪病？还是咒术？"

谢星摇把脑子里的术法回忆个遍，心中默念御暖术的法诀，为掌心添上热度："看你的样子，没找到解它的办法吗？"

虽然对象是晏寒来，但她不得不承认，狐狸真的很好摸。

这个种族的外形格外漂亮，单单看着狐狸眯眼晃耳朵，就是一种视觉享受。

被她触碰的绒毛比猫猫狗狗更加纤长，皮肉柔软，仿佛只有薄薄一层，当她柔柔一捏，似乎能感受到温热淌动着的血管。

而且尾巴当真又大又软，整个蜷在她怀中，像抱了团热乎乎的云。

谢星摇没忘记这是晏寒来，手中动作规规矩矩老老实实，偶尔稍稍用一点儿力气，也不算太过分。

只不过她力道虽轻，指尖压过狐狸脖子时，对方仍会整个夯毛一下，下意识晃悠爪子。

这也太怕痒了。

谢星摇忍不住抿抿唇边，止住即将发出的笑。

她这边不亦乐乎，另一头的白狐双目沉沉，毫不掩饰神色里的烦躁与戾气。

晏寒来心情很糟糕。

在三名凌霄山弟子之中，唯独谢星摇最是与他针锋相对，时至如今，他非但在此人面前现出原形，居然还……

晏寒来咬牙。

还被她一把抱住。

他想破坏些什么东西，例如用刀划破自己的手掌，就像曾经无数次做过的那样。可在浑身乏力的状态下，就算想把谢星摇推开，也只能用爪子碰碰她。

她甚至惊讶道了句:"你的肉垫好软哦。"

倘若不是还留有一丝理智,晏寒来甚至想一口将她咬住。

更令他感到羞赧的,是自己渐渐放松的身体。

被人抱住的感受十分古怪,隔着一条薄薄棉巾,狐狸能感受到谢星摇手上的热度。

被擦拭过的地方生出倦怠与暖意,颤抖着的肌肉一点点松弛下来,似乎有电流勾在她指尖,指尖向下,电流也随之往下,让筋脉发麻。

暖烘烘软绵绵,叫人不想动弹,放弃挣扎。

他厌恶这样的身体,恶狠狠地咬住下唇,有血的味道在舌尖溢开,晏寒来终于开口:"放我下来。"

冷不防听见他的声音,谢星摇一愣:"嗯?……好。"

不等她有所动作,怀中的白团倏然一动。

如同一团飞旋的蒲公英,狐狸轻盈跃起再落地,再眨眼,已然恢复了最初的少年郎模样。

奈何这位翩翩少年郎,表情不大好。

谢星摇感受到山雨欲来风满楼的戾气,条件反射地后退一步。

她身后是棵挺拔俊竹,当脊背撞上竹身,晏寒来由妖气化出的刀也来到了跟前。

他显而易见动了怒,耳朵上的绯色快要滴出血来,双眸亦是布满血丝,能看出疯狂的杀气与执拗。

少年高挑的倒影漆黑阴沉,谢星摇理直气壮直视他的眼睛:"我在帮你。"

晏寒来没恢复全部力气,尾音轻轻抖:"我让你走。"

谢星摇不落下风:"是你先变成狐狸掉进水里,若不是我把你捞上来,喝潭水去吧你就!"

"我就算被淹死,也不关谢姑娘的事。"

他说着勾勾嘴角,目光清冷,满带讽刺:"你不是一直觉得我来路不明,不愿与我生出纠葛吗?"

谢星摇想说:你有病啊。

就算再不喜欢一个人,她还没到见死不救的地步。

她努力压下这句话,学着晏寒来的神色挑衅一笑:"我偏就想与晏公子生出一点儿纠葛,你管我?"

偏想与他生出一点儿纠葛。

晏寒来定然没料到她这般厚脸皮，被说得一呆，怔然愣住。

"至于后来，我看你一直发抖，就想着把水擦干热乎热乎。"

谢星摇看出他的错愕，高高扬起下巴，底气更足："经过我的照料，晏公子现在不就活蹦乱跳了吗？"

晏寒来目光一动，嗓音更哑："照料？一个御暖术，能让你……"

他不知想到什么，眼中暗色愈浓，死死盯住她双眼，愣是没再说话。

这副模样凶是凶，但莫名夹杂了点儿古怪的羞恼，与他耳边的绯红遥遥相映，把谢星摇看得莫名心慌。

她硬着头皮答："怎么不是照料？狐狸那么小，我一抱就……"

说到这里，她也后知后觉停顿下来。

等等。

不太对。

她抱小猫小狗习惯了，看见毛茸茸的便情不自禁前去招惹，然而狐狸再可爱，它也是晏寒来。

在她看来，那不过是只软萌无力的小动物；于晏寒来而言，他是真真切切地，在方才，被她整个抱住了。

而且还被从头到尾摸了个遍。

这个念头有如火星，甫一想到，就在耳边迅速蔓延燃烧，散开无穷无尽的热。

谢星摇腾的一下，觉得面上发烫。

难怪晏寒来会如此羞恼，以他的自尊心，没把小刀往她脖子上刺，已是仁至义尽。

四周实在尴尬，安静到能听见沙沙风响。

她没再说话，摸摸鼻尖，又摸摸耳朵。

谢星摇决定转移话题："嗯……你好点儿了吗？"

晏寒来一言不发，双眼沉沉。

谢星摇拼死挣扎："要不咱们先把刀放下来？危险物品，这样拿着不妥吧。"

晏寒来神色冰冷，一双琥珀眼瞳好似清潭流波，水光潋滟，露出底下深褐色的磐石。

谢星摇破罐子破摔："男子汉大丈夫，被抱一抱怎么了？我……我还头一回抱人呢！"

这番话厚颜无耻，对方听罢果然蹙了眉，勾起一个讥诮冷笑："那我还应当向谢姑娘道歉，悔恨污了姑娘清白不成？"

他语气里听不出起伏，刀锋冰冷，时时刻刻溢出森然寒光。

若是在这时候认怂，指不定会被他如何对待，谢星摇心里打鼓，明面上竭力保持镇静："都说男女授受不亲，我不顾后果下水救人，晏公子却耿耿于怀，如此扭扭捏捏吗？"

一段话说完，她悄悄给自己打了个一百分。

晏寒来这人看起来冷淡又毒舌，按照书里的设定，其实很少与人交流接触。

他习惯于直来直去的讽刺，说白了就是只涉世未深的刺猬，对付这种人，一旦把他绕进她自创的逻辑里，保准晕头转向。

而事实是，听完她一番叽叽喳喳，晏寒来浑身上下骇人的戾气确实淡了些。

谢星摇乘胜追击："面对救命恩人，你却拿刀对着我。"

晏寒来后退一步，收回拿刀的左手。

他颇有不耐，手中小刀倏然化作一缕黑烟，转眼消失不见："我没有忸怩作态。"

谢星摇："你说话还这么凶！"

晏寒来别开视线，微抿唇边。

他拿她没辙。

她被幽潭里的水冻得不轻，同样是脸色苍白，周身没什么力气，这句话说得张牙舞爪，奈何尾音极轻，带了点儿实打实的委屈，听上去如同猫爪挠。

猫爪轻轻过，紧随其后，是一阵无言的沉默。

谢星摇摸不清对方的态度，用余光暗暗瞟向少年人硬挺的面部轮廓。

晏寒来心中烦闷，不知应当如何应答，匆匆看她一眼。

他身上的水渍被烘干大半，谢星摇却仍是湿漉漉的。

雨后的春日凉意处处，被微风裹挟到每个角落，凝出雾气一样的水珠，幽潭冷彻，更添寒凉之气。

她身着一袭绛色长裙，轻纱沾染潭水，沉甸甸贴着皮肤；有水滴顺着发尾往下淌，乌发垂落，好似一片湿漉漉的晨间浓雾。

脸色是白的，耳朵和脸颊倒是红得厉害，想必是寒气入了体。

浑身湿透，谢星摇觉得太冷，下意识地往手心呼了口热气，一抬头，居然见晏寒来向自己靠近了一步。

她条件反射地做出防备的姿态。

然而什么也没发生。

讽刺、嘲弄、咒术、小刀，她脑子里的设想扑了个空，晏寒来面无表情地站在她跟前，忽地伸出左手。

他没念法诀，手掌更没触碰到她的身体，只需虚虚停在很近的上空，便让谢星摇生出惬意温和的热。

咒术天才的御暖法诀，果然不需要直接触碰。

湿答答的水滴原本像蛇一般盘踞全身，如今热气蔓延，将这种令人不适的感觉一下子驱逐殆尽。

先是皮肤，再是经脉血液、五脏六腑、四肢百骸，整具身体皆被暖意包裹，她眨眨眼，竟有些舍不得停下。

谢星摇迅速把这个念头逐出脑海，停顿片刻，轻声开口。

"多谢。"

"多谢。"

两道截然不同的声音同时响起，她几乎以为自己出现了幻听，速速抬头，晏寒来恰好避开目光。

晏寒来，居然向她道谢了。

他不是一向以自我为中心，脾气差得要死吗？

他之所以道谢，显然是为了被救出潭水那件事。谢星摇不是无理取闹之人，心中虽然别扭，仍是低低再次出声。

晏寒来既然都能退让一步，她若装哑巴，未免显得得寸进尺。

"……抱歉。"

"抱歉。"

又是两种声线一并出现，同样干巴巴，同样带着迟疑。

谢星摇脱口而出："你为何要向我……"

哦，这人刚拿小刀吓唬她来着，那没事了。

晏寒来亦是敛眉。

他以为自己摸清了谢星摇的性子，巧舌如簧，绝不吃亏，无论如何，不会折下自己的面子说对不起。

想不明白。

亦是此刻，眼前的少女眨动双眼，长睫如鸦羽翩飞，淌出清浅笑意。

"我当时真没想那么多，就想把你救上来，因此多有冒犯。"谢星摇轻咳一下，语气正经，"晏公子，我这里有个小小的问题，能不能问问你？"

或许她并非冷血之辈，想来也是，如若当真心狠，怎会在白家的废墟里对一群怨灵说那么多废话，只为将他们超度。

晏寒来神情稍有缓和，继续帮她把衣物烘干："说。"

"就是，"谢星摇压低声音，好奇地眨眨眼，"你方才那是，生病了？"

晏寒来含糊其词："算是。"

这根本不算是个有诚意的答案。

他整理好散乱的衣襟，听谢星摇毫不犹豫道："你若不想说，那我换个问题。"

这人有个优点，从不刨根问底，探寻旁人的秘密。

少年的神色缓和些许，听她沉默一会儿，轻轻出声："就是，那个，晏公子，我顺毛的手法怎么样？从前在家的时候，我经常摸猫猫狗狗……只可惜它们没办法告诉我感受。"

晏寒来沉沉盯着她，半晌没说话。

这只狐狸闭口不言，她得不到心心念念的答案，琢磨着正要出声，忽地睁大双眼。

谢星摇："烫烫烫烫烫——晏寒来，你公报私仇！"

晏寒来这厮居心不良，使用御暖术时故意抬高温度，把她灼得一个激灵。

好在他掌握了分寸，升温只是短短一瞬，热度也在可接受的范围，谢星摇叫得厉害，其实一点儿伤没有，只想吓唬吓唬他。

晏寒来的咒术比她精进许多，不消太久，纱裙便被祛尽了水渍。两人结伴下山时，已然日薄西山。

傍晚时分，正好吃晚饭。

月梵与温泊雪在房中等候多时，见他俩回来喜笑颜开，一行人收整一番，决定前往连喜镇最大的酒楼。

抵达酒楼再仰头去看，太阳早就不知去了何处。

"诸位便是凌霄山来的小道长吧。"立在门边的小厮眼力上佳，一见他们，立马咧嘴露出一个笑，"我记得小道长们订了厢房——请随我来。"

月梵悄悄传音入密："古代的服务员态度这么好吗？"

"这是家有名的酒楼，要是放在二十一世纪，应该相当于星级酒店。"谢星摇耐心解答,"而且我们解决了江家的妖魔鬼怪,救了不少无辜百姓,名声不错——订厢房时需要报出身份,老板娘听见我的名字,当即为我们留了最好的厢房。"

居然是传说中的贵宾待遇,降妖除魔还有这好处。

月梵点头,若有所思。

酒楼不大,胜在精致典雅。

他们跟着小厮行在长廊上,两边是红木筑成的高墙,四下雕梁画栋云纹飞舞,烛火轻摇,荡开阵阵涟漪。

酒香从四面八方聚拢而来,耳边则是不知从何而来的笙歌舞乐,偶有夜风吹拂,掀起两侧暗红色的纱帘,光影斑驳,美轮美奂。

他们的厢房在酒楼最高处。房门打开的瞬间,谢星摇感受到月梵与温泊雪皆是眼前一亮。

"说老实话,"月梵努力保持圣女风姿,继续传音,"这是我吃过的最豪华的饭店。"

温泊雪身为逐梦演艺圈的小演员,早就见多了诸如此类的应酬,这会儿把注意力一股脑集中在桌上的饭前点心,仍是看得两眼放光:"饿……饭……"

小厮笑道:"道长们请落座。饭菜会陆续上齐,在那之前,不如吃些点心垫垫肚子。"

谢星摇礼貌点头:"多谢。"

"哪里,应该是我向诸位道谢才对。"小厮是个十八九岁的少年,咧嘴一笑,露出白亮亮的牙,"被抓进江府的那些人里,有与我相依为命的兄长。听他说,江府的妖魔杀人无数,最爱用活人血肉增长修为,倘若不是道长们,我今生再没办法同他相见了。"

温泊雪不好意思,一声不吭红了耳根。

月梵平日里那么大大咧咧的一个人,居然也手足无措地摸了摸后脑勺:"不用不用,这是我们的职责所在,那个……举手之劳罢了。"

小厮感激地笑笑,很快离开厢房筹备吃食。谢星摇随便找了个位置坐下,因是侧着身子,抬头便能望见窗外的长街。

她之前过得提心吊胆,没有心情欣赏这无边风景,如今看来,古时的夜晚比影视剧里更加热闹,也更流光溢彩。

夜色仿佛是从四面八方长出来的,悄无声息又无处不在,长街漫漫,恍如一条被墨水浸透的长弧。

街灯长明,照亮鳞次栉比的房屋,也照亮不停吆喝的商贩、你追我赶的孩童,以及一整条街的如织人潮。

无比真实的修真界,在此刻无比贴近地,在她眼前铺陈开。

"好漂亮。"月梵凑上前来,由衷感慨,"比游戏建模真实多了。"

谢星摇笑:"这里就是现实呀,我们就在修真界嘛。"

月梵扬扬下巴:"要是再来几个大帅哥就好了,清冷师尊、霸道师兄、病娇师弟,古风乙女游戏,当下最火——我当时怎么就玩了《卡卡跑丁车》,而不是《合欢宗养鱼手册》呢?听说想攻略谁就攻略谁,还能嗯哼嗯哼那啥啥。"

两个女孩叽叽喳喳讲悄悄话,温泊雪看看身边的晏寒来:"晏公子……似乎心情不大好?"

晏寒来扬唇,眼中不见笑意:"无碍。不过是今日前往医馆后山,遇见只叫人心烦的猫。"

谢星摇本在欢欢喜喜讨论合欢宗海王的养鱼手册,虽无心去听他们二人的交谈,耳边却被夜风携来几缕余音,当即抿唇住了口,飞快瞧了他一眼。

"猫?"温泊雪哪里知道其中深意,好奇道,"晏公子讨厌猫?"

"倒也不是。"晏寒来生有一双狭长凤眼,而今似笑非笑微微弯起,本应是张精致的美人图,奈何沾染了冷意,显出生人勿近的距离感,"那猫总跟在我身后,扰了清净。"

谢星摇恶狠狠咬了口点心。

后山自始至终没出现过一只猫,晏寒来哪是在抱怨猫咪,分明在指桑骂槐,阴阳怪气地讽刺她。

温泊雪恍然大悟,和善地笑笑:"晏公子,这你就不懂了。山里的动物一向怕人,野猫尤其胆小,若是遇见有人经过,往往会头也不回地跑开。那只猫跟着你,定是因为喜欢你,想和你更接近。"

晏寒来一口茶呛在喉咙里,蹙眉轻咳几声。

谢星摇当场炸毛:"谁……谁喜欢他?"

她下意识脱口而出,瞥见温泊雪困惑的眼神,正色继续道:"也许那只猫恰好和他同路,或是许久没见到陌生人,一时觉得新鲜——我在山里的时候,也见到过一只特别黏人的狐狸。"

四下安静一瞬,晏寒来面无表情地抬起视线,与她的目光在半空冷冷交会。

谢星摇挑衅扬眉。

她不是逆来顺受的性子，晏寒来既然开了个头，她不介意来场反击："白狐狸，尾巴有红色暗纹，可能受了寒，一直往我怀里钻。"

"狐狸？"月梵满眼羡慕，"我还从没见过真正的狐狸呢。它多大，长得可不可爱，抱起来舒服吗？"

晏寒来神色不善，极不耐烦地别开脸去，猛然喝下一大口茶。

"应该有这么大，特别可爱，而且——"

"谢姑娘。"

谢星摇一句话没完，冷不丁被人倏然打断，一抬眼，晏寒来正似笑非笑地盯着她。

少年停顿须臾，开口时的语气懒散而平静："这盘八锦荟萃乃是地方名菜，莫要只顾谈话忘记吃食，否则菜色冷去，味道便大打折扣了。"

这是让她停止讲话的意思，对晏寒来而言，算是一种妥协与认输。

谢星摇得意扬扬地向他勾了勾唇边："多谢晏公子。"

月梵兴冲冲搅局："等等等等，那狐狸呢？"

"我抱了抱它，然后它就跑了，手感跟猫猫狗狗差不多，没什么特别的。"

晏寒来既然有了妥协，她便大发善心，飞快略过这个话题，往月梵碗里夹去一块肉："来来来，先吃这个。"

在他们闲谈的间隙，桌上菜品一样样接连上齐。

谢星摇做人很讲原则，不会轻易拂人面子、揭人老底，虽知晏寒来是在让她闭嘴，也还是循着他的话伸出筷子，夹起一些八锦荟萃。

这是盘炖菜，以灵牛的牛肉为主料，雪莲子、沉珂草、灯笼果等等为辅料，光是原材料就价格不菲，再加上制作工艺复杂，理所当然成了本地的招牌菜。

她混着一些米饭，一并送入口中。

炖菜里自有浓郁汤汁，浓汤将牛肉与配菜裹得满满当当，也在同时沁入米饭之中。

牛肉被炖得软烂十足，因是灵气滋养出来的兽类，肉质口感皆是上佳；米饭粒粒分明、颗颗饱满，咬下时汤汁溢出，既有肉香，也有各种配菜的酸咸微辣。

倘若一个人成天都在吃吃喝喝，那她脸上会出现什么？

——止不住的笑容。

谢星摇操了这么多天的心，不久前甚至经历过一场生死攸关的大战，直到此刻，心中终于被踏踏实实的幸福感团团围住。

搭配这里面的汤汁，她能干掉五大碗饭。

晏寒来睨见她因食物而弯弯的眉眼，毫不掩饰眼中的嫌弃，扯了扯嘴角。

嫌弃又怎样，吃东西不是为了给谁看，她偏偏就要暴风吸入。

谢星摇朝他做个鬼脸，夹菜动作没停。

"我下凌霄山的时候，也见过几只狐狸。"温泊雪吞下嘴里的兽肉，兜兜转转，居然把话题又扯了回来，"是在山脚下的灵兽铺子里，我试着摸了摸，手感的确很好。"

灵兽。

作为灵兽的狐狸与晏寒来皆是狐族，身份却是大大不同。

灵兽虽有神智，然而无法化形成人，智力水平亦远远不及人族，因而被划分为"兽"；晏寒来属于灵狐，先天开了识海，能随心所欲变为人形，故而被称为"妖"。

"真的？"月梵来了兴趣，"小狐狸是不是软软的、温温热热的，看上去像团雪白毛球球？你摸它的时候，它会摇尾巴吗？"

谢星摇细细回忆一下，的确是温温软软，当晏寒来摇尾巴的时候——

她想着不由得"扑哧"一笑，目光与晏寒来短暂相交。

他耳朵居然红了一点点，眼神则是一如既往地凶巴巴，带着几分警告的意思。

她的这声笑意味不明，晏寒来听罢心中烦闷，当即传音入密，用只有两人能听见的声音讥讽道："谢姑娘想得很开心？"

谢星摇毫不犹豫，笑意更深："是挺开心的，毕竟很可爱呀。"

眼见对方气到耳根更红，她佯装无辜地扬起眉梢："我在想山脚那家灵兽铺子，里面猫猫、狗狗、小鸭子、小鹅都特别乖——你以为我在想什么？"

看来这局又是她赢，晏寒来注定无言以对，落得下风。

谢星摇抿唇笑笑，后背倚上木椅，尾音稍稍抬高："想你呀？"

她的声线清凌干净，带着少女独有的娇憨与清脆，而今噙了笑说出来，尾音如同翘起的尾巴。

晏寒来目光冷冽，侧过视线不再看她。

"它们有点儿排斥，不情愿让我摸。"另一边的温泊雪还在不停地说，"我听店主说了，狐狸是不怎么亲近人的，要想碰它，必须慢慢同它培养信任。"

谢星摇功成身退，一言不发继续大吃特吃，听他颇为感慨地补充道："如果一只狐狸心甘情愿让你抚摸全身,那就说明,它全身心信任和喜欢你了。"

谢星摇一口饭噎在喉咙里。

晏寒来欲言又止,烦躁不堪地垂下眼睫。

"这么难搞定。"月梵看她一眼,满目羡慕,"后山那只狐狸愿意主动亲近你,一定对你很是中意。"

听他们叽叽喳喳侃大山是一回事,话题主人公忽然落到自己头上,那就完完全全又是另一回事了。

谢星摇要脸,毫不犹豫当即否认:"没有没有,巧合而已,它当时觉得冷,我抱一抱罢了。"

月梵眯着双眼笑,懒洋洋地靠在木椅之上,生有一张出尘绝世的脸,眉目间却是媚态横生,叫人挪不开眼:"你这话怎么像是渣女发言,抱一抱不负责,小狐狸要是听见,说不定会伤心哦。"

失策,大失策。

原本是她和晏寒来互相挖坑,没承想螳螂捕蝉黄雀在后,挖着挖着,两人一起落进了更大的坑里。

谢星摇沉默无言,暗暗腹诽。

伤心什么,他只恨不得同她一刀两断。

全场最老实的温泊雪老实一笑,老实科普:"狐狸在这方面其实很讲究的。我听说野生狐狸不会让人轻易触碰,只有全心全意托付之人,才有资格抚摸它们的皮毛。"

谢星摇竭力保持冷静,手中木筷微微颤抖。

难怪当时被她抱起来,晏寒来会有那么大的反应。

不知者无罪,更何况那会儿情况特殊,她属于救人心切。

所以她绝对不能心慌。

月梵恍然大悟:"早就听说驯养灵兽很难,没想到这么讲究。听你这么说,倘若擅自去摸野生狐狸的毛,岂不就和采花贼非礼女孩一样?"

她说罢扭头,拍拍谢星摇的肩头:"你不算,毕竟是狐狸自己找上来的,你们属于两情相悦——它能一直往你怀里钻,那得有多喜欢啊!"

两情相悦,暴击中的暴击。在二人共沉沦的此时此刻,她已经不敢抬头去看晏寒来的表情。

温泊雪略有惆怅,皱起隽秀的眉:"小狐狸中意谢师妹,晏公子也很受那只猫咪喜欢，我就不行了，从小到大总被动物讨厌。"

没有猫咪，别提猫咪，让猫咪独自美丽，谢谢。

她芒刺是背、如坐针毡、如鲠在喉，悄悄抬眼，看一看不远处的晏寒来。

很好，这人正低着头默默扒饭，姿势与她如出一辙，许是察觉到了这道视线，少年撩起眼皮。

两人幽幽对视，又同时把目光移开。

她心里乱糟糟的，像是堵着一口气出不来，用力咬了口软糯的桃酥，对着晏寒来传音入密："乱讲话，都怪你。"

"最初向他们二人提及那只狐狸，你可不是这副表情。"少年冷笑，"谢姑娘最好谨言慎行，否则若是同我这种人扯上关系，便是自作自受了。"

谢星摇面不改色，脑子里迅速搜索"自作自受"的反义词，习惯性怼他："晏公子说得笃定，怎就知道不是心甘情愿呢？"

……啊。

稍等一下。

谁会心甘情愿啊？

一句话落地，晏寒来怔住，她本人也傻掉。

晏寒来欲言又止，想说的话全都堵在喉咙，半晌喉结上下微动，默然移开视线，传来最后一道音。

比起之前，这声音小了许多："有空补补脑子，少说话，多读书。"

耳后涌起一丁点儿古怪的热，谢星摇拿手背贴贴侧脸，当作方才的一切从未发生，默默低下头去，正襟危坐继续用餐。

倒大霉。

下意识唱反调，唱着唱着，把自己给唱进去了。

……丧歌吧这是。

之后的宴席上，谢星摇从头到尾乖乖巧巧，没再多说一句话。

准确来说，是没同晏寒来再多讲一句话。

修真界有不少独特的奇珍异种，在此之前她从未见过，例如满蕴灵气的蔬果、吃起来冰冰凉凉如同冰碴儿的脆果子以及各种各样闻所未闻的仙兽。

因有灵气供养，食物的口感比二十一世纪好上许多，蔬果更脆更香，肉类更嫩更鲜，她很快将一切的不愉快抛在脑后，专心品尝起美食。

吃饱喝足，第二天迷迷糊糊睡醒，已到了日上三竿的时候。

他们在这个镇子逗留已久，如今妖祸尽除，自然到了离开的时候。

医馆平日里清清静静，唯独今日有所不同，当她收拾好行李来到大堂，居然见到乌泱泱一大屋子的人。

温泊雪与月梵皆在堂中，瞥见她的身影，纷纷露出喜色。

在他们身前，衣着简朴的人们亦是张望而来。

"这些是镇子里的百姓，听说我们要走，特意前来送行。"月梵收敛起张扬的性子，演技比身边的温泊雪好了十个谢星摇，微微颔首，"我说过不必，大家执意如此……"

"道长们以身涉险，为我连喜镇除去妖邪。倘若没有诸位相助，不知还有多少人会惨遭毒手。"领头的青年男子徐徐躬身，"前几日听闻道长们身受重伤，尚在昏迷，我们不敢多加打搅，只能送些不值一提的小物，还望见谅。"

温泊雪性子内敛，一向不擅长应付这种场面，紧张得一动不动。

谢星摇偷偷觑他，果然是面色冷然，眉目清俊，一派与世无争的世外高人模样，带着点儿孤高卓绝的气质。

唯有从她站立的角度，能看见此人僵硬的指尖。

月梵一时半会儿也有些无措，轻声应答："大家的心意我们都明白，多谢——多谢。"

她心下一急，连着说了两个"多谢"。

"我娘子被那帮混账……"青年缓缓吸一口气，眼眶虽未湿润，却涌起竭力克制的红，"那日我染了风寒，她出门为我抓药，便再未回来……今时今日，她应当能得以安眠。"

他话音方落，人群中倏然一动，谢星摇抬眼，见到一张熟悉的脸孔。

"道长！"满头白发的老人对上她的视线，手臂颤抖，推了推身侧的少年："这是我儿子，他……"

他身为教书育人的夫子，平日里最是口若悬河，此刻却忽地停下，沉默一瞬，俯身要拜。

"先生不必如此。"谢星摇迈步上前，扶住他的双肩，"降妖除魔乃是本分，受不得此等大礼。"

被他领来的少年面无血色，想必是长期被关押在地牢所致，这会儿怯怯看了谢星摇几眼，轻轻抿唇。

"多谢……道长。"他搀扶起身边的老人,"我们被关在地下,本以为再无生路,多亏诸位,让我们能与家人团圆。"

他说得生涩笨拙,话语不多,眼神里的感激却是作不了假的。

江府的地牢伸手不见五指,隔绝了与外界的一切联系。他们哭喊、求救、求饶,得到的回应,唯有一片深沉如海的黑暗。

没人能发现那种地方。

妖魔来了又去,在地牢之中肆意杀戮,血腥味经久不散,将他们的希望消磨一空。

直到某天的某个时刻,地牢大门被轰然打开,久违的光亮倾泻而下,宛如一缕坠落的水波。

那是一辈子都无法忘却的景象,恐惧消弭,宛如新生。

"不只我们,你爹娘也做了许多。"谢星摇笑笑,"郑夫子四处搜寻证据,几日几夜未曾停下,你娘亲亦是思念成疾,心心念念。今后的日子里,不妨对二老多存些感激吧。"

她一番话说得滴水不漏,少年闻言一愣,认真点头。

"啊哟,这……几位竟是凌霄山来的道长,我就说怎么通体贵气,深不可测。"

曾经的江府管家擦擦额角汗珠,不知想到什么,无比心虚地瞟一眼温泊雪:"过去多有怠慢,还望道长们多多包涵——不过这位温道长演得着实不错,尤其是喷血和盲人,我们全都信以为真了!"

这两件事都不是多么美好的回忆,温泊雪听罢面上一热。

谢星摇没心没肺地笑:"我也觉得。"

连喜镇的百姓热情而质朴,一个接一个送上临别小礼物,饶是谢星摇,也被接连不断的感谢弄得有些脸红。

至于温泊雪与月梵,早就紧张成了煮熟的螃蟹。

当然,在外人看来,二位道长还是一如既往的高冷人设。

多矜持,多高岭之花,翩翩然立在原地,连话都不怎么说。

"你们的行李准备好了吗?"谢星摇一边回应热情的镇民,一边悄悄向二人传音,"等我们把晏寒来带回凌霄山,就正式开启寻找仙骨的主线了。"

等等。

她好像,忘记了什么。

谢星摇环视一圈主厅:"晏寒来呢?"

此刻,江府。

自从江承宇身份暴露,江家府邸树倒猢狲散,各路妖魔散作一空。

官府已然接手此地,四处巡视的除了官兵,还有几个应邀而来的仙家道士,意在驱散妖气,找出逃窜的漏网之鱼。

庭院深深,红瓦白墙,一树竹叶哗哗作响,阴影婆娑间,掠过一抹浓郁的黑色影子。

无论是人是妖,丧命之后皆会化作魂魄,前往彼岸投胎转世;而心怀怨念之人,则将化为怨灵。

黑雾弥散,无声聚拢,阴森之气笼罩四野,渐渐汇成一道青年人的轮廓。

江承宇抬起惨白双眸,周身战栗不休。

他死了。

那群仙门弟子下手不轻,白妙言更是生出了置他于死地的念头,在围剿之下,他毫无生路可言。

白家冤魂之所以能长留于世,全因有诛邪刀的灵力庇佑。如今的他身无长物,魂魄已在渐渐消散。

想起当夜的一切,江承宇目光愈暗,双拳紧握。

那群人竟敢这般待他,等他转世投胎,定要将这份仇恨记在心中,叫他们死无葬身之地。

他说到做到。

恨意席卷心头,眼看魂魄将要去往彼岸,江承宇微微一顿,神色不由得滞住。

有人。

陌生的气息势如破竹,将他的魂魄浑然包裹,那人不知出现了多久,而他竟毫无察觉。

江承宇心下骇然,循着气息的源头匆匆抬眸。

首先映入眼帘的,是一片沉沉墨色。

铺天盖地的黑雾隐没在竹林,悄无声息,却有海浪般令人窒息的压抑。缕缕暗色聚拢又散开,立于其中的,是个青衣少年。

他见过这张脸。

江承宇忍不住后退一步。

"你……你是什么人?"他问得毫无底气,"不对,你并非人族,这股气息……"

似妖似魔,非妖非魔,比起他身侧的妖气,居然还要漆黑许多。

哪怕隔着不远的距离,江承宇还是感到恐惧与恶心。

"你和他们不是一伙人,对不对?"他试探性继续开口,"说不定我们才是一路人。你想做什么?"

竹林里的少年沉默无言,听闻他一番话,眼尾微勾,竟从嘴角扯出一抹笑。

他相貌出众,生了张矜贵精致的脸,不笑时懒散而冷漠,如今唇边轻扬,不似月弧,更胜一把凌厉的刀。

晏寒来没来由地问他:"媚术,你用得挺开心?"

江承宇听着怔住:"什么?"

下一刻,便是万蚁噬心之痛。

少年身侧的黑气有如疾风,于瞬息之间缠绕在他身侧,有的死死缠住双手双脚,有的则化作刀锋,毫不留情地贯穿男人半透明的身躯。

放眼望去,像极一只撕咬着猎物的野兽。

声声哀号被毫不费力地屏蔽,晏寒来上前一步走出竹林,日光微曛,落在一双琥珀色眸子里,叫人想起融化的蜂蜜。

然而瞳仁中的倒影,却是一幅惨不忍睹的死亡之景。

"谁和你是一路人。"他好整以暇,神色如常地看着江承宇痛呼、挣扎,最终消失不见,好似看着一片树叶落地,语气毫无起伏,"败类。"

最后一声哀号落下,林间传来一阵清凉春风。

许是察觉出什么动静,晏寒来转身抬眸。

不消多时,凌霄山三人出现在小路尽头。

"你在这儿做什么?"温泊雪扬唇一笑,"我们要回凌霄山了,等见到长老们,就能治好你识海的伤。"

月梵点头:"你方才不在,我们得了好多谢礼——想吃糖吗?"

他礼貌地笑笑,目光落在第三人身上。

谢星摇若有所思地与他对视,倏尔侧过视线,看了一眼不远处的空地。

正是江承宇消失的地方。

不过须臾,电光石火,若有似无的气息微弱到难以捕捉,被风轻轻一吹,散作尘土。

谢星摇挑眉,再一次对上他的双目,鹿眼清澈,藏有不易觉察的挑衅:"走?"

晏寒来回她一个漫不经心的笑："走。"

凌霄山，当今最负盛名的三大修仙门派之一。

谢星摇运气不错，赶上了仙道蓬勃发展的好时候。这个修真界广袤无比，被划分为九州百府，凌霄山位于大陆正中的中州，以剑修、法修、乐修为主，灵力磅礴，人才辈出。

就谢星摇看来，这种修仙门派类似于二十一世纪的大学，每种学科被分门别类，并且划分有相应的导师。

学科不同、导师不同，要学的东西自然也不一样。

只不过……与之对应的，每门学科的受重视程度和发展程度，同样会出现参差不齐的状况。

她与温泊雪的师门就属于比较特别的一个，宗门上上下下总共三个弟子，除了他们两人，还有位力拔山兮的大师兄。

至于月梵，凌霄山中设有神宫，在神宫修行之人被称作"圣女"，除却剑法，还要学习晦涩难懂的观星之术。

圣女不入长老门下，而是跟随神官日日修习，虽然名号响亮，其实身份与亲传弟子差不多。

此时此刻，这位清冷优雅的年轻女剑修，正站在一个通体漆黑的铁皮怪物跟前，踌躇满志，眉眼弯弯。

"锵锵！"月梵满心欢喜，"这是我在游戏里最喜欢的劳斯莱斯幻影——哇，这车头；哇，这造型；哇哇哇，这轮胎！"

她和这车算是老朋友，然而现实中别说开车，连见都是头一回见到，如今指尖轻轻划过车身，所过之处，全是金钱的味道。

劳斯莱斯幻影，市场价最低八百万。

谢星摇默默看了一眼自己的游戏。

打火机，一元钱；吉利服，一百块；就连那几千元的小摩托，都是她在游戏里省吃俭用才买来的。

温泊雪同样点开识海里的小仓库。

很好，几件连标价都没有的奇装异服，仿佛来自一穷二白的异世界。

"月梵总爱捣鼓一些奇奇怪怪的法器。"谢星摇早就编好了理由，趁着温泊雪去开车门，对晏寒来解释道，"这是她买来的御空法器，名为'幻影'，能坐下我们四个人。"

月梵兴冲冲上了驾驶位，其余二人皆在车后座，劳斯莱斯启动时，谢星摇听见一声无比熟悉的机器轰鸣。

来到修真界只有短短数日，她却仿佛很久未曾听过这道声音。

如月梵所言，车身被她贴上了浮空的符箓，当引擎声响起，整辆劳斯莱斯猛然一颤。

谢星摇坐在车窗旁，扭头望向窗外，一点点睁大双眼。

真的在向上腾空。

月梵只在游戏里驾驶过劳斯莱斯，但正如谢星摇无师自通的射击与格斗技巧，借由系统，她同样能很快明白汽车的驾驶方式。

懂得方法，接下来就看如何操作了。

月梵："要开始了！我在车上贴了不少符，有御风抗寒的作用。提前问一句，你们应该不恐高吧？"

谢星摇满心期待，乖巧点头："嗯嗯，不怕。"

温泊雪亦是觉得新奇，瞪圆狗狗眼："没问题，你尽管往前飙便是。"

他怎么说也是个顶天立地的男子汉，之前坐惯了飞机，绝不可能畏惧空中飞行。

至于劳斯莱斯飞天加速，想想还有点儿小激动。

"你呢？"

身旁的晏寒来沉默无言，谢星摇碰碰他的胳膊肘："你怕不怕高？"

修仙者人人皆能御器飞行，倘若生来恐高，那才是真的倒霉。

晏寒来的回答在她意料之中："不。"

"对了。"温泊雪打开车窗，吸了一口新鲜空气，"这是你第一次用'幻影'飞天腾空……"

最后一个"吗"字没来得及出口，一阵疾风掠过，他骇然屏住呼吸。

"啊啊啊啊啊啊！"

电光石火之间，月梵一脚将油门狠狠踩到底，劳斯莱斯好似一支离弦的箭矢，轰然向前冲去！

月梵哈哈大笑："各位，坐稳了！"

一句话毕，自她头顶闪过一行系统提示的字迹，不过转瞬，车身陡然来了个九十度大飞旋——

温泊雪风中凌乱："这是……飘……飘移！"

空中的劳斯莱斯好似一缕疾光，二十一世纪为其赋予的超强马力可谓所向披靡，而来自修真界的各式符箓，更是令它如虎添翼，速度快到几乎难以用肉眼捕捉。

十足拉风，十足炫酷，十足吸人眼球。

但此时此刻的谢星摇，心中只剩下唯一一个念头："救……救……救命！前面……前面有山！"

疾风狂涌而来，将长发吹得有如海草，谢星摇顾不得形象，三魂七魄所剩无几，扯着嗓子道："还有右边，有只鸟飞过来了！"

看着别人飙车耍酷，心中的的确确会生出一些崇拜与向往，然而当自己也置身车上，完全占据整个脑海的想法只会是——

活下去。

谢星摇："呜呜呜，慢慢慢慢点——儿儿儿——"

温泊雪："呃呃呃，我在飞——呃呃——飞飞飞——"

她和温泊雪一唱一和，将车后座变成了尖叫连连的养鸡场，放眼望去，如同两幅并排放着的世界名画——

《呐喊》。

驾驶座上的月梵笑容肆意，嗓音被风刮到耳边："这辆车被我加工过，全是最高级别的配置，放心，以我的技术，不会出任何岔子。"

她的相貌清冷绝尘，往往令人想到不食人间烟火的高岭之花，这会儿卸去人前的伪装，纵情笑开之时，眉目舒展，红唇高扬，宛若清晨第一缕阳光落在雪山上，冰雪消融，溢满炽热的流光。

疾风回旋，撩起颊边凌乱的黑发，她双手搭在方向盘上，任由长发随风飞舞，划过纤长眼睫。

一种别样的动人心魄。

谢星摇头都快被甩飞，在一片混乱里伸手关上车窗，听月梵调侃着继续道："你们都算很有经验，看现在的表现，怎么还不如晏公子呢？"

晏公子。

她好不容易深吸一口气，把额前的碎发拨开，侧目看向身边的晏寒来。

她和温泊雪快被吹成了水草，本以为能瞧一瞧晏寒来狼狈的模样，没承想视线所及之处，还是一张冷淡的、挂着讥讽的脸。

以及整洁如初的黑发与衣衫。

早在一开始,这人就用了抵御狂风的御风诀。

许是见到她失望的神色,晏寒来勾出一个冷笑:"谢姑娘为何不接着唱歌了?"

这里的"唱歌",用阴阳怪气的术语翻译过来,就是指她方才的高分贝尖叫。

谢星摇被噎得干笑一声,还没想好应该如何回击,劳斯莱斯便猛然一个减速。

之前的一路冲刺有多快,这次减速就有多猝不及防。

月梵话里带了歉意,朝他们摆摆右手:"对不起对不起,刚刚飞过去一只鸟,不能和它撞上。"

根据动能定理,在一定质量下,速度越快,产生的能量越大。他们行驶太快,哪怕仅仅撞上一只鸟,也能生出巨大的破坏力,酿成惨祸。

谢星摇对突然的刹车减速并不陌生,勉强稳住身形,回她一个"嗯"。

再定睛看去,不由得一愣。

受方才的减速影响,她身体微微下倾,循着视线,正好能见到晏寒来放在身侧的左手。

干净修长,有几条显眼的疤,骨节则是泛起了白色——

一种暗暗用力的迹象。

至于他手下的衣衫,已然因为太过用力,被捏出了层层褶皱。

谢星摇了然地笑笑,不动声色地仰起头。

之前喝药也是,晏寒来此人自尊心极强,无论是疼是怕,都会让它默默烂在心里,不对任何人倾诉。

在旁人眼中,他永远处变不惊,游刃有余,她算是好运,窥见了那张云淡风轻面皮之下的无措与慌乱。

脸色有些发白,薄唇因为紧张而抿着,再看脖颈,悄然现出几条青筋。

晏寒来何其敏锐,仅凭她似笑非笑的视线,便猜出谢星摇心中所想。

他没动也没出声,一言不发与她对峙,等待即将到来的嘲笑。

他看见谢星摇笑笑,张口。

谢星摇:"对了,月梵你知道去凌霄山的方向吗?"

没有听见预想中的台词,少年长睫轻颤,蹙起眉头。

月梵笑:"那当然啊!赛车都会配备地图的。这里距离凌霄山不远,放心吧。这段路山势险峻,接下来要坐稳咯。"

现实生活中的卡卡跑丁车,如同一场无与伦比的空中过山车。

四面八方群山耸立，随处可见高耸入云的障碍物，在车速如此之快的情况下，月梵竟能逐一避开，每个拐弯都恰到好处。

谢星摇看得惊叹连连，不时发出十分捧场的欢呼，在汽车引擎声里，忽然听见晏寒来的传音。

"你告诉他们，我是妖了。"

他对此事无比笃定，因而用了陈述的语气。

其实大家早就知道你不是人。

不仅知道这个，连你是反派的身份都一清二楚。

谢星摇压下心中腹诽，传音回他："是人是妖，反正也没多大区别。"

此话不假，这个修真界讲究人、妖、魔和谐共生，只要不做伤天害理的事，无论出生于何族，都能被绝大多数修士一视同仁；反之亦然，就算出身于名门正派，只要犯了罪，必将受到严惩。

晏寒来所用的术法诡谲多变，与人族正道相去甚远，更倾向于妖魔秘术，他能毫无顾忌地用出来，就代表没有掩藏身份的意思。

在原著里，他的妖族身份并非秘密，只不过真身是狐狸，这件事倒是从未提过。

她是在今天去江府寻找晏寒来的时候，将他的真身告知温泊雪与月梵的。

两人的反应出奇一致，异口同声地问她："灵狐？那他是男是女？"

初生的灵狐不分性别，直到遇上今生倾慕的第一个人，身体才会明确分出男女。

"不过我听说，大部分灵狐从小都会为自己选定一种性别，将身体暂时化作相应的模样。"当时的月梵思忖许久，"晏寒来，他应该选定了男人吧。"

无论怎么看，他都不像是会因为什么人动心的类型。

大概。

第三章 小阳峰

月梵头一次开空中飞车,动作算是比较收敛,一来二去,谢星摇终于习惯了行驶的速度,不至于吓得心肝颤。

等一行人来到凌霄山,正午阳光照出门派里的千山百峰、林木葱葱。

谢星摇脑袋靠近车窗:"哇——"

虽然凌霄山名中只有一个"山",实际上包含了数之不尽的奇峰峻峦,山中灵气缭绕,白雾茫茫,上有杳霭流玉,下有骇浪惊涛,山山水水自成一色,翠意欲滴。

她坐在飞车之上,轻而易举便能俯瞰全局,身侧祥云掠过,如入仙境。

原来这就是凌霄飞车的乐趣,对这种速度习以为常后,似乎觉得哪怕再快一点儿,也没什么大不了。

驾驶座上的月梵朗声笑笑:"对了,有个好消息。坐这么久,你们应该都习惯车里的速度了吧?"

好消息。

月梵显而易见已经上了头,这种时候的好消息,谢星摇莫名觉得……不太靠谱。

果不其然,她还没来得及开口,便听见月梵含笑低语:"朋友们,我的集气条满了。你们说过,想体验一把飙车……对吧?"

事实证明,无论古今中外,劳斯莱斯永远是拉风神器。

他们一路上风驰电掣,饶是凌霄山里见多识广的仙家弟子们,也忍不住纷纷抬头打量。

"快瞧东边，那是什么？"御剑飞行的队列里，有小弟子惊叹，"通体漆黑，咆哮如雷……莫非……莫非是妖魔进犯！"

"笨，那股磅礴的灵力你感觉不到吗？澄澈清明，如冰似雪，定是月梵师姐历练归来。"另一名少年抬头张望，"算算时间，温泊雪师兄应该也快回来了。"

"听闻月梵师姐一直仰慕温师兄。想来也是，他们二人皆是孤高清冷、谪仙似的人物……唉，我什么时候才能达到这种境界？"

"还早着呢。我们连御剑都掌握不好，想想月梵师姐和温师兄，哪个御器起来不是恣意潇洒、清绝出尘？"

他身侧的少年目光一亮："快看，那坐骑过来了！看它的模样，难道是传说中的黑渊魔兽？"

"月梵师姐光风霁月，怎会看上魔兽？"小弟子摇头，"看见它闪闪发光的双目和身后缭绕的黑烟了吗？要我说，应当是条黑龙。"

他一句话堪堪说完，远处层层叠叠的山峦间，黑色坐骑猛地一颤。

卡卡跑丁车，主打竞速和道具赛。在竞速模式里，玩家需要通过不断飘移攒满能量条，当能量条充满，就能获得一次加速的机会。

飘移加速，飘移加速。既然有了飘移，怎能忘记最重要的那一环。

氮气填满。

超——级——加——速——！

今日，是这群小弟子世界观注定受到冲击的一天。

伴随一声长啸，那坐骑竟以迅雷不及掩耳之势轰然前行，速度之快势头之猛，在天边划出一道道肉眼可见的残影，骇人非常！

修真者目力极佳，虽然只有擦身而过的短短一瞬，但同样御剑在天的小弟子们，仍然看见了两张似曾相识的脸。

那是怎样的两张脸啊。

白衣青年眼珠狂瞪，薄唇大张，扭曲的五官里，处处镌刻着骇然与震惊。

眼珠与尖叫齐飞，白袍共长天一色。

透过那张风中飘摇的苍白面皮，他们认出了川淳岳峙的温泊雪师兄。

曾经的他宛如谪仙，如今的他下一刻就能升天，死鱼一样的双目里，传达出无声呐喊：

让他活。

而在他前方，白衣女修黑发狂舞，红唇不点而朱，肆意上扬，看不出霞姿月韵，倒有几分精神不那么正常的猖狂。

月梵："哈，哈哈哈！"

黑影一瞬过，飞快消失在山巅转角，好似腾飞的蚂蚱，狂放至极。

小弟子们沉默无言，良久，终于有人打破寂静："是……是幻觉吧。"

另一人很快附和："不错，他们过得那样快，我们双眼看不清，出现幻觉很正常。"

话音未落，远处骤然响起一声尖叫，在所有人耳边清晰回旋："啊——啊——！"

无论多么逃避现实，这声音都绝对成不了幻听。

冲击太大，需要缓缓。

半晌，一人迟疑出声："月梵师姐的坐骑上，或许载了只西域土拨鼠。我听说那种灵兽叫起来，与现下的声音如出一辙。"

如同是对他的回应，远处再度传来一声少女的惊呼："啊救……"

他从善如流："两只，在唱歌。"

"对，没错。"他身旁的姑娘收回视线，神色恍惚，"传下去。两只西域灵兽，一只的声音很像温师兄，另一只模仿了谢星摇师妹的少女声线，很像，很能迷惑人。"

"明白。"另一人迷糊点头，"传下去。温师兄，模仿了少女声线，在月梵师姐的坐骑背上唱歌，很让人迷惑。"

"什么！"经过一段你来我往的叽里咕噜，最后一人擦擦额角汗珠，瞪大眼珠，"温师兄坐在月梵师姐的背上唱歌，少女声线，很迷人?!"

两岸土拨啼不住，飞车已过万重山。

谢星摇和温泊雪师从意水真人，师门坐落于西边的小阳峰，月梵跟着地图，很快抵达目的地。

加速的氮气终于耗尽，谢星摇如同经历了一场惊险刺激的过山车，缓缓深吸一口气，拍拍胸口。

温泊雪属于典型的菜鸡，又菜又爱玩，刚刚还叫出了海豚音，这会儿双目晶亮，在座椅上弹了弹身体："好玩！下次继续！"

孺子可教，月梵朝他比出一个大拇指。

车速渐渐慢下，透过车窗，可见山头云蒸雾绕，绿意葱茏，层层树影之中，立着一道瘦瘦高高的影子。

修真界人均一张二十岁的脸，很难通过样貌判断真实岁数。眼前这位，却与寻常人不同。

白发苍苍，身形微弓，条条皱纹好似蛛网，浅浅攀附于面颊两侧，无论怎么看都只是个寻常小老头，唯独一双眼睛清澈澄亮，丝毫不见浑浊。

在他手中，还紧紧握着个木质酒葫芦。

正是谢星摇与温泊雪的师父，意水真人。

瞧见他的一霎，脑海中的记忆缓缓复苏，谢星摇神色微动。

论修为，意水真人算是长老里的上游。在好几年前，与世间绝大多数修仙者如出一辙，他相貌出众，风度翩翩，以诗酒闻名于世，被称作"逍遥君"。

之所以变成这副模样，与谢星摇有关。

六年前，原主受过一次重伤。

伤势危及心脏，医修们皆言无药可救，在濒临死亡的关头，是她师父生生剖开自己胸口，将一半心脉相赠于她。

心脉受损，识海、经脉与修为皆会受到影响，意水真人一夜白发，形貌如同六旬老人。然而待原主醒来，第一眼看见的，却是他双目舒展，露出一个最为欢喜的笑。

这是位好老师。

可他曾救过一命的那位"谢星摇"，究竟发生过什么事，如今又去了哪里？

劳斯莱斯咆哮着落在山巅，谢星摇压下心中疑虑，飞快打开车门："师父！"

"摇摇，阿雪。"白头发老头咧嘴笑开，手中酒葫芦悠悠一晃，"你们这是……"

意水真人："被野猴附身过？"

他这一开口，谢星摇才想起自己被风吹成水草的头发，一时间耳根发热，赶忙伸手梳上一梳。

温泊雪早在脸上下了定身咒，颔首恭敬道："师父。"

他不忘介绍身边的晏寒来："这位是晏寒来晏公子。他在山下救过师妹一命，却因此受了伤，我与师妹商议一番，决定带他来凌霄山，看看能不能医好识海。"

月梵抿唇微笑，收敛起飙车时的野劲，翩翩而立："见过意水长老。"

"小圣女。"

意水真人弯眼扬唇，尾音含笑，瞧不出太多仙门气度，倒像个优哉游哉的老顽童:"这位晏小公子不必忧虑,你识海中虽有魔气入侵,好在不算严重,叫回春堂那帮老家伙看上一看,准能活蹦乱跳。"

只一眼,他便看出病症所在。

此人实力不容小觑,晏寒来心存戒备,淡声点头:"多谢长老。"

"不过话说回来,此物为何?"意水上前几步,凑近铿铿发亮的飞天跑车,"腾云驾雾,咆哮不休,你们在天上的时候,我本以为这是种见所未见的凶兽,不过如今看来,更像死物。"

"这是我偶然间得来的法器。"见他回头,月梵竭力把语气压平,"长老知道的,时常会有这种事情——意外掉落悬崖,遇见神秘老人,得到绝世宝器。"

意水哈哈大笑:"如此一来,便是圣女的机缘了。"

他说着顿住,唇边笑意更浓:"对了,都别在这儿戳着。你们大师兄近日迷上了下厨,听说你们回来,说是要做一桌大餐。"

大师兄。

下厨?

谢星摇与温泊雪匆匆对视,欲言又止。

他们的大师兄身长九尺,十分大男子主义,说白了就是个沉迷于打打杀杀的肌肉猛男,纵观原文,从未与下厨做饭扯上过关系。

不……不会吧……?

有温泊雪与月梵二人珠玉在前,谢星摇对老乡已经有了很强的接受度,但一想到这个可能性,还是忍不住有些激动:"真的?师父,大餐什么时候能好?"

"就你贪吃。"意水真人平日里最是宠她,闻言笑道,"估摸着还有一会儿。你们在山下历练多日,不如趁此空闲,先回自己房中休整一番,顺便带圣女逛逛——晏小公子初来乍到,恰好我闲来无事,能引他去客房。"

他说罢打开酒葫芦,仰头饮了口酒,再抬眸时,眼睛里带了点儿醺然的笑:"来,小公子,老夫带你去个好住处。"

听得"闲来无事",谢星摇与温泊雪不约而同地轻咳一下。

意水真人这个"逍遥君"的称号,绝非浪得虚名。

一年三百六十五天,他有三百六十天逍遥自在,一生尤爱诗与酒,常常把自己灌得飘飘欲仙。

但天才毕竟是天才,意水玩着喝着,居然真在逍遥之中窥见了道法,修行讲究随心、随性、随神通,哪怕放眼整个凌霄山,实力都名列前茅。

谢星摇点头:"知道啦,师父。"

她看书时就对这个角色颇有好感,如今多了几段原主的记忆,与意水真人更是亲近。

晏寒来瞥她一眼,朝着白胡子老头靠近几步。

意水真人生性闲散逍遥,最乐意结识初出茅庐的少年郎,不消多时,便拉着晏寒来不见了踪影。

月梵关掉这一把飞车游戏,好奇地探头:"接下来怎么办?你们大师兄……"

谢星摇毫不犹豫:"去看看吧。"

"韩啸行,意水真人门下大弟子,虽是法修,对刀法同样十分精通。"

谢星摇努力回想,越想越不对劲:"我记得在原著里,他把刀与术法紧密相融,出招凌厉迅疾,刀光之中暗藏无尽咒术,非常厉害。"

温泊雪接道:"没错,而且他性子冷淡,沉默寡言,我每次见到大师兄,他要么在看书,要么在画符,要么在舞刀。"

"所以,"月梵正色,"他如果真被穿了,突然变成一个'家庭煮夫',岂不是很崩人设?"

温泊雪很有自知之明:"其实……我们俩就已经挺崩人设了。"

意水真人修为颇高,在门派里地位不低,小阳峰自然也就高峭宽阔,是处灵气充沛的修行宝地。

但显而易见,小阳峰与他们师门,似乎并不那么相配。

因为它实在太大了。

意水是个今朝有酒今朝醉的懒散老头,三名弟子则是不折不扣的升级狂魔,一心只顾修行道法,至于除草、开路、修葺房屋之类的琐事,愣是一窍不通。

是他们配不上这座山。

谢星摇默默看一眼跟前杂草丛生的小路,又望一望不远处爬满青苔的小屋,觉得自己不像置身于修真界,而是来到了某本令人毛骨悚然的恐怖小说。

"真就应了那句话,"月梵颇有同感,"世上本没有路,走的人多了,也便成了路。这条小道……还是被人生生踩草踩出来的,一看就没打理过。"

"那个,"温泊雪抬头,看向静静伫立的林中小屋,"就是厨房吧?"

仙人之人大多不染凡俗杂物,在修仙门派,人均一瓶辟谷丹。

丹丸能自行转化为灵力,将全身上下的五脏六腑依次填满,如此一来,便不会觉得肚饿。

相当于加强版的营养针。

谢星摇合理怀疑,辟谷丹的成分是维生素和蛋白质。

也正因如此,小阳峰里的厨房被闲置多年,不但青苔遍布,房顶上甚至长出了几朵蘑菇。

一想到沉默寡言的壮汉大师兄在里面做菜,画面就更加诡异。

厨房门没关,走得近了,能见到自门内飘出的淡淡白烟。

月梵认认真真嗅了嗅:"这是……麦芽的香气?"

厨房之中,顿时响起一道满含磁性的男音:"行家啊!"

一段似曾相识的对话发生得猝不及防,连两位说话之人都不由得愣住,不约而同地对视一眼。

由此,谢星摇也终于看清了这位大师兄。

韩啸行身形高挑健硕,五官亦是棱角分明,剑眉如刀,眉骨微凸,侧脸线条凌厉深刻,乍一看去,像极了武侠电影中的英俊刀客。

此时此刻,他手中同样拿着一把……菜刀。

甚至围了个纯白色的围裙。

月梵眯起双眼,上前一步:"拔丝煎面?"

韩啸行正色:"正是。"

在来凌霄山的路上,谢星摇对她细细叮嘱过。

就算觉得某个人的人设与原著不符,也绝不能主动透露自己的来历。一旦判断失误,那人就是个本本分分的土著,她定会被当作邪灵附体,带去小黑屋。

月梵记得认真,这会儿不敢多言,神色古怪地瞧一瞧他,很快移开视线。

"大师兄!"谢星摇一步踏入门中,红衣翩跹,笑音清亮如铃,"几日不见,你怎么钻研起厨艺来了?"

温泊雪紧随其后,仍然保持着脸上的定身咒:"大师兄。"

韩啸行沉声:"闲来无事,便试试。"

他的性子安静寡言,看上去与原著里的角色差不多。

厨房中白烟缭绕,四面八方满溢清香。这地方许久没被用过,许是韩啸行做了一番打扫,不说崭新,至少见不到老屋子常见的蛛网和灰尘。

月梵环顾四周,逐一打量灶台上做好的食物。

烤鸭、糖醋排骨、佛跳墙,还有……

等等。

那圆嘟嘟的黄色点心，怎么这么像……

奶……奶油泡芙？

画面太诡异，月梵无声地张张口，一点点睁大眼睛。

出现在修真界里的奶油泡芙，无异于二十一世纪的上班族某天走在大街上，猝不及防见到一团史莱姆。两两组合，怎么想都搭不上边。

这个韩啸行，很不对劲。

但她绝不能就此卸下防备，倘若泡芙当真存在于修真界，而她大大咧咧上前去认老乡，那就完蛋了。

"没想到韩师兄手艺这么好。正巧我这几日很是想念家乡美食，不知韩师兄可曾听过制作的方法？"她说着一顿，直到青年沉默着抬头，月梵才勉强按捺住心中激动，试探性开口，"比如蒸羊羔、蒸熊掌。"

韩啸行愣了一下。

几乎是条件反射地，他茫然开口："蒸鹿尾儿、烧花鸭？"

这熟悉的排列组合……不是相声里的报菜名吗？

韩啸行有点儿蒙。

都说行走江湖必备金手指，他算是走运，的的确确带来了一款游戏系统，但是吧，这游戏它叫《疯狂厨房》。

关键字：做菜，围裙，烹饪高手。

虽然有无限食材库，涵盖古今中外的各式菜谱，无师自通的烹饪手艺，但这个游戏，和他的修真生涯好像没有半点儿关系。

……谁让他成天就爱钻研菜谱呢。

静下心来细细思忖，只要有了这个系统，就能让修真界的新奇食材与二十一世纪的烹饪技术完美融合，双倍口感，双倍惊喜，一定能带来更多倍的美味。

想想还有点儿小激动。

有句老话说过，既来之则安之。

他占用了这位仙门大师兄的身子，这事本身就是个罪过，如今想要归还却还不了，只能自己先用着，替他好好扮演这个角色。

在他模糊的记忆里，原主身为小阳峰大师兄，虽然看上去冰冷不近人情，实际上是不折不扣的面冷心热，平日里同门若是有难，那位"韩啸行"定会头一个出手相助。

只可惜他的性子太内敛了些，什么话都一股脑憋在心里，在旁人看来，宛如一座难以融化的冰山。

韩啸行决定，有空一定要帮他和师弟师妹们搞好关系，有朝一日原主回来，肯定会很开心。

这也算是用他的身子活了这么多天的一点儿报答。

按照原文进度，如今主角团解决了连喜镇的狐妖之乱，特意回到凌霄山复命。

红衣姑娘是谢星摇，白衣青年是温泊雪，至于眼前这个穿白裙子的女人……

主角团跟恶毒女配月梵的关系，什么时候这么好了？

她报了菜名，不知是有意还是无意。

"其余菜式我都见过，唯独这个陌生得很。"月梵上前几步，目光擒住糕点盒子里的泡芙，"韩师兄，这种点心应该如何食用？"

修真界里土生土长的人，不可能见过西式点心。

韩啸行耐心道："没那么多规矩，直接送进嘴里便是。此物名为泡芙，是我从西域典籍中学来的食谱，头一回做，月梵师妹不妨试试。"

月梵露出恍然大悟的模样："原来如此，那就多谢师兄。"

她动作矜持，慢悠悠地拿起一块泡芙，微张的唇瓣朱红鲜艳，漫不经心地咬下第一口奶黄色点心。

月梵没再说话。

身为晓月霜雪一般的仙门圣女，她神色淡淡地咀嚼，神色淡淡地咬下第二口，再神色淡淡地……

可恶。

她快装不下去神色淡淡了。

怎么能这么好吃。

泡芙是熟悉的味道，相比她曾经吃过的口感，却要更加细腻。

外壳被做成了酥皮，酥脆掉渣，厚薄恰到好处，有黄油的醇厚，也有牛奶的甜香。破开外壳，内里的淡奶油好似爆浆，一股脑从中倾泻而出，味道甜而不腻，轰然填满整个口腔。

舌尖像是踩在了甜滋滋的云朵上，下一刻就能翩翩然跳起舞来。

家的味道，泡芙知道。

二十一世纪的口味，她原以为不可能再有机会品尝。

月梵竭力忍住狼吞虎咽的冲动，朝韩啸行礼貌一笑："尚可。"

——其实是一百分级别的好吃！让她看看，桌上还摆了爆炒牛肉丝、糖醋肉、宫保鸡丁和杏仁豆腐，老天，这些都是她待会儿能吃的吗？时间可不可以过得快一点？好期待，好期待！

泡芙得到了不错的评价，韩啸行暗暗松下一口气。他不是吝啬之人，正欲招呼门边的谢星摇、温泊雪一起来品尝品尝，却听月梵再度出声。

她的言语字字砸在心头，青年沉默去听，目光逐渐犀利。

"原来是西域糕点。我曾见过一种西域点心，吃起来很是麻烦。先上下一扭，再用舌尖舔其上的糖浆，最后将其置入牛乳之中——"

月梵眯眼："泡一泡。"

"扭一扭、舔一舔、泡一泡，奥利奥广告？"温泊雪站在一边，对着谢星摇传音入密，神色十分复杂，"说得这么委婉，他们两个在演地下接头？"

"飙戏吧。"身为经验丰富的过来人，谢星摇目光慈祥而沧桑，"毕竟头一回，让他们过过戏瘾。"

韩啸行不傻，听月梵把一句话说完，暗暗蹙起剑眉。

这句刻在DNA里的台词是那么熟悉，再联想起方才的报菜名，一个不可思议的猜想在他心中慢慢成形。

男人停下剁菜的手，右足微挪，神色稍凝。

月梵亦是沉下双眸，朝着与他相反的方向略略迈开一步。

温泊雪："二人转？"

谢星摇："也可能是打太极。"

温泊雪："我们俩之前相认的时候，不会也是这样吧。"

谢星摇："……我选择删除那段记忆。"

"如此说来，的确麻烦。"韩啸行，"在我这里无须讲究繁文缛节。月梵师妹，好吃，你就多吃点，保证横扫饥饿，活力无限。"

这是……好吃点饼干和士力架！

此人实力深不可测，居然在短短一句话里，融入了两个耳熟能详的零食广告词！

心口怦怦跳个不停，激动之余，月梵不忘轻挪脚步，压低嗓音："也是。细细看来，这点心不但滋味醇香，大小亦是恰到好处，如此一来，便能将它捧在手心里。"

老天,捧在手心里的优乐美奶茶。

温泊雪嘴角一个抽抽:"好厉害,仅仅面对一盒泡芙,他们居然能演出谍战片的味道。"

谢星摇大受震撼:"语言文化博大精深,他们是如何想出这么多台词,还恰到好处融进泡芙里的?"

她话音方落,一旁的韩啸行适时开口:"若是喜欢,月梵师妹不妨带些回去作为礼物,赠予同门师弟师妹。"

这段话说得礼貌,听上去并无异常,电光石火之间,月梵却敏锐地品出了另一层深意。

她悟了:"多谢师兄美意。只不过,不知师兄可曾听过这样一句俗语?"

月梵抬头,直视男人漆黑的眸:"今年过节,不收礼。"

对上了。

"因为收礼只收——"韩啸行同样激动,他的嗓音铿锵有力,他的尾音微微颤抖,一字一句,说出刻在他心底的名字,"脑白金。"

温泊雪瞳孔地震:……不是吧,这暗号都能猜出来?

谢星摇欲言又止:……能从毫不起眼的字里行间找到蛛丝马迹,难道这就是传说中地下工作者的自我修养?

激动的心颤抖的手,下一秒他们的眼泪就要汪汪流。

月梵:"家人!"

韩啸行:"老……"

一个字堪堪出口,他怔愣刹那,呆呆望向另一边的温泊雪、谢星摇。

"不用担心,"月梵好心解释,"他们也是老乡。"

韩啸行一改之前的冷肃神态,笑意如沐春风:"哦哦!原来都是老乡!"

很快,青年呆呆一愣:"等等,三个老乡,加上我一共四个人……这修真界怎么回事,成筛子了吗?"

"而且很可能不仅仅只有我们四个。"谢星摇苦笑,"对了,我们都各自绑定了一个游戏系统,看大师兄的架势,系统似乎与做菜有关?"

"没错。"韩啸行点头,"我的游戏是《疯狂厨房》,能自己种菜卖菜,去游戏商城购买调料和食材,再根据菜谱做出成品。"

"《疯狂厨房》!"温泊雪的狗狗眼扑哧一亮,"是那个囊括了古今中外各式各样美食的《疯狂厨房》吗?只要有它,我们岂不是——"

谢星摇双手合十，感恩上苍："日日有口福，年年有美味。"

月梵竖起大拇指："而且修真界讲究灵力入体，吃下去的食物能通过咒法转变为灵气，不用担心长胖——中餐、泰餐、韩餐、日料、西式点心、水煮肉、巧克力、咖喱牛腩、哈根达斯，想吃就吃无所畏惧，这是天堂啊！"

幸福，来得太突然。

厨房之中处处诱人，锅里的浓汤咕噜噜冒着热气，瓷盘中的爆炒牛肉丝沁开缕缕辣香。

被装在木盒子里的泡芙新鲜出炉，奶味飘香，浓甜四溢。

温泊雪听得蠢蠢欲动，上前打量一番，摸摸瘪瘪的肚皮："韩师兄，我能尝一口你的泡芙吗？"

"不。"

月梵与韩啸行转身瞧他，异口同声，咧嘴一笑的瞬间，露出两口白牙："是你的泡芙。"

他们不是台词的生产者，他们是益达广告的搬运工。

……还没出戏啊你们两个戏精！

谢星摇："震惊，两男两女，竟同时遭遇这种事情。"

月梵："男人看了会沉默，女人看了会流泪，点击就看修真界不得不说的二三事。"

"所以，"温泊雪吞下一口奶油泡芙，任凭浓香在口中爆开，"我们到底为什么会来这儿？别的小说要么身穿要么魂穿，我们倒好，不但各自带着游戏，还弄了一出大团建，像是集体旅游来了。"

自从认完老乡，许是受韩啸行那句"筛子修真界"的影响，一伙人若有所思地坐在厨房里，展开了一场从哪儿来到哪儿去的沉思。

"莫要着急，无论是谁主导这一切，他又究竟有何目的，时间一天天过去，迟早会渐渐显露出来。"韩啸行温声道，"我们既然察觉了不对劲，那便在心中做好戒备，以防被始作俑者禁锢于股掌之中，但也不必过于心急，心急只会扰乱战线。"

谢星摇点点头，凝神瞧他一眼。

怎么说呢，褪去冷漠刀客的伪装，向他们展露出真实一面的大师兄……

就很人淡如菊。

他虽然生了一副冷峻面孔，此时此刻的目光却是极柔和。

都说眼睛是心灵的窗户，双眼这么一耷拉，理所当然将他的冷厉稀释大半，好似日光柔暖，消融一片寒冰。

更何况这人身上还围了条围裙，纯白色，中间绣着朵干干净净的小雏菊，雪白系带勾勒出青年强健的腰身，有种说不出的混搭感。

听韩啸行所言，他在二十一世纪就是一个甜点师。

那个词语怎么说的来着，男……男妈妈？

老乡之间总会生出奇妙的亲近，他们与韩啸行虽是头一回见面，已然建立起了他乡遇故知的可靠战友情。

正如月梵入门即精通的驾驶技术一样，有《疯狂厨房》在手，韩啸行的烹饪亦是炉火纯青，招招式式标准无比，不消多时，一道色香味俱全的水煮肉片便圆满出锅。

这碗肉片是香辣口味，被切得厚薄均匀，辅以清新可口的豆芽与香菜，乖乖躺在瓷碗之中，满满浸开鲜红却不显油腻的汤汁。

腾腾热气刺激味蕾，谢星摇低头嗅了嗅，心里的馋虫情不自禁地探出脑袋。

大师兄介绍完了自己的游戏，该轮到他们进行自我介绍了。

温泊雪如同回答老师问题的乖学生："我之前是个演员，游戏是《人们一败涂地》，只要打开游戏，身体就会变成一摊橡皮泥，不怕火烧不怕雷电，但是行动起来很不方便。"

"我知道这个游戏。"韩啸行颔首微笑，当真像个颇有耐心的幼儿园老师，"游戏角色能奔跑跳跃，还可以自由攀爬，若能掌握行走方法，定有大用。"

"我在酒吧驻唱，游戏是《卡卡跑丁车》。"月梵扬扬下巴，"道具赛。"

韩啸行笑："是指水泡泡和香蕉皮？"

"嗯哼。"她斜斜靠在门边，不再做出先前的高雅圣洁姿态，闻言勾勾唇角，"若是对兜风感兴趣，我不介意带一带你。"

谢星摇最后发言："我是个学生，来之前在玩《一起打敌人》。"

韩啸行的眼中多出几分新奇："这是……战斗游戏？"

谢星摇笑笑："修仙者的术法多到数不清，相比之下，战斗技能反而没那么特别了。"

"很难相信，摇摇居然只是个年纪不大的学生妹妹。"门边的月梵轻叹一口气，"会弹古琴，能杀妖魔，懂得多，脑子也聪明。"

温泊雪深以为然。

"没有没有。"谢星摇摆摆手，"只是家里管得比较严，让我零碎学了点儿东西，都不精通。"

她将这个话题一笔带过，看向身旁的韩啸行："大师兄，等做完了饭菜，我们去哪儿吃？"

厨房毕竟只是烹饪的地方，这间屋子算不得大，他们师门上上下下好几个人，不可能挤在这里用餐。

韩啸行温和应答："去花庭。"

花庭，建于小阳峰东北角，距离厨房极近，顾名思义，是一处种花的地方。

意水真人早年爱花爱草，生性风流，出于一时兴起，收集诸多花种，尽数播于庭中。

仙山灵气充沛，加之庭园被施了术法，一年四季温暖如春，花草树木样样长得葱葱茏茏，瑰丽如烟。

可惜不久之后，小老头对花花草草看得厌倦，再没管过花庭。

谢星摇搜寻一遍残存的记忆，花庭几乎成了野草藤蔓的天下，花香浓郁过头，反倒溢开淡淡的恶心，叫人不想多待。

许是察觉出她神色一愣，韩啸行耐心解释："诸位莫怕。我对园艺有些浅薄的了解，在三天前，把园子里的花草简单修剪整理了一下。"

花庭又大又杂，他既有信心让大家进去，必然不会是"简单修剪整理了一下"这么容易。

大师兄，劳动之光，家务的神。

谢星摇由衷感激："多谢师兄。"

和二十一世纪不同，修真界不必把杂七杂八的物品装成大包小包，再凭借两条胳膊去提。

在这里，有神奇的储物袋。

韩啸行的一顿午餐终于做完，出乎意料地，他并未用出任何法器，而是拿起好几个食盒，把饭菜小心翼翼地装入其中。

"这是我的习惯。"他被一伙人看得不好意思，垂眼笑笑，"把饭菜放进储物袋，倘若突生颠簸，定会大大影响食物的口感。"

不愧是专业人士。

谢星摇帮他提起其中两个："有劳师兄。"

厨房与花庭相隔不远，谢星摇对美食觊觎已久，迫不及待想要出门，然而还没迈出步子，就听见"啪嗒"一响。

原来是有块木头晃晃悠悠，从厨房门上的牌匾里掉了下来。

"没事吧？"韩啸行张望一眼，"这地方太久没用，建筑过于老旧。我来的时候，也差点儿被一块木板砸到头。"

"小阳峰这么久没被打理，咱们是不是应该出出力，让它看起来正常一点儿？"谢星摇提着食盒上前几步，迈出门槛时好奇地抬头，瞧一眼木匾，"让我看看，这厨房的名字是——"

她说着停住，好一会儿才迟疑出声："这个——'土包'？"

"是'凡尘庖屋'，古代都把厨房叫'庖屋'嘛。"韩啸行走在她身后，"山中太久没修葺，匾上的木头都快掉光了。"

"这又是什么？"月梵看向门边角落，瞥见一块方正石碑，"写的是——'小阳峰弟子的头'？"

"小阳峰弟子的头牌菜。"韩啸行听得一阵鸡皮疙瘩，赶忙解释，"这是厨房建成那年，师父他老人家亲自用毛笔写的碑。过去这么多年，墨渍渐渐消去了不少，只能认出个大概。"

这恐怕已经不是"认出个大概"，而是完全扭曲了含义吧。

谢星摇内心大为震撼，盯着石碑往下看。

"小阳峰弟子的头牌菜"乃是碑题，字迹潇洒狂放，字体也是最大。

向下探去，赫然写着一串串菜名。

温泊雪站在她身侧，低低念出声："第一道菜——马打滚？"

"驴打滚，驴打滚。"韩啸行拭去额角一滴冷汗，"'驴'字墨没了一半。"

"第二道菜。"

月梵对修真界食谱同样好奇，往前探出脑袋。

小小的脑袋，大大的疑惑。

月梵把眉毛拧成一个结："仙门弟子还吃，黄——金——？"

这能消化得了吗，难道仙门人均黄金矿工？

"黄金饺。"韩啸行叹一口气，"顺便一提，它后面那道菜不是'水晶'。我们小阳峰不吃水晶，吃水晶梅花包。"

"这墨，掉得还挺调皮。"谢星摇柔声笑笑，尽量委婉开口，为师门免去一分尴尬,"其实也无伤大雅,看上去还挺好玩儿,比如这下一道菜——"

目光继续下挪,尚未出口的话,一股脑停在喉咙。

她笑容僵住。

离谱。

下一行,深黑色墨迹矫若游龙,纵逸写出五个大字——"干切人腿肉"。

韩啸行弱弱:"干切火腿肉。"

……行。

没什么能比这道"干切人腿"更离谱的了,谢星摇缓缓舒一口气,保持心态平稳,视线再往下。

食谱上不多不少,刚好一个显眼的大字。

"佛"。

好家伙。

小阳峰这群人,吃到宇宙尽头了。

韩啸行:"还有佛跳墙。"

月梵由衷感慨:"上吃天文,下吃地理,上天入地无所不吃,我愿称之为小阳峰食谱宇宙。"

"而且按照这些碑匾,倘若有外人来瞧——"谢星摇拢了拢衣襟,只觉身后阴风阵阵,"小阳峰的弟子,住在土包,饿了就吃矿石和干切人腿肉。"

温泊雪看一眼默默伫立的石碑:"土包旁边,还摆着个小阳峰弟子的头。"

——这是哪门子丧心病狂的恐怖片生存模式啊!邪修都不这么玩吧!

他们这个宗门,或许,可能,大概,有那么一丢丢不太靠谱。

"要不咱们把小阳峰翻修一遍,我这次下山得了点儿钱,应该够用。"

谢星摇说着一顿,刹那间想起什么,抬眼将身前三人匆匆扫过:"对了,你们知道师父所谓的'好去处'在哪儿吗?他带着晏寒来,不会也去了这种奇奇怪怪的地方吧?"

"看他们二人离去的方向,似乎是北边。"温泊雪细细回想,"北边……应该是梅屋居吧。"

意水真人爱花爱草,早些年间,特意修建了一处小苑,名唤"梅屋居"。

梅屋居有法阵加护,一年四季白梅盛开,加之立于山林深处,静谧怡人,日日杏霭流玉,有如人间仙境。

那的确是个极佳的住处,谢星摇蹙眉沉思,记起梅园里的布置。

先是一条漫长小道，道路两旁种满梅树，一直往里走，能见到精致的院落和木屋。

院落旁侧，亦是立了块碑。

"师父好客，时常带着好友去那儿品酒，想来环境应当不错。"韩啸行摸摸下巴，嗓音温和，"我想想，那碑上写的是——'欢迎入住，内有芳香梅屏可嗅'。"

温泊雪认真分析："师父既然常去那里，应该会多多打理，不让它变得太糟糕。"

月梵点头："就算石碑上的墨掉了点儿，单凭这句子，不管怎样排列组合，铁定闹不出什么大乌龙。"

好像的确是这样。

谢星摇在识海中写下这句话，横看竖看想不出歧义，终究只能迟疑应声："应该……吧？"

另一边，梅屋居。

梅园建在山中，如今正值早春，缓缓踱步于小道，能听得一两声清脆鸟鸣。

软白薄雾缭绕其间，偶有春风吹过，拂下簌簌花落如烟。青衣少年默然不语，静静跟在白胡子老头身后，不动声色地，捻碎一片落在指尖的花瓣。

意水真人很爱说话。

尤其是面对小辈的时候。

"摇摇那孩子，从小到大不让人省心，这回给小公子添麻烦了。"酒葫芦咕噜一晃，白胡子老头慢悠悠打个哈欠，"今日之内，我会为你寻来一位靠谱的医修前辈，保证三下五除二，把魔气尽数清除——不过你们长途跋涉，如今应该又累又饿吧？小公子，一并去尝尝我徒弟的手艺如何？他虽然刚学，但极有天赋，定能叫你满意。"

他说得乐和，倏尔目光一动，自唇边勾出一个愉悦的笑："到了。晏公子，这便是梅屋居。"

晏寒来闻声抬眸，但见云蒸雾绕，簇拥出中央一座方正木屋，四下白梅纷然，不似花朵，更胜大雪皑皑，玉砌冰琢。

耳边传来意水真人慵懒的笑音："不瞒你说，这里可都是我曾经最为中意的珍藏，若是一般人，不会轻易让他瞧。"

风声缓过，吹落几朵飘摇的梅花。

晏寒来看着房前的石碑，陷入沉思。

意水真人亦是愣住，瞳仁瑟瑟一抖，胡须被吹得半竖起来。

石碑之上，赫然几个张狂如龙的墨字。

上题："一屋尸。"

下书："欢迎入住，内有芳香尸臭。"

经过韩啸行的"简单修剪"，花庭与往日大不相同。

繁复冗杂的枝叶消散一空，葱茏杂草无处可寻，围墙之上倒是爬了翠色将流的爬山虎，衬着几朵不知名的小白花。

远处是烟景般的桃红柳绿，近处牡丹颜色正浓，放眼一派浮翠流丹的好景致，细细嗅来，花香渺渺如雾。

花庭中央一片空旷，唯独摆着个圆形石桌，几个石凳散在旁侧。

谢星摇等人到来之时，师父与晏寒来尚在梅园中。

温泊雪和韩啸行坐在石凳上静静等候，有一搭没一搭地聊着天，至于谢星摇与月梵，选择了满园子看花。

"连桂花都有，现在明明是春天。"四面皆是花团锦簇，月梵上前用力嗅了嗅，"好香。"

"毕竟小阳峰擅长咒法咒术。"谢星摇伸手碰碰跟前的茉莉，"师父结了阵，让这里一直保持四季如春的状态。"

不得不说，修真界实在神奇。

以这术法的功效，远远胜过二十一世纪科技下的温室大棚。

两个小姑娘满心好奇地游园闲逛，没过多久，意水真人带着晏寒来入了花庭。

还同他们说起那块石碑。

"尸臭?!"温泊雪一口水呛在喉咙里，努力咳嗽几声，"师父，您没吓着晏公子吧?"

"哪儿能啊。"意水真人腰板一直，"我向他解释了，那只不过是水墨消退造成的意外——堂堂梅屋居，怎会做出伤天害理之事!"

当时他见到那块石碑，气得直吹胡须，三下五除二从储物袋里拿出墨笔，补完了空缺的墨迹。

在那之后，便是利用长辈的名头强拉着晏寒来，同他来到了花庭里头。

"我觉得，小阳峰可以翻修一下。"谢星摇坐上石凳，两手撑起下巴，"我从连喜镇赚了点儿钱，应该能抵上一些费用。"

小说、电影、电视剧里都说剑修一穷二白，其实说到底，法修才是最烧钱的行当。

法器要钱，符咒要钱，购买那些稀奇古怪各式各样的原材料，就更要花钱。

年轻人攒钱不易，韩啸行身为大师兄，体贴接话："师妹有心就好，出钱一事，还是让师兄来吧。若要翻新，上上下下约莫需要二十万灵石，师兄攒一攒便是。"

"你们忘记还有我这师父了？"意水真人摸摸白胡须，"我近日买酒太多，虽然……不过不是问题，交给师父就好。"

他胡子一摇，双目含笑，看一眼谢星摇："摇摇在连喜镇赚了钱？不错不错，人生第一桶金，大概有多少？"

谢星摇："……四十万，灵石。"

一阵恒久的沉默。

谢星摇乖乖讲述这笔钱的由来，意水真人与韩啸行是她的忠实听众。

等她说完闭嘴，大师兄的嘴角已经上翘得与太阳肩并肩，一张冷峻的面容上，写满了"我家小孩真棒"。

她师父不遑多让，一双眼睛睁得浑圆，满嘴跑马：

"化险为夷，精彩精彩！那些妖魔没欺负你吧？我们摇摇聪明伶俐，人见人爱，那只狐狸不喜欢你，是他瞎了眼睛——你莫要伤心，凌霄山多的是俊秀弟子，改天师父给你骗几个过来，徒儿随意挑。"

看原著的时候还不觉得，如今亲眼见到，原来这就是万人敬仰的仙宗长老，果真极有个性。

这段彩虹屁吹得很具真情实感，谢星摇受宠若惊，越听越脸热，像个圆球缩成一团，颇为不好意思地摸摸鼻尖。

也正是此刻，耳边传来一声极低的笑音。

带着点儿冷嗤的、熟悉的气音。

源自晏寒来。

自己觉得不好意思是一回事，被别人明目张胆看笑话，那就是另一回事了。

谢星摇斜斜觑他一眼，恰巧晏寒来也在看她，两道视线无声相撞，少年懒懒扬唇，眸中嘲弄与冷意清晰可见。

这算哪门子狐狸，活脱脱一只不讨人喜欢的刺猬。

"总而言之，有了这四十万灵石，我们就能将小阳峰重新修葺一番。"谢星摇不再理他，红着耳朵摆摆手，"师父所说的那些，就不用劳烦了。"

他们四个人早早来了花庭，因要等候意水真人与晏寒来，一直没开饭。

如今人齐饭点到，终于到了期待已久的美食时间。

谢星摇搓搓手，等师父师兄纷纷起手，很快随大流，拿起身前木筷。

身侧掠过一缕凉风，她撩起眼皮，见到倏然坐在她身侧的晏寒来。

圆桌之上，只有她身旁的位置有个空缺。

两人对视一眼，同时把目光移开。

距离谢星摇最近的菜，是一大碗水煮肉片。

比起口味清淡的菜品，水煮肉加入了更多辣椒与红油，热腾腾的白烟氤氲之时，亦有诱人辣香浑然散开。

来修真界这么多天，她许久没吃到家乡菜，迫不及待就着白米饭，吃下第一口肉。

木筷入口，首先溢开的味道，是经过爆炒后的葱花清香。

肉片滑嫩，被牢牢包裹在汤汁里头，牙齿咬下，口中满满沁开微辣的肉香。热油辣而不腻，米饭则是颗颗饱满，粒粒分明，被汤汁一浸，立马变得鲜香浓郁，软烂入味。

这道菜本身的口味已是绝佳，更不用说葱姜蒜末大大丰富了其中的口感层次，一口下来兼具辣、香、咸、麻，十足过瘾。

好吃。

谢星摇毫不吝惜鼓励："大师兄，下饭神器。"

在她正对面，温泊雪尝了口糖醋小酥肉，露出前所未有的幸福表情。

小酥肉外裹着层淀粉，被油炸之后，变得酥脆至极。

放入口中，先是酸酸甜甜的酱汁席卷舌尖，旋即"咔嘣"一声轻响，淀粉外壳破开，酱汁融进最中心的浓稠肉香。

"好吃，好好吃。"温泊雪不太会夸人，努力从脑子里搜寻语句，"热、脆、爆汁，我能吃三碗，不，五碗饭。"

他们说话的间隙，月梵已经吃完了一整碗米饭。

"的确不错。"意水真人吞下一口饭菜，目光微亮，"香辣兼备，色香味俱全，啸行往日醉心于术法,这几日为何对厨艺生了兴趣?"

"弟子修为许久未有突破,师父曾言我急于求成,反而钻了牛角尖。"韩啸行早就做过准备,闻言颔首应道,"弟子细细思量一番,觉得不妨休憩一段时日,待得道心平稳,再专攻术法。"

这段话说得有理有据,意水真人果然被唬住了,朗声笑道:"不错,不错!啸行,一味求成只会限制道心,你终于想通了。"

这也行。

师父居然还挺开心的样子……不过想来也是,之前那位真正的大师兄醉心术法,几乎到了走火入魔的地步,让他老人家日日担心。

谢星摇又扒了口饭,本想再夸几句,忽听脑子里"叮咚"一响。

这是久违的系统提示音,算算时间,的确也到了向原文主线迈进的重要关头。

连喜镇狐妖之乱,不过是全文中的一个支线副本。如今回到凌霄山,得了意水真人交予众人的任务,才算真正拉开《天途》的主线序幕。

——仙骨。

"啸行想要休息一段时日,"意水真人扬唇一笑,"在座的各位呢?"

谢星摇十足配合,佯装好奇道:"师父,怎么了?"

"你们应当听说过五百年前的那场大战。"意水道,"楼渊入魔,屠遍仙门各派,幸有多位仙家大能出面,才终于将其制住。"

楼渊,五百年前的邪魔之首,传闻天生魔骨,凶戾嗜杀,带领一众妖魔兴风作浪,最终被仙门联手剿杀。

倘若《天途》是本言情小说,按照如此狂霸炫酷的设定,男主人公非他莫属。

可惜它在男频。

"在大战之中,凌霄山陨落了一位仙骨天成的前辈,战事惨烈,仙骨随之散落各地,不知所终。"意水颇为感慨,一捋胡须,"仙骨离了人身,效用大不如前,顶多等同于一件高阶法器,只不过……近来灵气愈盛,仙骨竟隐隐有了复苏之势,就在前两日,神宫推算出了其中一块的位置。"

"仙骨复苏……"温泊雪终于想起自己的人设不是傻白甜吃货,闻言微微蹙眉,嗓音清冷似雪融,"一旦落入别有用心之人手中,后果不堪设想。"

月梵吞下口中的小点心,飞快接戏:"不错。既然知晓仙骨的位置,当务之急,便是将其带回凌霄山。"

白胡子老头笑着眯眯眼,唇角轻勾,手中的酒葫芦旋出一个漂亮的弧:

"正是。"

"所以师父提起这件事，"谢星摇眨眨眼，"是想让我们去收回仙骨？"

"不愧是我的乖徒儿！"意水笑得肆意，往她碗里夹去一块糖醋肉，"我同神宫商量过了，如今仙骨尚未完全复苏，将其收回不算难事。摇摇、泊雪、月梵小圣女，你们皆是年轻弟子中的佼佼者，不妨把它当作一次历练任务，去修真界四处游历一番。"

和原剧情对上了。

他们三人资历尚浅，借由搜寻仙骨，刚好能增长一些阅历。

韩啸行身为大师兄，修为最高，经验最足，带在身边无异于一个人形外挂，意水真人既想磨炼后辈，必不可能让他同行。

温泊雪心中长出一口气，垂眉颔首："师父，泊雪必不辱命。"

"我也是！"谢星摇侧过脸颊，眼尾稍弯，"师父，您不让大师兄跟着我们，是不是想多吃几天他做的饭菜呀？"

这是个轻快活泼的小小玩笑，她原以为意水位高权重，定会矢口否认，老头却只是捋捋胡须，做出一个嘘声的手势："嘘，别让太多人知道。"

他白发白胡须，带着点儿狡黠地笑起来，如同一只懒洋洋的猫。

谢星摇从没见过这样的长辈，先是一愣，很快回以一个心领神会的笑。

一个对视的间隙，另一边的月梵缓声开口："意水长老，第一块仙骨的位置在何处？"

"北州。"意水真人屈指，轻叩一下石桌，"北州乃极寒之地，一年四季处处风雪，你们此番前去，莫要着凉才好。"

"我们已是筑基期的修为，怎会着凉？"谢星摇笑，"只希望不要遇到什么难缠的妖魔鬼怪才好。"

她说话本是下意识，提及那"难缠的妖魔鬼怪"，双眼不由自主地悄悄一动，迅速瞄了瞄身边的晏寒来。

全怪狐狸敏锐的感知力。

这道视线被他一瞬发现，少年沉默着垂下眼睫，目光与她冷然相撞。

谢星摇面不改色，甚至努力试图挺直脊背，从而让自己看上去不那么心虚。

"为师听过自连喜镇传来的消息，你们都表现得十分出色。"意水真人温声道，"此次前往北州，即便没有我和啸行，也一定能顺利取回仙骨。咦——"

他的嗓音戛然而止，沉默须臾，很快再度响起："晏小公子怎么从不夹菜，是不合口味吗？"

被毫无征兆唤出姓氏，晏寒来的动作明显一僵。

"若是不喜吃辣，不妨尝尝这个。"老头往他碗中夹去一块藕夹，"清淡口味，还挺香。年轻人想长个子，就得多吃些东西，辟谷丹固然能填饱肚子，可它哪能比得上五谷杂粮？"

晏寒来张张口，欲言又止，神情复杂。

他从小养成了刻薄毒舌的性子，怼起人来毫不留情——

但和谢星摇一样，他应该也是头一回见到如此热情的长辈。

面对白胡子老爷爷的关照，他总不可能习惯性地说一声"真烦"。

谢星摇眼睁睁地看着他抿起薄唇，半晌夹起藕夹，别别扭扭地道了声"多谢"。

谢星摇没忍住笑。

晏寒来坐在她身边，两人低头不见抬头见。她观察力不弱，早就发现这人吃不了辣，一块水煮肉片入口，耳朵能被辣到泛红。

偏偏他俩面前摆的就是水煮肉，许是觉得拘束，晏寒来从不把筷子伸长，去别处夹菜。

于是要么吃白米饭，要么被辣得直皱眉头，奈何就是一句话不说。

"不过话说回来，"意水真人不愧为修真界好家长，见他乖乖吃下藕夹，仍觉得不够，"晏公子，为何有点儿不大高兴？"

谢星摇心中暗哼一声。

这哪是不高兴，分明是不愿同他们一伙人拉近距离，自始至终把自己隔离在外，冷漠又疏离。

之前在医馆听他们商业互吹时也是，如今晏寒来听着意水真人把徒弟们夸了个遍，心里不知在怎样笑话他们这群小筑基。

金丹修为了不起啊。

晏寒来不习惯如此盛情，周身气焰悄然消退一些，正欲开口，却被另一道女音骤然打断。

"师父，晏公子也在除妖时出了力，你只夸我们，他自然觉得失落。"

青衣少年猝然抬眸，同谢星摇四目相对。

她定然看出了他眼中的冷意，神色却是不改，甚至多出一分挑衅："晏公子，一定也想被夸一夸。"

胡说八道。

晏寒来下意识地想要回怼，对方却不给分毫机会。

谢星摇紧接上句话："小晏公子是个宝，身法如神道行高。"

说真的，他有点儿想捏碎什么东西的冲动。

偏生她说得一气呵成、欢欢快快，说完甚至伸出右手，朝另外几人做出"下一个"的手势。

月梵这孩子打小就聪明，顺势举手抢答："唇红齿白好相貌！"

谢星摇鼓掌："吹得妙。"

温泊雪笑得睁不开眼："你们说三句半呢？"

三个怪人，以谢星摇为最甚。

世间仙门弟子何其多，仙风道骨有之，不学无术亦有之，晏寒来见过不少，从未有如今这般感受。

想到还要与他们相处许久，他着实不耐烦。

身旁谢星摇还在清嗓子："让我想想……符惊天下世无双。"

月梵："降妖除魔你最强。"

温泊雪思忖片刻，努力接话："那个，身如青松携桂香。"

听见"桂香"，某些不那么愉快的回忆涌上心头，让他不耐烦地蹙了眉。

最后一句话又落在谢星摇身上，晏寒来面无波澜，侧头看她。

他能看出谢星摇对自己心生戒备，对方还没开口，晏寒来就已经为她想好了台词。

定是阴阳怪气，针锋相对，譬如——

端坐于身侧的姑娘对上他的目光，扬唇一笑。

她相貌乖巧，望他时仰了头，于是阳光纷纷扬扬落下来，于眼中晕出一圈圈荡开的光弧。

在熹微光晕里，谢星摇忽地伸出手，朝他扬扬下巴："喏，给你糖。"

方才那些即将出口的讽刺，一股脑碎了个精光。

晏寒来与人为恶这么多年，少有地愣在原地，不知如何回答。

"吃不了辣就不要逞强，这是薄荷糖，能散去嘴里的辣味。"谢星摇抬抬手腕，"给。"

她并非不知变通，晏寒来之前在暗渊救了她一命，当夜江府混乱，他同样帮过不少忙。

之后还有不少副本要走，此人是不可或缺的一大战力，在没撕破脸皮之前，没必要与他彼此仇视。

更何况……看他一瞬之间错愕的表情，还挺有意思。

反派小魔头，出乎意料地好欺负。

晏寒来："我不嗜甜。"

谢星摇："对对对，晏公子不爱吃甜，也从未一口气吃掉大半袋子的桂花糖。"

敷衍至极，像极了在哄挑食的小孩，晏寒来烦死她了。

然后他伸手接过那颗糖。

这绝非因他喜好甜食，只不过为了堵住谢星摇的嘴。

薄荷清香来势汹汹，少年向她道上一声谢，舌尖轻轻拂过那抹甜香。

这群仙门之人摆明想要同他拉近关系，只可惜注定竹篮打水一场空。

他还没卑贱到那种地步，会因为一点儿好处便俯首称臣。于他而言，这里的任何人都不值得在意，如今是，将来也是。

一道微风轻拂而过，耳边响起熟悉的嗓音："味道怎么样，甜吗？"

甫一抬头，谢星摇正盯着他的嘴角，头顶跃动着金灿灿的太阳光。

在她身后，是几双同样好奇的眼睛。

舌尖的糖心化开，清香包裹住整个口腔，凉丝丝的蜜百转千回，将他不喜的辣意一并清空，竟让脑子短暂蒙了蒙。

这个问题，他不太想回答。

晏寒来别开脸去："勉强，算甜。"

"好耶！"谢星摇轻轻快快一拍手，"晏公子，扶摇直去青云上。"

又来了。

晏寒来心中烦躁如麻，干脆垂眼不看她。

月梵福至心灵："无限猖狂我寒王！"

温泊雪笑得喷出一口茶。

晏寒来：他们好烦。

他们说得天花乱坠，叽叽喳喳，晏寒来从未听过如此直白的夸赞，只觉耳后隐有热气，灼得心烦。

恰是此刻，不远处的温泊雪轻咦一声："晏公子莫非还觉得太辣？脸好像又红……"

一句话尚未讲完，温泊雪脑中灵光浮现，猛然开窍。

他终于明白了。

老实人说老实话，白衣青年老实地脱口而出："晏公子，我们是不是说过头了，让你觉得不好意思？"

晏寒来情愿他从没开过这个窍，一直当个老实的傻子就挺好。

"好了好了别说了，晏公子已经够不好意思了，你们一再强调，他只会更不好意思。"意水真人继续为他夹菜，"小公子，别不好意思。来来来，我们吃饭。"

两句话，三个"不好意思"，分明是存心想让他不好意思。

这仙门奇奇怪怪，怎么回事。

平日里刺猬般的少年孤僻又刻薄，奈何在今天撞上几团软绵绵的棉花，饶是他浑身带刺，也只能默默垂头坐在一边，蹙着眉埋头用餐。

谢星摇见他如此吃瘪，毫不掩饰眼里看好戏的笑，装模作样地伸出右手，在晏寒来身侧上下挥一挥。

掌心带出清凉微风，徐徐浸在少年人绯色的耳垂上，与此同时，耳边尚有她轻笑的余音："晏公子还觉得辣呀？来扇扇风。"

这个修真界很大。

北有吞龙雪山连绵万里，横亘出终年飘雪的永冬之乡；南有罗刹深海广袤无边，海水之下，是至今尚未被征服的神秘汪洋。

根据地图来看，此界被分作千府百州。

豫州大漠荒，卞州富贾行，幽州仙魔乱，中州宗门集，至于一行人将要前往的北州，则位于吞龙雪山旁的永冬之地。

简而言之，由于纬度太高，受到的太阳辐射过少，一年四季极度寒冷，疾风骤雪不停。

月梵一锤定音："懂，小北极。"

他们在小阳峰休息了整整五天，等状态调满、灵力充裕之日，也便到了起程的时机。

只不过，除却谢星摇、温泊雪与月梵，在即将动身前往北州的名单中，多出了另一个人。

谢星摇站在小阳峰山巅，目光稍动，看向不远处立着的瘦高少年。

晏寒来的衣衫多为深青近黑，叫人想起苍苍寒鸦。

他身形颀长，放眼望去有如云海青松，然而比起青松的傲然春意，却又多出几分不讨人喜欢的阴寒，凛冽冷沉，仿佛生在暗处不见天日的刺。

也正因这种气质，他虽生有一张玉般精致的脸，身边却极少有人愿意靠近。

晏寒来站在一棵树下，因为逆着光，谢星摇只能瞧见他棱角分明的侧脸轮廓，耳垂上的红坠子簌簌一晃，衬得细瘦侧颈一片冷白。

晏寒来一直戴着那坠子。

坠子做工粗糙，只能辨出是块血红色的玉石，看上去普普通通，没有丝毫灵力波动。

身为一心一意走事业线的反派角色，他一向对外形打扮不甚上心，就连衣物都是街上随处可见的货色，特意戴上这么一个显眼的耳坠，谢星摇觉得其中必有深意。

可惜原文对此只字没提。

倏然之间，血一样的石头悠悠一动，目光所及之处，少年的侧颈变成正对着她的喉结与颈窝。

晏寒来朝她侧过了身。

"晏公子。"谢星摇面不改色，"没想到晏公子这么一个大忙人，居然愿意与我们同行。"

意水真人从不食言，在那次花庭的聚餐后，当真为他寻来一位修为颇高的医修。

这五日之中，晏寒来体内的邪魔之气终于散去，外伤也好了个七八成。

当白胡子老头问起他下一步的打算，少年沉思片刻，轻声应答："数日之前，我便欲去北州游历一番。倘若日后有缘，或许能为探寻仙骨尽一份微薄之力。"

谢星摇就呵呵。

什么"倘若有缘"，什么"微薄之力"，分明是一出蓄谋已久的好戏。这人也真是又倔又执拗，哪怕自己才是有求于人、想和大家一并同行的那个，仍要装出如此漫不经心的模样。

晏寒来的脸皮，似乎真挺薄的。

总而言之，意水真人对这个天赋异禀的后辈极为欣赏，念及他是小弟子谢星摇的救命恩人，一来二去，把晏寒来也划进了前往北州的小分队里头。

和原文剧情没什么差别。

此刻正值正午，师父和大师兄来为四人送行。

趁月梵准备跑车的间隙，谢星摇认真嘱咐："小阳峰的未来，就拜托给二位了。"

"师妹放心,我们会妥善保管四十万灵石。"韩啸行剑眉稍扬,自唇边露出一个信誓旦旦的笑,"等你们走了,我和师父便去山下看看,问问工匠如何翻修。"

大师兄,内务之神。

面对如此靠谱的队友,谢星摇重重点头。

做人最要讲究衣食住行,韩啸行带来了无与伦比的美味,月梵的飞车在整个修真界独树一帜,只要把小阳峰上上下下好好打理一遍,这个"住"自然也不成问题。

至于衣物,仙宗弟子有灵石傍身,待会儿入了北州,去街边买些便是。

"等你们回来,小阳峰就得大变样了。"

意水真人捋捋白胡须,神色隐有不忍:"其实那些牌匾和房屋都挺好,五百年来,一直没出过大问题。"

谢星摇:"……就是因为它们撑了整整五百年,所以才更加不能用了啊师父!"

作为《卡卡跑丁车》的忠实爱好者,月梵将游戏里的车库全部点满,是个实打实的氪金玩家。

坐拥"后宫佳丽"三千,她自然不可能独宠劳斯莱斯一种车型,今日被翻了牌子的,是一辆全球限量版的保时捷。

深黑色,大尾翼,前引擎盖造型流畅而凌厉,车身设计感十足,一眼望去,酷似一头暗暗蛰伏的凶猛野兽。

拉风又帅气,酷毙了。

谢星摇这回坐在副驾驶,小心翼翼地系好安全带,同师父师兄挥了挥手。

然后听见引擎的一声轰响。

月梵不知从哪儿掏出一副墨镜,朝他们比出一个大拇指:"家人们,坐稳,起飞!"

话毕,势起。

磅礴灵力席卷车身,不过须臾,漆黑巨兽发出一声庞然大吼,好似利箭将发,直冲云霄,腾起之际,凛凛然刺破重重浓雾。

因有了上次的经验教训,谢星摇学着晏寒来的法子,打从上车的时候,便给自己下了个御风术。

不得不说,这是个极好的思路。

一层肉眼不可见的风罩包裹住全身,把狂风尽数阻隔在外头,即便打开车窗,她也不会被吹得睁不开双眼、头发乱糟糟。

保时捷引擎绝佳,搭配修真界神奇的浮空法术,一路上好似流星赶月,于半空中留下道道张狂无比的残影,堪称修真界最靓。

无论飞舟、御剑、御器,还是驾鹤飞行的修士,在与之擦肩而过的瞬息,皆会不由自主地愣上一愣,抬眸好奇地打量。

凌霄山地处中州,一行人抵达北方的吞龙雪山,已是两个时辰以后。

谢星摇探头看向窗外,下意识地发出一声惊叹:"哇——"

入眼所见,大雪连天,寒风肆虐,冰封数里。

天边乱云飞渡,时候虽早,却已蒙上如墨的迷蒙暗色,细细望去,一轮淡月当空,又很快消匿在棉絮一般的残云中。

吞龙雪山横绝不断,四野辽阔,无一不是银装素裹,自灰蒙蒙的穹顶之上,流泻下萧瑟冷寂的凉雾。

寒流滚滚,飞雪重重,即便穿着保暖的鲛丝云锦,谢星摇还是被冷得一个哆嗦。

她生于南方,几乎从未见过下雪,这会儿东张西望,掩饰不住眼中的欣喜愉悦:"好大的雪!"

温泊雪往手心哈出一口热气:"真好看。"

古人看雪,要么"千树万树梨花开",要么"北风吹雁雪纷纷",到了他们这儿,全变成"好看""哇""真牛"。

谢星摇深刻反思,口中不停:"太棒啦!"

"你们看,吞龙山下有几处小城。"月梵看一眼地图,"西边是朔风城,从左往右依次是流明山庄、盘龙城、玉垒镇和落川。"

根据他们得来的情报,吞龙雪山一带的百姓,无论居于哪座城镇,都信奉着落川的须弥教。

北州地境偏远,与各大宗门世家交集不深。三百年前,此地为邪魔所占,人族尽数沦为奴隶,受尽折磨。

当年民不聊生,处处有如炼狱,幸有须弥教的年轻祭司横空出世,以一人之力劫杀邪魔领袖。

自此,须弥被奉作北州圣教。

"三百年前,那位祭司与大魔头同归于尽,人族在须弥教的带领下奋起反抗,把妖邪逼退到了西方的天坑深渊。"月梵敲敲方向盘,"从那以后,这地方过上了很长一段时间的太平日子。不过……听说三天前魔族卷土重来,攻下了朔风城。"

据神宫的推演,第一块仙骨就藏在朔风。

谢星摇若有所思:"邪魔来犯,须弥教应该会出面镇压吧。"

"嗯。"月梵耸肩,"魔族数量太多,要想斩草除根,只能动用须弥的势力。"

保时捷太过引人注目,为了不让城中魔族察觉,尚未抵达朔风城,月梵便在城外的一处雪地停下。

邪魔占领朔风城后,对城门把守极严,若想进城,须得有一块证明身份的通关令牌。

他们都不是北州本地人,自然拿不出东西通关。好在意水真人很是靠谱,提前联系好了城外的须弥教分坛,能提供一些假造的身份。

给出的筹码,是谢星摇等人协助即将到来的现任祭司,助其击退邪魔。

一个两全其美的合作之法。

保时捷稳稳停靠,谢星摇迫不及待地打开车门,双足轻盈落地,倏地陷入雪中。

厚厚的大雪,软绵绵凉冰冰,像是踩在棉花上。

还会发出"嘎吱嘎吱"的声音。

她觉得新奇,企鹅似的跳了跳。

跳完抬头,晏寒来果然似笑非笑地盯着她瞧,眼中无比直白地透出两个字:幼稚。

谢星摇决定不理他。

几座城镇都建在雪山下的平原上,放眼望去一片辽远苍茫。

她兴致勃勃地东张西望,不知看到什么,神色一呆:"奇怪,那边的湖面上……是不是有人在跳舞?"

温泊雪:"跳舞?"

他说话时仰头看过来,倏尔风雪长啸,吹落团团簇簇柳絮般的雪花。

谢星摇被这流风回雪糊了眼,再凝神看去,四下哪有什么人的影子,不过几棵早就枯死的树。

"好像看错了。"她摸摸鼻尖,自储物袋里拿出地图,"还是先去拿身份牌进城吧。我看看,约定好见面的地方在……北边。"

须弥教建于落川,在各个城镇设有分坛,听说职能与佛道寺庙近似,皆是听取百姓祈愿，为其祈求平安。

除此之外，须弥亦有驱魔诛邪的职责，只不过邪魔来势汹汹，仅凭一个分坛，不可能与之相抗衡。

朔风城陷落，须弥分坛不愿归顺邪魔，一番血战之后，只有几个幸存者顺利逃出，藏于城外，伺机反攻。

谢星摇按照师父画出的路线，不消多时，便见到一个屹立于风雪中的山洞。

这里应该就是须弥教派的藏身之所。

她与身边的月梵对视一瞬，正欲上前，忽见洞口虚影一动，自昏沉暗淡的雪幕中，亮起一道温热烛光。

身着素色长裙的女子立于洞前，眼睫动了动："诸位……想必便是凌霄山的道长吧。"

"我名常清，父亲是分坛祭司。"向她出示凌霄山弟子牌后，秉烛的姑娘带领众人进入山洞，嗓音微哑，"爹娘于大战中双双受了伤，如今卧床不起，无法亲自迎接各位，还望见谅。"

谢星摇蹙眉："邪魔攻城已有三日，落川那边难道没有动静吗？"

常清摇头。

"说来也巧，就在道长们到来的一盏茶之前，大祭司同样入了洞中。"

她说着停下脚步，手中烛灯轻晃，火光如流。

洞穴幽深，他们跟着常清姑娘七拐八拐，到了一处类似主厅的地方。

说是主厅，其实仅有一桌四凳而已，其中一张木凳上，坐着个年纪轻轻的紫裙姑娘。

"那位，便是我们须弥教大祭司。"

祭司位高权重，想必气场十足，谢星摇对此人颇为好奇，闻言抬眼，不由得愣住。

她看上去不过十七八岁，圆脸樱桃唇，一双杏眼澄亮干净，叫人想起林中池塘清透的水波。

浅紫长裙显然做工不精，由金线勾出的云纹粗糙简单，甚至有几道小小的裂口，循着她的动作轻轻一荡。

这位大祭司……

月梵悄悄传音:"这真是他们的大祭司?我怎么觉着,她的气势甚至赶不上常清姑娘?"

谢星摇颔首回应:"看穿着打扮,也不像地位很高。"

就连常清姑娘的衣着,都要比她精致。

温泊雪老实挠头:"可能真人不露相?不过在原文里,祭司出场有这么早吗?我记得应该是落灯节那天才……"

常清瞧出他们的困惑,温声开口:"祭司皆身携银铃,凭借铃铛,可辨出身份。"

她顿了顿,一板一眼,加重语气:"须弥教的祭司之位视血脉天赋而定,现任大祭司,年纪的确很小。"

闻言看去,紫裙姑娘手腕白皙,确有三颗银色铃铛绑在镯子上。

许是北州地冻天寒,在她虎口与手背的位置,生了几道皲裂的小口子。

"祭司,"常清缓声,"这四位便是凌霄山派来的道长。"

小姑娘眼珠轻抬,纤长睫毛如同小扇,笼下一片阴影。

很快,那片阴影无比轻快地亮起来。

"道长们好。我是云湘,你们直唤我名姓便是。"

她自木凳站起,身形不高,个子小小,实在看不出须弥教大祭司的威风。

"你们长途跋涉,定是极为疲累——来来来,坐。"

好像热情过了头。

不似身居高位的强者,更像个邻家小妹妹,浑身上下看不出哪怕一丁点儿的架子。

反倒是她身侧的常清目光沉沉:"祭司此次前来,不知带了多少人马?"

紫裙姑娘飞快地眨了眨眼。

"他们不久便到,我之所以来此,是为了先行探明敌情。"云湘正色道,"毕竟,届时将由我出面迎战魔君。"

决战之前,是得探探对手的底细。

谢星摇默然不语,细细回想原文里的剧情。

早在三百年前,遗落于北州的仙骨便被须弥教拾得,成为祭司的贴身法器,后来爆发了那场同归于尽的大战,仙骨再次不知所终。

如今邪魔之所以攻占朔风城,还有另一个十分重要的目的——

夺取须弥教分坛中供奉的祭司遗物。

仙骨曾与三百年前的祭司贴身相伴，二者神识有了交互，利用遗物，很可能感应出仙骨的藏匿之地。

不知出于何种原因，魔族虽然取得了遗物，至今却并未找到仙骨所在。

"道长们若想找到仙骨，必须夺回祭司遗物，借由遗物感应仙骨方位。明日是北州自古相传的落灯节，魔族会在城中飞天楼举办一场盛宴——据我们得到的风声，遗物就藏在飞天楼下的地道中。"常清道，"这场宴席除了妖魔，还会邀请城中颇有地位的人族，借此拉拢更多人投诚。我这里，恰好有几块受邀之人的名牌。"

温泊雪好奇："他们的名牌，怎会在你这儿？"

"要么袭击魔族，被群起而攻之，连尸首都不剩下；要么趁乱出逃，去了别的城池。"常清垂眼，嗓音不自觉更低，"妖魔哪会在意人的身份和死活，在它们眼里，杀了就杀了，图一时痛快就好。我爹拼命拾来这些名牌，对那些战死之人而言，恐怕是他们活过的唯一证据了。"

谢星摇三人皆是默了默。

他们成长在和平年代，只从影视剧里见过战争景象，此刻亲临于此，无比真切地感受到了更多。

死亡、别离、屈辱、平凡人的挣扎与痛苦，以及埋藏在心底深处的希望。

这座城中的所有人，一定都无比期盼着有朝一日能逃离炼狱。

温泊雪张张口，欲言又止了好一会儿，神情前所未有地认真："姑娘放心，我们定会倾力相助，协助你们除去妖邪。"

"这些是受邀者的名牌，不多不少，刚好五块。"

常清笑笑，掌心光晕浮起，跟前横空现出几块木牌。

"请诸位任意挑选——只不过有一处纰漏，这些木牌主人的身份，乃是三男二女。"

他们在场的几个，赫然是三女两男。

修真界可以易容，谢星摇对女扮男装并不避讳，刚打算出声，忽听不远处的清亮少女音："我来吧！"

云湘上前一步，手腕银铃清脆一响："我经常穿男装的。两位道长生得这样好看，不能委屈。"

其实谢星摇和月梵并不觉得女扮男装有什么不妥，但在云湘这种涉世未深的小姑娘看来，女子定会更为中意精致的裙裾。

于是她主动拿走了那块男子的木牌。

这位祭司在原文中是绝对的正面形象,知书达礼,心怀正道,多亏有她,众人才能在决战中击溃魔君。

也正因如此,云湘一角显得过于正派,毫无特色,在众多女性角色中并不突出。

谢星摇看书时对她没有太多印象,如今莫名觉得可爱,点头笑笑:"那就辛苦云姑娘了。"

云湘似乎觉得害羞,朝她扬唇笑笑,抬手摸了摸鼻尖。

托她的福,剩下的名牌变得容易挑选了许多,谢星摇随手拿起一块,看向木牌中央的名姓。

"宋佳期"。

名姓下方,还有一排小字。

谢星摇漫不经心地扫过,眉头紧蹙地怔住。

……不是吧。

道侣——阎颂青?

"以及,"常清缓慢开口,"五块名牌之中,共有两对道侣。还望诸位莫要露出马脚,被邪魔觉察。"

她想起来了。

原文中的感情线占了四成,温泊雪作为男主人公,理所当然要和月梵生出一段情感纠葛。

分配名牌时,他们二人成了假扮的道侣。月梵痴恋温泊雪,决意假戏真做;温泊雪则化身坐怀不乱的柳下惠,自始至终与她保持距离。

至于同样暗恋温泊雪的小师妹"谢星摇",只能委屈巴巴地跟在他身后,期盼着师兄能多看自己一眼。

这是谁写出来的悲催三角剧情。

谢星摇:"……所以,谁是阎颂青?"

目光落在温泊雪面门,白衣青年神情无辜,摇摇脑袋。

于是她沉默着看向云湘。

紫裙少女同样摇头,一本正经地举起自己手中的木牌,向她表明身份。

流年不利,倒大霉。

谢星摇目光渐冷,悠悠晃晃,定格在不远处那片沉郁的鸦青。

炮灰女配和不讨喜的反派，果然被作者分到了一边。

晏寒来手指修长，骨节分明，木牌在手中随意转了转，被指腹轻轻一拈。

他神色淡淡，琥珀般的凤眼疏离倨傲，眉梢轻轻挑起，带出几分报复性质的挑衅："是我。"

指尖按住木牌，少年沉默瞬息，喉结一动："谢姑娘，合作愉快。"

摆明了居心不良。

谁怕谁。

谢星摇回他一个和善的微笑："合作愉快。"

距离落灯节的筵席，尚有一日时间。

谢星摇指尖轻旋，将名牌牢牢握于掌心，身旁的月梵戳了戳她的胳膊。

"你们能行吗？"月梵压低嗓音，像说悄悄话，"到时候当众吵起来，难道要说你们两个在闹离婚？"

谢星摇笑："当然能行。"

几人纷纷收好木质的名牌，听常清道："我会替各位施好易容术，确保与名牌主人容貌相同。祭司遗物乃是一本古书，记载有须弥教古时的咒术，魔族必然在它附近安排了守卫，还望诸位多加小心。"

她一段话堪堪说完，下一句嘱咐没来得及开口，便被一阵毫无征兆的轻咳突然打断。

常清一向沉静温和的脸上，终于现出一丝慌乱与担忧："爹、娘，你们怎么下床了？"

谢星摇循声望去，见到两位面无血色的中年人。

据常清姑娘所言，她爹娘不愿降于魔族，与妖魔缠斗多时后，双双落下了重伤。

二人本应卧病在床，如今强撑着病体现身于此，定是为了见他们一面。

谢星摇急忙出声："二位前辈，你们有伤在身，还是回房歇息吧。"

常清不动声色地瞧她一眼，目光隐有感激。

"凌霄山小道长们与大祭司齐聚于此，我们岂有不来亲自迎接的道理。"左侧的女人温声扬唇，面色苍白得过分，"只恨我们二人心有余而力不足，无法出力相助。"

月梵摇头："前辈让我们进入朔风城，就已是莫大的帮助了。"

眼前这对夫妇皆是灵力散乱，脚步虚浮，想来不止身体，连识海也受了重伤。

在那般危急的生死关头，还能冒着天大风险拾起战友们的身份名牌，定然下过很大决心。

常母稍稍一顿，试探性缓声开口："清清，你若要前往城中，不如再去说服说服你哥……"

她话音未落，便听常父一声冷斥："她哥她哥，我们骂过劝过，那小子可曾有分毫悔改之意？从小到大吊儿郎当游手好闲，我们常家，没有软骨头的儿子！"

常清："爹。"

男人怒意未消，听她一声低唤，总算想起身前尚有几个外人，于是闭上嘴，不再言语。

"攻城那晚，我哥叛逃了邪魔。"

常清见他们疑惑，简略叙述一遍前因后果："他名为常欢，诸位若是遇上……"她本想说"可否饶他一命"，临到嘴边，终是把话咽了回去。

他们一家奉命守护朔风城，无论是谁叛逃邪魔，都不应拥有被原谅的理由。

"叛逃？"月梵蹙眉，"如今朔风城被妖魔占领，城中的百姓们究竟如何了？叛逃……倒戈邪魔的人，数量多吗？"

"有血性的修士，在那夜被屠戮大半。侥幸活下来的人，要么被关在大牢，要么同我们一样蛰伏于暗处。"常父重重咳嗽一声，"但请道长们相信，无论修士抑或平民百姓，朔风城里九成的人，都绝不会心甘情愿地屈服于妖邪。这是我们人族的城，一旦开战，我们必当赴汤蹈火，万死不辞。"

绝境之中，有人屈从于心底深处的恐惧，却也有更多人心怀希冀，只等一个以命相搏的时机。

云湘长睫微颤，动了动唇瓣，终究没出声。

谢星摇正色点头："我们明白。"

今日时候尚早，堪堪入了傍晚。

几个仙门弟子头一回来到北州，对朔风城内并不熟悉，常清早早为众人易了容，一并来到城门边。

说来讽刺，这群邪魔杀人不眨眼，甚至放火烧毁了整整一条长街。葬身其间的百姓无迹可寻，如今他们拿着已逝之人的名牌，守城妖魔根本辨不出那些名字的主人早已死去。

谢星摇轻而易举地进入城中，环顾四周，情况比她预想之中好上一些。

邪魔的屠杀持续了一夜，主要用于清除进行反抗的修士，至于平民百姓，等同于它们豢养的蝼蚁，留着玩。

不幸中的万幸，城中气氛虽然压抑，老百姓总归活下来了大半。

常清身份特殊，不便进入城中，分别前沉声嘱咐："进入城中，还请诸位牢记自己的身份。"

当时的谢星摇毫不犹豫地答应了下来。

至于现在——

指腹在名牌上摩挲一阵，她抬眸斜睨过去，见到晏寒来高挺的鼻梁。

这人心术不正，指不定藏着什么坏心思，挖了坑等她去跳。

"你们说，"一旁的温泊雪悄悄传音，"这个大祭司云湘，会不会也是穿来的？"

的确有这个可能。

无论衣着、性格还是出现的时机，她都与原著里的"云湘"有着微妙差异，怎么看怎么古怪。

谢星摇飞快应声："要不，咱们来试试她？"

月梵："怎么试？"

"有点儿饿了。"谢星摇摸摸肚子，懒洋洋地叹一口气，"不知道北州有什么好吃的……离开凌霄山之前，大师兄曾向我提起过一种名为'火锅'的美食，听说热腾腾的，又辣又香，最适合冬天吃。"

她一句话说完，不动声色地看向云湘。

由于选中了男子的身份，小姑娘穿着一身玄色男袍，相貌变得彻底，无论怎么看，都是个唇红齿白的翩翩少年郎。

谢星摇心中带了期待，对方却并无异样，眼中唯有好奇，瞧不出半点激动的情绪："真的？可惜它应该不在北州，我从未听过这个名字。"

温泊雪飞速传来一道音："连火锅都没听过？"

月梵有些迟疑："会不会是因为……她出生的地方比较偏僻？"

"若是有机会，云湘姑娘不妨来凌霄山做做客，尝一尝火锅的味道。"

谢星摇同样觉得纳闷，继续深入试探："或者……北州可有冰激凌？冰棍、冰棒、碎碎冰之类的。"

云湘还是摇头。

"不至于连冰棍都没听过吧。"温泊雪挠头，"所以，她真是一个修真界土著？"

"目前看来，的确如此。"月梵若有所思，"要不然，就是这姑娘来自一个与世隔绝的原始部落。"

谢星摇："原始部落这种可能性，听起来更离谱吧！"

对云湘的试探以失败告终，她心觉遗憾，瞥见身侧的浅白长袍悠悠晃了晃。

"这家店应该不错！"云湘抬眸与她对视，两眼微亮，双颊被冻出浅浅的红，"霜花糕是我们北州的特色点心，你想去试试吗？"

离得近了，谢星摇才发现这姑娘瘦得厉害，偏生颊边生了婴儿肥，随着笑意微微鼓起来，像是两团圆圆的小包。

她漫不经心的一句"有点儿饿了"，居然被云湘牢牢记着。

心口的防线软软一松，谢星摇点头笑笑："好。"

由于被邪魔占领，街道两旁行人稀少，不少商铺紧紧关了门。他们走进的这家小店，理所当然也没什么食客。

霜花糕很快被端上了桌，云湘身为东道主，颇为欢喜地介绍："这种点心外酥内软，最里面的牛乳裹了冰碴儿，吃起来特别香。"

谢星摇自知不能辜负人家的好意，刚要开动，却听有人温声道："阎公子，又陪夫人来吃霜花糕？"

闻声望去，赫然是不远处的店家。

阎公子，阎颂青。她万万没想到，晏寒来顶替的这个角色，竟会是这地方的常客。

听店家的语气，他与妻子关系还挺好。

晏寒来反应极快："嗯。"

店家长舒一口气："这几日城中大乱，二位没事就好。各位慢用，慢用。"

"店家，"谢星摇垂眼，目光掠过盛有糕点的圆盘，"我的盘子里，为何没有小勺？"

店家一愣："二位向来只要一个勺，由阎公子喂给夫人吃啊。"

阎公子宋小姐，还挺有情调。

谢星摇当然不愿那样肉麻，为了不被店家识破身份，本想胡诌一通，直言晏寒来赌博欠钱被打断了手，今日没法子喂她，然而念及他们都冒用了别人的身份，话到嘴边，微妙改了改口。

谢星摇："他与妖邪相争，手臂受了伤，不宜动弹。"

这句话一出，她恍然意识到不对劲。

晏寒来不宜动弹……遭殃的，或许是她。

果不其然，店家闻言噤若寒蝉，朝四下环视一番，确认没有妖邪经过后，眼中淌出一丝敬佩："原来如此，那便劳烦夫人了。"

……劳烦什么呀劳烦。

本想着过一时嘴瘾，没承想挖出一个坑，把自己给埋了进去。

道侣这身份真麻烦。

谢星摇皱皱眉，匆匆对上晏寒来的双眼，不出所料，在他眼中望见熟悉的讥讽。

显然在笑话她自讨苦吃。

倒霉。

右手握起木勺，谢星摇毫不犹豫地挖出一大块点心，全数塞进晏寒来口中。

霜花糕冰寒四溢，少年被冷得眉头紧锁，她却是没心没肺，对着店家展颜一笑："他一直心心念念这家的味道，想着要多吃一些——你说是吧？"

另一边的月梵传音入密："我怎么觉得他俩不像道侣，像是不孝女在折磨重病的老父亲。"

晏寒来语气沁冷："多谢宋小姐。"

另一边的温泊雪摇摇脑袋："我倒觉得，这是刚认识一天的病人和护工。"

他们一唱一和，店家不久便自行告退。

谢星摇放下手中木勺，听见被刻意压低的少年音："这就是谢姑娘眼中的道侣，谋杀夫婿？"

她斜斜靠上椅背，同晏寒来四目相对："这就是晏公子眼中的道侣，相敬如宾冷暴力？"

视线相撞一瞬，少年沉眸敛眉："什么意思？"

"首先，这个称呼就大错特错。"

谢星摇接过月梵递来的木勺，吃下一口霜花糕："既是道侣，自然应该有个亲近的爱称，什么'宋小姐'，凡是稍微亲近一些的人，都不会这么叫。"

这是晏寒来的知识盲区。

不等他出声，身侧的小姑娘双眼微眯，猫一般懒散地笑了笑，多少藏着点儿不怀好意。

"打个比方，晏公子名为'寒来'，要说将来的爱称，就应当是——"

"来来？"

她带了一丝不确定的语气，尾音好似翘起的尾巴，轻轻盈盈往上扬，掠过晏寒来耳垂，引出莫名的痒。

之前那些讽刺嘲弄的笑意，尽数凝在他唇边。

"听起来好像有点儿怪怪的……不过你看啊，日常生活中，道侣应该这样问。"谢星摇左手撑起腮帮，定是觉察出他的怔忪，视线笑盈盈地落入他眼底，尾音更轻，"来来觉得好吃吗？喜不喜欢这种味道？"

一旁的温泊雪重重咳了一声，听得一阵脸红。

旋即是短暂的沉默。

"谢姑娘的意思是，"晏寒来目光阴鸷，笑得冷然，中途微妙停顿一霎，嗓音微微发哑，"——摇摇？"

这两个字全然不在谢星摇的意料之中，如他所想一般，对方果然呆呆顿了一下。

但很快，她竟扬唇笑笑，若无其事地问道："晏公子，你方才叫我什么？"

"摇……"

一个字顺势出口，晏寒来抿起薄唇，终究没把第二个字念出来。

这样叫出某个人的名字，让他感到无比别扭。

谢星摇从小到大生活在众星捧月里，早就习惯了各式各样的昵称爱称，"摇摇""亲爱的""宝贝"，在称呼一事上，她拥有绝对的厚脸皮与忍耐度。

可晏寒来不同。

他活得孤僻又正经，从没被旁人如此幼稚地称呼过——

更没这样亲昵地叫过别人。

无论正过来反过去，晏寒来都是实打实头一遭。

这是谢星摇挖好的坑，打从一开始，她便胜券在握。

而事实是，晏寒来脸皮薄，性子拗，的确叫不出口。

他本打算反将一军，不承想叫着叫着，自己先觉得耳后微微发热。

……太过头了一些，好肉麻。

身旁的少女仍在直勾勾盯着他瞧，鹿眼莹亮，眼尾勾出得意扬扬的小弧："什么？"

怪人。

晏寒来舌尖钝钝僵住，下意识脱口而出："摇姑娘，自重。"

他一时情急说错了话，谢星摇两眼弯成小月牙："啊？摇姑娘，我们这儿有这个人吗？谁呀？"

她好烦。

晏寒来心烦意乱合上眼，一字一句唤她：

"谢、姑、娘。"

谢星摇心情颇好，三下五除二吃掉了盘中的霜花糕。

晏寒来显而易见地想要同她保持距离，自从嘴快说了那声"摇姑娘"，之后没再开过口。

霜花糕口感绝佳，几人皆是心满意足。云湘作为北州的东道主，兴致居然最高最盛，一连点了三份点心，吃得不亦乐乎。

谢星摇耐心看她吃完，撑着腮帮子莞尔道："你很喜欢吃这个？"

"嗯！"云湘轻轻吸了吸气，拭去嘴边一块雪白的残渣，被谢星摇看得有些害羞，仓促摸摸鼻尖，"我还是第一次吃到这么好吃的霜花糕。"

月梵好奇："落川那边的味道，难道不及这边吗？"

落川乃是须弥教总坛所在之地，如果把北州看作一个省，那它定是当之无愧的省会城市。

相较而言，朔风城地处偏远，是北州最为贫弱的地方。

"也不是吧。"云湘摇头，"我生活在总坛里，需要日日夜夜不眠不休地修习术法，很少有机会能去外面。"

所以乍一看去，她才会是一副涉世未深、对万事万物充满新奇的模样。

月梵在酒吧驻唱时，曾是一群小姐妹中的大姐头，平日对大家最为照顾。

她责任感强，闻言揽过女孩肩头："走，既然出来了，咱们就去把这座城逛个遍。"

朔风城一派冰雕玉砌的景致，随处可见亭台楼阁粉墙黛瓦，只可惜突逢变乱，没有太多热闹的烟火气。

谢星摇一路走一路张望，四面八方皆能见到经过的邪祟妖魔。

这原本是人族的城池，百姓们无力抵抗，只能在威压下忍辱求生；邪魔倒是猖狂无比，毫不掩饰浑身煞气，招摇过市。

街边死气沉沉，除了偶尔几声呜咽，很难再听见别的声音。她正暗暗蹙眉，忽然听见耳边一道怒喝：

"敢卖这种画，你不要命了！"

循声望去，两个魔修立于一处书画摊前，其中一个拿着幅画卷，可见怒气冲天。

摊主是个满头白发的婆婆，闻言并无退却之意，哑声回应："大祭司以身殉道、除灭魔君，此乃北州相传已久的故事，有何卖不得？"

谢星摇凝神下视，看清那幅画卷的模样。

白衣女子身披金光，足踏凌云，所过之处一片澄明之景；与之相对的另一边，画面阴暗无光，混沌压抑，红眸男人目露仓皇，被一束亮芒贯穿心脏。

正是三百年前的那场劫杀。

这幅画作无疑是对魔族的羞辱，眼见两个魔修恼羞成怒，拔刀将发，谢星摇心下默念法诀。

这是两个不起眼的杂兵，就算突然失踪，也不会在短时间内引起注意。

她毫不犹豫，杀得轻而易举。

月梵贴心地将他们烧成了灰。

"多谢……"老人本已做好赴死的准备，见状愕然愣住，将他们匆匆端详一番，"诸位莫要为了救我，引火上身。"

"无碍。"这个摊点被魔修踹过几脚，温泊雪拾起几本落地的书册，"您没事吧？他们见到这些书画，定然会动杀心。"

老人摇头。

邪魔攻城，处处民不聊生。她不过一介凡人，如何能胜过妖魔，如今所能做的，唯有拿出这些曾经的画卷，告诉城中所有人不要忘记。

"天色已晚，城中已不太平，婆婆还是早些收摊回家吧。"谢星摇看看凌乱的摊点，又望一眼老人手上红通通的冻疮，"书画繁多，您独自整理必然麻烦，不知我们可否帮上些忙？"

温泊雪探头："嗯嗯！"

婆婆拗不过他们，千恩万谢地应下。谢星摇将厚重的书册尽数放入储物袋，随她归家。

这会儿天色渐暗，暮气昏沉，街边亮起一盏盏澄黄烛灯，在苍暗天幕之下，好似暗河中流动的月影。

老人家在城郊，行至尽头，原本鳞次栉比的房屋变得稀稀落落，放眼望去，除却一座苍茫雪山，居然还有几片青绿草地。

月梵惊叹："北州终年大雪，居然能生出这么大片的草坪？"

"全因须弥教在此设下阵法。"老人道，"北州处处积雪，种地种不得，牛羊养不出，过去的百姓别无他法，只能在雪山中苦寻灵植，赚取一些微薄利润。幸有须弥擅用术法，特意开辟出几片无雪之地，供我们种田放牧。"

她说着一叹："可惜几日前妖邪来犯，将田地毁坏大半，羊群受了惊不敢动弹，已快饿死了。"

战事一来，无论如何，受苦的总是百姓。

农田被毁，羊群魂不守舍，雪山也被坚冰封住，无法进入，连采摘御寒的灵植都成了奢望，一夜之间天翻地覆，这里的人们只能咬牙苦苦支撑。

温泊雪心中唏嘘不已，放柔嗓音："婆婆，您一个人住在此处吗？"

"还有个儿子。"老人道，"他与妖魔起了冲突，右腿被灵力贯穿……诸位无须担心，没有性命之忧。"

被灵力直接贯穿。

寻常百姓没有灵丹妙药，受了这样重的伤，定会留下后遗症。温泊雪听得右腿一阵幻痛，自告奋勇："我身上带了点儿药，能助他早日康复——您意下如何？"

在这几日，底层平民百姓生活如蝼蚁，寻不见丝毫祈望。老人闻言怔然一顿，再开口时，语气隐有哽咽："多谢，多谢仙长——"

几字说完，温泊雪眼看对方俯身要拜，笨拙又慌张地将她扶起。

"这么下去不是办法。"月梵悄悄传音，"咱们能做点儿什么吗？"

"要解决铲雪、凿冰和牧羊，徒手肯定不行，要说工具，我们也没有。"谢星摇双手环抱，指尖轻轻一扣，"不过……试试吧。"

温泊雪为屋里的青年上好灵药，推门而出，已是半个时辰之后。

谢星摇、晏寒来、云湘与老人站在屋外，唯独不见月梵。

见他现身，谢星摇兴冲冲挥一挥右手："你来啦！快看，我们找到一辆铲雪车，能帮大家除去路上的积雪。"

铲雪车。

修真界不存在这种物件，想来出自月梵的《卡卡跑丁车》。没想到游戏厂商脑洞如此之大，居然把铲雪车也加入了车库。

他了然点头，朝着有轰隆声响的方向投去目光。

下一刻，温泊雪瞳孔骤缩。

那熟悉的流线型华贵车身，似曾相识的银白色造型。

正勤勤恳恳吭哧吭哧，在乡间小道上来回铲雪的赫然是——

劳——斯——莱——斯？

还是一辆车头顶着大铲子的劳斯莱斯。

不对劲。

他觉得很不对劲。

谢星摇传音入密："虽然找不到货真价实的铲雪车，但月梵的《卡卡跑丁车》里有车辆改装系统，我让她尝试了一下，给跑车装上了一个铲雪的头。"

温泊雪：你们这样玩，有没有想过，劳斯莱斯也许会哭。

"然后是那些受惊的羊。"谢星摇继续道，"我们找来了一只牧羊犬。"

这个办法不错。

温泊雪平复心情，嘴角重新挂上一抹笑，循声仰头。

视线所及之处，重新恢复活力的羊群走走停停，始终跟随着前方的身影，而在它们跟前——

是一辆飞在半空的无人机。

无人机发出清晰狂吠："汪！汪汪汪！"

牧羊犬……不对。

牧——羊——机？

"此物名为无人机，上面贴了张拟声符，能模仿牧羊犬的叫声。"谢星摇将手中的遥控器递给老人，手把手为她演示操作方法，"您看，只要通过这个，就能操控无人机的行动轨迹，由它带领羊群一路往前——如此一来，就能解决羊群乱跑的问题了。"

她一边说，一边推动遥控器上的摇杆，控制无人机左右移动。

无人机汪汪往左，羊群往左。

无人机汪汪向右，羊群得了指挥，一股脑右转。

云湘头一回见到此等操作，唇边止不住往上扬："好厉害！"

谢星摇笑笑："没有没有，在我家乡那边，这是常规方法。你说对吧温师兄？"

温泊雪："嗯嗯，常规。"

——常规个鬼啊！

劳斯莱斯，铲雪车，这是两个能被联系在一起的词吗？

还有那无人机，它在汪汪汪、汪汪汪地叫啊！好端端一个侦察神器，被你们用来放羊？！

他不理解，他真的大受震撼。

温泊雪恍惚一阵，试探性开口："那个……还有什么别的问题没解决吗？"

"还剩下坚冰封山。"谢星摇看向身旁的老人，语意温软，"没问题的，婆婆，我恰好带了家乡那边的碎冰器。"

碎冰器。

修真界铁定没有这玩意儿，可谢星摇的游戏是《一起打敌人》，打敌人也要除冰？

不过无论如何，不是稀奇古怪的东西就好。

温泊雪整理好摇摇欲坠的价值观，顺着她的视线扭过头去，看见谢星摇口中的"家乡碎冰器"。

温泊雪听见脑子里，什么东西突然碎裂的声音。

好家伙。

火——箭——筒。

她语气那么温柔，目光那么诚恳，说话之间，扛起了一个货真价实的火箭筒。

"坚冰难融，只用铲雪车肯定不行。"谢星摇上前将它架起，轻声解释，"弹头上贴了几张晏寒来做的减震符，能有效降低噪音，减少震感，防止雪崩。我用神识四下扫过一遍，没人在山口附近，能用。"

兼顾仙法和物理的双重考虑，这修真界，属实被她玩明白了。

老人受宠若惊，忙不迭道谢："多谢，多谢各位道长。我们哪里值得诸位如此上心……"

她永远不会知道，对二十一世纪的居民而言，今日为她铲雪牧羊碎冰的，究竟是些什么震裂三观之物。

"不客气。"谢星摇温声笑笑，"为人民服务嘛。"

——你这服务得也太硬核了吧！

倏忽之间，一阵轰然巨响。

刺目火光自半空腾起，在谢星摇满级的射击技能下，一往无前，直冲山口坚冰。

因有符咒缓冲，冲击之下并未爆开巨大声响，但见白雪张扬纷落，于山门裂出肉眼可见的通道。

家乡碎冰器，果真名不虚传。

温泊雪尝试拼凑起碎裂的价值观。

火光灼目，风雪萧萧。

原文中痴恋他的反派女配开着劳斯莱斯铲雪车，自车窗探出脑袋吹一声口哨，吭哧吭哧前往山口继续铲雪。

月梵："呜呼！酷毙了我的摇！"

原文中倾心于他的神教祭司双目清亮，满心崇拜地站在谢星摇身旁，给了她一个大大拥抱："谢谢你，你真好！"

至于那位满面沧桑的老人——

看见老人双目舒展，自唇边淌出发自心底的笑意，湿润着眼眶向他们道出一声"多谢"时，温泊雪逐渐理解了一切。

劳斯莱斯就该是辆铲雪车，无人机的确应该汪汪地狗叫，至于火箭筒，它不用来炸雪，难道还要用作杀人武器不成？

有理有据，无法反驳。

碎雪映着月色与火光，谢星摇收起火箭筒，带着少年人独有的欢喜雀跃，压低嗓音小声问他："怎么样？"

原文中冷如寒冰的男主人公温泊雪："好酷，姐姐好棒。"

老人留几人在家中过了夜。

他们易容进城，身份皆是朔风城内的本地人，倘若顶着本地人的脸入住客栈，很有可能招惹怀疑。

如今遇上这位婆婆，恰好解决了住处的问题。

周围几户邻居听闻雪山得了疏通，街道的积雪亦是消匿无踪，三三两两结伴前来道谢。

晏寒来性子孤僻，借口太困回了客房；温泊雪与月梵不便拒绝热情的百姓，留在主屋打听关于魔族的情报。

谢星摇原本也在其中，甫一晃眼，忽然发觉云湘不见了踪迹，细细探去，才望见她与老人站在主屋角落，整理着画本与画卷。

云湘虽化作了陌生少年人的样貌，但多少保留着几分曾经的痕迹。一双杏眼澄澈干净，未被混沌世俗侵扰，看她的动作，似乎对打理一事极为熟稔，动作一气呵成。

谢星摇还以为，须弥教大祭司定是养尊处优，从未接触过家务活。

书本繁多，谢星摇好心上前一起收整，拿起其中一册，是记载有三百年前那场决战的连环画册。

"须弥教大祭司，"她细细端详画中景象，心生好奇，"只凭她一人，就杀灭了金丹巅峰的魔君吗？"

"不错。"老人沉声，"当年人族过得水深火热，要么沦为牲畜一般的奴隶，要么逃往山林，犹如丧家之犬。我们拿不出像模像样的军队与妖邪相抗，唯有擒贼先擒王，出其不意刺杀魔君，才有可能将它们逼退。"

谢星摇静静地听，垂头凝视手中画卷。

画上的女人手捧古书一本，长发逶迤，眼中清波流转，气质清冷如雪融。乍一看去，颇似九天神女降世，风姿澹澹。

婆婆道："大祭司劫杀之日，本便抱了必死之心——于千百邪魔中一击贯穿魔君心脉，灵力耗尽之后，她亦无路可退。"

谢星摇再翻页，女人半跪于神像之前，有白发苍苍的老者悲悯地问她："此次西行，绝无生路。你可愿意？"

"正因有百年前大祭司舍身救世，北州才会心甘情愿地归于须弥。"老人长叹口气，"今时今日邪魔攻城，落川定不会坐视不管。"

城中不少人心怀着同她一样的祈愿，正因如此，百姓才没有沦为对魔族俯首称臣的奴隶。

谢星摇没再说话，不动声色地轻撩眼皮，望向云湘。

她年纪轻轻，便已背负起无穷无尽百姓的厚望。如今听完老人一席话，默默看着手中泛黄的卷轴，不知在想些什么。

分明只是一个涉世未深的小姑娘，却不得不去面对令全城人闻风丧胆的妖魔邪祟，人们的厚望全数成了压力与恐惧，如山一般压在身上。

窒息，迷茫，痛苦，想要逃离。

这种感觉，曾经的谢星摇再熟悉不过。

"好啦。"

她抬手摸摸女孩的脑袋，跟前清亮的杏眼随之抬起，与她四目相对。

"放轻松，"谢星摇说，"还有我们呢。"

一夜过去，朔风城仍旧大雪纷飞。

谢星摇早早起床，被寒风冻得打了个哆嗦，飞快往心口贴上一张御寒符咒。

小小一张，热腾腾暖柔柔，灵气顺着经脉淌遍全身，将寒气驱逐一空，修真牌暖宝宝，北方人值得拥有。

一切准备就绪，等到早先约定的傍晚时分，便终于迎来了今日的重头戏。

——魔君在飞天楼设下的筵席。

月梵好奇："魔君魔君，我听说修真界还有个魔尊。"

"魔君的地位自然比不上魔尊。"谢星摇耐心解释，"魔族好战，一年有三百天都在斗来斗去，这个'君'呢，相当于一个地方的小霸主，修真界得有几十上百个。魔尊就不同了，独一无二，魔域里当之无愧的最强者，类似人族皇帝。"

温泊雪心生向往："魔君都这么有排面，那位魔尊得有多强。要是什么时候能见见他就好了，一定很酷很厉害。"

他看《天途》时还是个中二少年，除了男主人公，在书里最为羡慕的角色，就是那位神龙见首不见尾的魔尊。

"当今那位魔尊奉行和平至上，听说就是在他的统领之下，人与魔才有现在这么融洽的关系。"

谢星摇说着一抬眸："到了。"

飞天楼，斗拱交错，重檐盖顶，上有青石碧瓦，腾龙镏金。

楼宇极高极阔，立于主城中央。塔式檐顶宛如破天之剑，于穿顶破天层层云霄，四下白雾缭绕，结出道道滴水般的冰凌，恢宏壮阔，华贵非常。

此时此刻，几扇木窗迎风而开，从中飘出几声妖魔的肆意狂笑，重重风雪下，只叫人觉得遍体生寒。

为不引起注意，一行人计划好了分头行动。

先是温泊雪与月梵结伴而入，继而云湘行入楼中，最后轮到谢星摇与晏寒来这对假扮的道侣。

毕竟几位名牌主人的身份本就不甚亲近，若是鱼贯而来，旁人定会觉得怪异。

"是阎公子、宋小姐。"立于门边的小侍检查一番身份名牌，确认无误，向二人微微躬身，"请。"

谢星摇神色如常，抿唇一笑。

踏入飞天楼，内部的景象更为精致奢华。

雕梁画栋，雅阁幢幢。四面八方皆是流光溢彩，照明器具并非烛火，而是用灵力点燃的流灯。灯火倾泻如水，台上笙歌不歇，城中分明已半步入了地狱，此处却是繁华依旧，赫然沦为了妖魔的巢穴。

百姓苦不堪言，这群邪祟倒是乐在其中。

"……有点儿饿。"谢星摇看了一眼远处桌上未曾见过的糕点，压下心中好奇，朝晏寒来身侧靠近一步，"等他们灭了灯，我们就去书房。"

常清姑娘告诉了他们前往地下密室的办法，要想神不知鬼不觉地偷偷潜入，必须引开周遭的守卫。

如此一来，灯火就成了最为理想的工具。

既然火光以灵力维持，只需切断灵力来源，就能让飞天楼陷入一时昏暗。届时四下混乱，最方便他们动身。

灵力源头共有三处，温泊雪、月梵与云湘分别负责其中一处，至于谢星摇、晏寒来，则需要找到书房里的机关，前往地下通道。

计划堪称完美，绝不会出现半点儿纰漏，更何况在原文的剧情中，主角团也正是采用了这个法子。

……虽然人员分配不太一样。

"知道。"晏寒来懒声应她，"不劳谢姑娘费心。"

打从昨日起，他一直是这副心不在焉的模样。谢星摇大概知晓其中缘由，用胳膊肘碰碰他手臂："晏公子，还记着昨天的事情呀？"

少年鸦睫微垂，对上她的视线："何事？"

嘴硬又记仇。

谢星摇两手背在身后，足尖轻盈落地："晏公子，我昨日告知于你的，皆是今后与人结为道侣的寻常之事——这世上的姑娘，很少有人中意木头。"

晏寒来答得毫不犹豫："我不会去寻道侣。"

在原文里，这个小疯子的确没有感情线。

前期孤僻，中期神秘，后期更是堕入魔道，在屠灭整整一个仙门后，死在了主角团手里。

尸骨无存，直到最后仍无悔改之意。

她想着莫名不太开心，再度瞧他："晏公子何出此言？"

晏寒来只是沉默着睨她一眼。

他这会儿易了容，瞳孔变成极深极深的墨色，目光沉沉往下，压抑得叫人喘不过气。

比起寻常所见，这道视线更为浑浊阴暗，好似幽潭。

不过转瞬,少年扬唇笑笑,神色恢复一贯的冷漠讥诮:"谢姑娘为何对此上心?"

谢星摇回以一个微笑:"这不是担心晏公子,怕你死了没人收尸吗?"

晏寒来同她一向不对盘,此刻顺理成章进了飞天楼,将四周环视一圈,淡声开口:"灭灯需要时间。我去探探楼中布局,你留在此地莫要走动。"

你才留在此地不要走动,当她小孩儿呢。

谢星摇不情不愿:"知——道——"

温泊雪很紧张。

他被赋予了灭灯的重要使命,将飞天楼的地图牢牢记在心里,如今只身一人,正在前往东边角落的灵力供应之地。

但执行任务的过程,似乎并不那么顺利。

他手中名牌的主人也姓温,生得相貌堂堂、温和儒雅,就在他匆匆赶路时,忽然听见一个陌生女音:"这位公子!"

难不成遇见了熟人?

温泊雪脚步一顿。

来人是个形貌富态的女魔,见他回头,爽朗笑开:"不知公子姓甚名谁,可有婚配?"

她语意热情,黑沉的瞳仁却有如滑腻毒蛇,蛰伏于暗处,只等一口吞下猎物。

温泊雪刹那间明白了。

在飞天楼中,妖魔皆是毫无疑问的主导者。今日来此的人族非富即贵,身娇肉嫩,妖魔只需一时兴起,便可强买强卖,凑成一对姻缘——

说好听了是"姻缘",直白一点,其实是挑选可口的食物。

他不傻,隐隐感到逐渐逼近的危机。

他们一行人虽然藏住了修为,但经过这么多年的灵气滋养,在妖魔眼中,必然是可遇不可求的上等食材。

也就是说,不止他……所有人都有被盯上的可能性。

灭灯之事迫在眉睫,绝不能拖延时间。

温泊雪压下心中紧张,展颜轻笑:"抱歉。我已有道侣,她同样身在飞天楼中。"

"哦?"女魔挑眉,靠近一步,"既然有了道侣,为何不在公子身边?公子……莫不是骗我吧?"

"当然不是!"

对方纠缠不休,却又不能强行将她推开。至于月梵,他们二人全然去了相反的方向,一东一西,怎么可能遇到?

道侣,他的道侣——

温泊雪沉住心神,抬眸远眺,倏尔眼底一亮。

发现了。

那道无比熟悉的身影,正独自站在侧厅之中,百无聊赖地欣赏着墙边画作的人——是谢星摇。

不知是何原因,此刻晏寒来并不在她身边,但正因如此,才能营造出少女孤身一人的假象。

只需要一段简简单单的配合,就能支开跟在他身边的女魔。

天时地利人和。

温泊雪自信一笑。

无独有偶,云湘也觉得颇为紧张。

她被安排前往南边,然而没行出几步,就被好几个妖魔缠上。

眼前这唇红齿白的少年郎,正是他们眼中无与伦比的美味。

什么飞天楼盛宴,分明就是一场血肉狂欢。妖魔吃腻了寻常百姓,迫不及待想要找些富人和贵族尝尝。

整座朔风城都成了魔族的领地,她身份特殊,绝不能在这个时候和他们正面起冲突,唯一的办法,就是找个借口尽快逃离。

"我……我真的不是一个人来的这儿。道侣?我当然有道侣,她在——"

群魔环伺之际,一个谎言匆匆出口。云湘蹙眉环顾四周,电光石火,目光骤亮。

发现了。

那道无比熟悉的身影,正独自站在侧厅之中,百无聊赖地欣赏着墙边画作的人——是谢星摇。

晏公子不知为何不在她身边,不过……这样正好。

只要谎称谢星摇是她的道侣,让身边这群心怀不轨的妖邪知难而退,她就能进入南边,切断灵气源头。

到时候一切计划顺利进行,他们一行人成功取得祭司遗物,想想还有点儿小激动。

"我没骗你。"云湘深吸一口气,踌躇满志地抬起右手,高扬唇边,"我的道侣,就在那儿!"

几乎是同一时刻。

偌大楼宇之中,响起另一道斩钉截铁、信心百倍的清亮男音:"我的道侣,就在那儿!"

两道声线同时落下,掷地有声,两边魔物不约而同,顺着二人所指之处望去。

那个正独自站在侧厅之中,百无聊赖地欣赏着墙边画作的女人——

似乎没法子分成两半。

一霎。

飞天楼,安静了。

月梵在心里骂了十几条街。

她行在飞天楼中,时时都能感受到妖魔不善的视线,长这么大,月梵哪里受过这种委屈。

合着把她当成板上的鱼肉了呗。

被如此之多的视线死死盯着,她但凡弄出一丁点儿小动作,都很可能会被察觉。再者,灯火的供源地十足偏僻,她一个外人突然擅闯,也会惹人生疑。

要想让自己顺利融入人群,只剩下一个办法——

随手抓个人族小侍,给他点儿灵石,换取侍从的身份牌。

妖魔之所以举办这次筵席,就是想钓到更多非富即贵的大人物,她伪装成平平无奇的小侍,不但能大大降低他们对自己的兴趣,也能顺理成章进入偏僻的角落。

一举两得,她可真是个小天才。

万万没想到,换取身份后的短短几个瞬息,月梵便被旁人猛地一拉。

她千算万算,唯独疏漏了一点:身为小侍,定会受人支使,跑东跑西。

"侧厅出了点儿事儿,你离得最近,快去看看!"拉她的侍女神色匆匆,"听说是两男争一女,脚踏两条船当众败露……已经快打起来了!"

月梵脑子里的第一个念头是,好狗血,她为什么要去管这种"海王"翻车的破事?

第二个念头:毁灭吧,三个大傻子。

侧厅之中，前所未有地安静。

飞天楼犹如一团令人窒息的巨大风暴，她茫然地站在风暴中心，看看左边的云湘，又望望右边的温泊雪。

她不懂，她不明白，她好无辜。

"哎呀，公子。"温泊雪身侧的女魔一声惊呼，"这是怎么回事？一个人总不可能有两位道侣……公子莫不是看不起我，随意挑了个人来冒充？"

"当然不是！"

关键时刻岂能翻车，温泊雪匆忙对上谢星摇视线："你……你是我道侣，对吧？"

"不是吧？"场面一度十分尴尬，温泊雪强忍泪意，痛苦传音："这种借口也能撞一起！"

谢星摇斟酌片刻："大……大概？"

"嗯？"云湘身边的魔头亦是挑眉，"小公子，你玩儿我？"

"绝对没有！"杀意近在眼前，云湘正色抬头，"姐姐，你不是说过，我才是你唯一的道侣吗？"

云湘手忙脚乱，用神识回应："我……我……我也不知道啊！接下来应该怎么办？"

倘若强行终止这场闹剧，十有八九会惹人起疑，大大阻碍接下来的计划。

现如今，他们别无他法。

为所有爱执着的痛，为所有恨执着的伤。

他已分不清爱与恨，是否就这样。

温泊雪咬牙，狠狠看向满目茫然的谢星摇，字字泣血、声声哀怨："唯一的道侣？你分明说过，这辈子只爱我一个人！"

云湘闻言亦是愣住，很快轻颤着握紧双拳，仰起少年人澄澈的双眸，笨拙接戏："姐姐，莫非你和他，也……"

围观群众一片哗然：无情女子哄骗纯情少男，脚踏两条船的恶行当众败露，是道德的沦丧还是人性的扭曲？

二人势同水火争执不休，人群中不知是谁低声开口："快看快看，有管事的侍女来了。"

很好，很及时。

谢星摇心中暗喜，长出口气。

只要侍女出面，立即中断这场争执，他们的计划就能如常进行。

然而下一刻，她听见似曾相识的嗓音："筵席之上，还望诸位少安毋躁。"

离谱他娘给离谱开门，离谱到家了。

当她恍惚回头，居然在门边见到带着礼貌假笑、端着个水果盘的月梵。

而在月梵胸口，赫然挂着一块显眼名牌。

这个世界，它怎么了？

谢星摇用为数不多的理智，一字一顿地念出名牌上的大字："赵——铁——头？"

月梵微笑："是的小姐，铁头竭诚为您服务。有什么需要帮忙的吗？"

月梵目露痛色，传音入密："我拿的，是个男侍从的名牌。"

"咦！"人群之中，不知是谁骇然惊呼，"这位公子与铁头小姐，不是一并进入飞天楼的道侣吗？"

另一人嘀嘀咕咕小声接话："那他还与别的女人如此暧昧……"

震撼一整年。

剪不断理还乱，这居然，还是个错综复杂的四角恋。

又一阵沉默突然降临，转瞬，是浪一般汹涌澎湃的哗然。

——两句话，将整场大戏的节奏推向了一个全新的高峰！

吃瓜吃到自己头上的月梵呆愣几秒。

该死。

她和温泊雪是道侣关系，忘了还有这一茬。

"——好啊！"半晌，月梵目眦欲裂，死死瞪住身前的白衣青年，"我辛辛苦苦打十几份零工，只想着养家糊口，让你过上好日子，结果你倒好，和别的女人纠缠不清？"

月梵几近崩溃，疯狂传音："啊不是，什么情况这是？那三个深陷三角恋的傻子，不会就是你们吧？"

局势陡然逆转。

原受害者、现任纯种渣男温泊雪痛心疾首，掩面而泣："对不起，是我一时鬼迷心窍……我不是个男人，我该死！"

温泊雪识海里的小人双手捂脸："老天，谁都好，快来救救我们吧！"

原本是二男争一女，眼见对手被扫地出局，云湘一副小人得志的得意姿态，被一伙人带得慢慢入戏:"有了道侣还来勾搭姐姐,混账!"

云湘后知后觉传音:"这个剧情,好刺激好厉害哦。"

演起来还有点儿小激动!

谢星摇神色恍惚,双目无神,口中毫无感情色彩地读:"好啊,你有了道侣还来勾搭我?"

谢星摇传音:"救……命……"

月梵不愧为温泊雪的正牌道侣,言语之间底气十足:"今日便把话说清楚!你先老老实实告诉我,我在你心里,到底是个什么角色?"

"我……我心里一直都有你啊!"温泊雪心中慌乱,回忆曾经看过的无数电视剧,将渣男一角饰演得淋漓尽致,"是她,都是她。她口口声声说爱我,要和我永远在一起,我本来不想的……是她一直缠着我不放,都是她的错!"

"爱他,缠着他?"云湘心痛不已,"姐姐,所以你当真与他有染!那我算什么?你那被蒙在鼓里的夫君又算是什么?"

月梵:"什么!你有夫君?"

温泊雪:"什么!你有夫君?"

人群里,好几道下意识的自言自语同时响起:"什么!她居然还有个夫君!"

话音落地,方才还目不暇接的诸多视线,齐齐聚上这出狗血大戏的真正主人公。

谢星摇面无表情,只能苦中作乐自我安慰,不幸中的万幸,晏寒来没有出现在这里。

不然肯定乱套。

下一瞬,侧厅门前的烛火簌簌一颤。

仿佛是为了给出一个恰到好处的回应,当侧厅内此起彼伏的议论愈来愈多,一道颀长瘦削的身影,出现在敞开着的门边。

透过那张易容后的脸,谢星摇辨认出他的身份。

她如今名义上的道侣,方才被反复提及的"蒙在鼓里的夫君"——

晏寒来。

男主人公终于露面,修罗场中灼热的烈焰,不费吹灰之力,瞬间来到最高峰。

——同情,逐渐填满空气里的每一个角落。

"怎么了?"青衣少年见她神色怔忪,抬手亮出一个盛着糕点的小盘,语气冷然,"你要的点心,别再喊饿了。"

他还特意为她拿了点心，用一个精致的小盘。

——人群之中，已有不少人露出不忍的神色。

出于灵狐一族的本能，晏寒来觉得气氛很是奇怪。

不知道为什么，谢星摇、温泊雪与云湘呈现出了十分古怪的三足鼎立之势，三人皆是神情仓皇，目光诡异；而月梵端着果盘呆立一边，胸口挂着的名牌上，方方正正写着"赵铁头"。

正如他不会明白，为何在场的每一位看客都噤若寒蝉，齐齐望向他的目光里，有悲伤，也有浓郁得化不开的同情。

全场唯二无辜的受害者，他的鸦青色外衣，是那样显眼突出，色彩分明。

凉凉春风过，拂动窗边一枝冰封的树梢，鸟雀无声掠起，踏落一捧久违春光。

春天来了。

晏寒来，静悄悄地绿了。

事情为什么会变成这个样子呢？

早春时节最是多情，萧瑟冬日堪堪褪去，便有浓浓春意氤氲而开。

屋外仍是玉枝拂雪，素裹银装，仅仅一窗之隔的飞天楼内，却早已生出碧色青葱，柔暖交融——

才怪。

谢星摇只能感受到深入骨髓的阴寒。

晏寒来早不来晚不来，偏偏选在修罗场巅峰的时刻突然现身。本就混乱的现场再添一员，剧情如同野马脱缰而去，再无逆转的可能。

更为倒霉的是，她，一个脚踏三条船的人渣，不幸成了最引人注目的众矢之的。

至于晏寒来，他跟在这些人身边数日，见过不少离谱之事，经过短短一霎的怔愣后，居然飞快地接受了现状，眉峰稍压，投来一道慢悠悠看好戏的视线。

——侧厅突发一起惊天动地的爱恨纠葛，这个消息早在飞天楼里传开。他不久前便听得传言，只不过对男女之事生不出兴趣，故而没来一探究竟。

没承想，大戏的主角全是老熟人。

少年毫无慈悲地冷笑，琥珀色瞳仁暗光翻涌，掠过毫不掩饰的嘲弄与恶趣味："怎么了，夫人？"

他这辈子头一回念出"夫人"二字，尾音生涩下压，显出几分青涩的笨拙。

却也因此，越发显得茫然无辜，惹人怜爱。

看热闹不嫌事儿大的浑蛋。

这样僵持下去必然会出问题，谢星摇轻扯唇角，尝试打破沉默："你听我解释。"

月梵凄然传音："使不得啊摇！这是妥妥的渣男语录，说了会被打入万劫不复之地的！"

温泊雪深有同感："而且是情侣分手开关。"

谢星摇试图挽回局势："事情不是你想象的那样。"

温泊雪痛心疾首："在我演过的所有影视剧里，但凡有人说出这句台词，都会被狠狠扇一耳光。"

月梵语重心长："摇，你的下一句，不会是'他们和我只是普通朋友'吧？"

谢星摇默然无言，把即将脱口而出的"他们和我只是普通朋友"咽回肚子里。

可是仔细一想，似乎又不太对。

如今的她脚踏三条船，生生凑出了一段惊心动魄五角恋——

这分明已经是个人渣了吧！哪有什么嫌弃渣男语录的资格啊！

"这几位是——"晏寒来见她欲言又止，抬眼将几人匆匆扫视，缓步上前，"曾经来过我们家中做客的……你的各位朋友？"

人群中又是一阵悲叹。

造孽啊，居然在夫君眼皮子底下这般那般！

他最后一字说完，恰好行至谢星摇身前。青衣少年宽肩窄腰，罩下来的影子高高大大，谢星摇需要仰头，才能对上他的目光。

属于狐狸的，幽幽冷冷、暗藏锋芒的目光。

若是常人，置身于此种情境之下，定会心神大乱，不知如何是好。

奈何对视良久，她竟并未生怯，而是回以一个同样模式化的假笑。

谢星摇："实话跟你说吧，这些，全都是我的情人。"

围观群众狠狠倒吸一口冷气。

"知道我为什么会变成这样吗？"谢星摇扬唇，"是谁整整一年未曾归家，又是谁在外拈花惹草，把成过婚的妻子抛在脑后？你和其他女人你侬我侬的时候，可曾想过我正煲了一碗热腾腾的汤等你回家？实话告诉你吧，你已经脏了，看见你我都觉得恶心！"

这是何等的人才啊。

月梵大受震撼。

她摇不愧是她摇，既然晏寒来铁了心将她拉下水，她便反将一军，同他共沉沦。

于是现场局势再再逆转，竟由人神共愤的海王翻车实录，变成了一名苦情女子的黑化报复史诗！

跟风，是群众的特质。

言谈之中，人们凝望晏寒来的眼神，已不复最初那样单纯。

"就是。"不知哪位女客一声冷哼，"男子能拈花惹草，我们女人便要独守空房？脚踏三条船又如何，三个男人，不都因她感到了愉悦欢乐？"

"是啊。"谢星摇拭去眼角不存在的泪，"正因体会过空虚冰冷的房屋，我才更想给每个男孩子一个温暖的家。"

云湘已有动容之色："姐……姐姐……"

月梵：云湘你不要听她胡扯！

今夜的飞天楼狗血大剧，剧情几度反转，真相被层层揭开，临近结局，才发现除了赵铁头女士，赫然全员恶人。

修真界民风淳朴，围观群众努力稳住碎裂的三观。

恶人头子晏寒来闻言笑笑："是吗？"

在场大多是富家小姐和公子哥，唯独他周身的气焰懒散又冷煞，独独往门边一站，就隔出一片令人心悸的晦暗。

许是记起如今的人物设定，少年眉宇微舒，朝她勾勾手指头："过来，我们谈谈。"

不愧是晏寒来，被当众戳穿却毫不慌乱，生动形象地演出了渣男本色。

月梵正欲开口，忽见对方长睫倏动，虽仍在笑，语意悄然透出几分骇人阴戾："至于剩下几位……应该不想同她一并前来吧。"

这威胁的语气，这正宫的气派，简直能去拿奥斯卡。

恶人演恶人，就是活灵活现。

察觉到晏寒来不动声色地向他们挑了下眉，月梵恍然大悟："我明白了！晏公子好演技，这是他在催促我们快走！"

温泊雪佩服得五体投地："他不知来龙去脉前因后果，居然能稳稳当当接住谢师妹的戏，还给了我们撤退的理由……太厉害了！"

云湘颇感遗憾："要走了？男女主角之后怎么办，究竟会彻底撕破脸皮，还是破镜重圆?"

她真的好想知道哦。

奈何现下的局势,已不允许让他们看到结局。

"我,呜——!"月梵转身狂奔,前往约定好的灵力供源地,"都别跟着我,我没脸见人了!"

"阿头!"温泊雪咬牙,跺脚,顶着盲人般的无神双眼拂袖而去,"我……我有何脸面再去见你!"

云湘目露悲色,也呜呜咽咽跑走了。

周围是死一般的沉寂,谢星摇别扭地摸摸鼻尖,顶着身后鸦雀无声的视线,一步步走向晏寒来。

气氛有点儿尴尬。

奈何他们有任务在身,没法子离开飞天楼,只能在书房附近瞎转悠。

无论如何,侧厅肯定是不能再待。她被这出闹剧弄得头昏脑涨,正颇为苦恼地思忖着下一个去处,陡然感到身侧袭来一道凉风。

晏寒来毫无征兆地伸手,一把抓住她的手肘:"随我来,莫要分神。"

少年神色淡淡,嗓音极低,见她愕然抬头,笑出微不可闻的气音:"怎么,谢姑娘仍觉得我脏?或是说……道侣之间,莫非还要忌讳这种动作?"

晏寒来之所以触碰于她,自是为了让她回神,尽快随他离开此地。

两人隔着一层衣衫,毫无真正意义上的接触,偏生他嘴毒,非要硌硬硌硬谢星摇。

以他的预测,对方定会匆匆抽出手臂,仓皇同他分出一条界线。

但谢星摇只是笑笑。

她踮起脚尖:"不是,啊,我只是觉得——"

被少年握住的手肘,不太舒服地动了动。

紧随其后,是一道袭上他手臂的温热绵软的陌生触感。

晏寒来脊背僵住。

"晏公子的动作不似道侣,更像对待俘虏。"谢星摇环住他臂膀,掌心向内轻轻一合,古怪而柔软的热度隔着衣物,浑然涌上皮肤,"道侣之间,应该更亲近一些。"

很好,他差点儿就匆匆抽出手臂,仓皇同身边的人分出一条界线。

但他终究止住了这个冲动,在两人暗暗较劲的关头,退让就代表认输。

他已将飞天楼第一层勘探了个遍，知晓何处宾客稀少，一面领着谢星摇快步往前，一面压下手臂上怪异的感受，低声转移话题："玩得开心？"

"有点儿。"谢星摇颔首，"晏公子演技不错。"

她少有夸他的时候，晏寒来本欲报以一声冷笑，又听她正色道："也可能是本色出演。"

少年不恼，语调懒散悠然："谢姑娘说的那些话，给每人一个家……也挺像发自真心。"

"怎么，"谢星摇亦是笑，"惹得夫君不高兴了？"

那两个字灼得他下意识蹙眉，晏寒来抬眼，见她状若无辜地眨了眨眼："晏公子之前叫过我一次'夫人'，现在还回来，算是两清吧？"

果然是个幼稚又恶劣的报复，摆明想要看他错愕的神色。

喜怒无常，睚眦必报。

晏寒来决定不去理她。

他带着谢星摇一路前行，穿过人潮汹汹的主厅，再绕过一条灯火通明的长廊，不过片刻，来到一间立在角落的小小厢房。

小室之中宾客不多，粗略数来不到十个。抱着箜篌的歌女端坐于台前演奏，乐音靡靡，桌上则摆着各式各样的点心。

对了，点心。

谢星摇心头倏动，不动声色地垂下视线，瞥向晏寒来的左手。

早在他误入修罗场之前，就已为她端来了一份糕点，后来场面过于混乱，糕点也就被所有人忘在脑后。

刚进飞天楼时，谢星摇的确说过一声"有点儿饿"。

……不会吧。

他居然当真记住了。

那她之后没心没肺欺负晏寒来……应该没有伤他的心吧。

难怪这只狐狸一直阴阳怪气。

她的目光毫不避讳，很快被身边的少年一瞬捕捉。

晏寒来垂眸，面无表情地看向手中的块状小方糕。

谢星摇生出一丝微妙的负罪感，决心痛改前非好好做人，尝试给狐狸顺顺毛："谢谢晏公子。"

她的变脸技术无人能敌，晏寒来眼看着瓷盘被小心接过，语气听不出太大起伏:"我欲勘探飞天楼,这不过是个用以掩饰的借口。谢姑娘莫要自作多情。"

"嗯嗯。"谢星摇很有自知之明,"谢谢晏公子,晏公子真好。"

口蜜腹剑。

少年蹙眉,寻了个角落坐下,没再理她。

晏寒来挑选的糕点很小,看上去挺像牛奶小方,通体乳白,方方正正。谢星摇拿起其中一个放入口中,顿时感到丝丝凉意如雪化开,沁出淡淡奶香。

她心满意足地弯起双眼,小腿轻快晃了晃,看向身侧的一袭青衣:"晏公子不吃吗?"

晏寒来:"不。"

"可是味道很好的。"他应得别扭,谢星摇却想起这人吃糖时的模样,闻言又拿起一块小点心,在他眼前悠悠一摇,"甜甜的,带点儿奶香,一到嘴里就立马化开了。"

她用另一只手撑着侧脸,说话时鹿眼弯弯,在尾端荡开浅浅的弧,莹白食指微微屈起,手中糕点雪白,指甲则是漂亮的粉色。

晏寒来听她带着笑音道:"晏公子,真不想要?"

谢星摇笃定他不会要。

晏寒来行事作风虽是随心所欲,但在男女之事上,似乎拘束得过了头。

连叫他昵称都会耳尖泛红,更不用说是这种微妙又亲昵的动作,让他从她手中衔过那块点心,想想都不可能。

正因如此,她欺负得有恃无恐。

"不吃就算了。"雪白糕点不再晃悠,谢星摇笑意更深,"可惜,其实它味道不错……"

她一句话尚未说完,整个人下意识愣住,识海轰地一热。

二人坐在厢房角落,本是隔着段距离,却在此刻猝然骤缩。

一束阴影沉默着下压,裹挟了皂香的冷风紧随其后,最终落在指尖的,是一抹柔软热度。

糕点被咬走,近在咫尺的青衣随之往后,再度与她隔出安全距离。

这个动作于她而言不算过火,但方才她下意识往后,晏寒来突然往前……似乎有过一霎极为短暂的触碰。

剩下的言语全数堵在喉咙,谢星摇轻捻指腹,仿佛仍有古怪的触感残留在上头。

那触感柔软得过了头，被她指腹轻轻一碰，便软绵绵往下凹陷，还带着若有似无的余温。

不应该继续往下想。

她别开视线，把瓷盘推到中间："就……味道还行吧？"

纵使只有刹那的相触，晏寒来定然也有所察觉，长睫撩起，倏忽一颤。

即便被当众指认为人中渣滓，也未曾见他如此不自在，细细看去，耳边的碎发居然像是炸了毛，蜷缩起一个小小弧度。

晏寒来垂眸："……嗯。"

"灯应该快灭了。"谢星摇认真思忖，决定转移话题，"等拿到那本古书，我们就找个借口从飞天楼离开。"

晏寒来抿唇，炸毛般翘起的发尾缓缓恢复原状："……好。"

他们有一搭没一搭地说着话，相隔不远的另一处角落，一对年轻男女神情复杂，欲言又止。

他们觉得主厅侧厅太吵太闹，刻意寻了一处僻静厢房，不承想，居然见到那场狗血大剧的男女主人公。

经历那样一番惊天地泣鬼神的史诗级别大乱斗，这对夫妻居然还能坐在厢房之中互喂点心，着实叫人意想不到。

破案了。

狗血的尽头，是渣男贱女。

第四章 踏雪行

飞天楼内灯火尽歇，始于一盏茶之后。

由灵力点燃的连绵火光煌煌似镏金，流连于楼中每处回廊，当那声并不明显的嗡响陡然出现时，大部分人都未曾将它放在心上。

下一刻，便是铺天盖地的黑暗骤然降临。

谢星摇等人在傍晚时分进入飞天楼，经历一场阴差阳错的狗血大戏后，夜色已然渐深。

雪夜的天空总是显得格外低沉，窗外墨色暗涌，黑潮席卷着呼啸的北风；楼内幽暗蔓延，自每个不起眼的角落悄然生长，几乎能将视野吞没。

转瞬，一片喧哗与骚乱。

这里本就是妖魔的巢穴，被邀约而来的人们提心吊胆，不知何时会沦为妖魔腹中之物。此刻恰逢这片突如其来的漆黑，恐惧油然而生，毫无疑问，定不会多么安分。

混乱之中的黑暗，是他们行动的最佳时机。

据常清姑娘所言，飞天楼一层的书房下有条暗道。

因有晏寒来的事先踩点，这间小室距离书房并不算远。谢星摇在灯灭的一霎从椅子上站起身来，正要离开，却见晏寒来迟疑地顿了顿，没有动作。

他做事一向利落，谢星摇心生疑惑，暗暗传音："怎么了？"

"无碍。"

置身于黑暗里，少年的双目纤长而漂亮，被月光映出浅浅亮色，如同两颗静静镶嵌的玻璃珠。

他视线极冷极淡,毫无声响地起身而立,仍是用了传音:"走。"

修仙之人五感绝佳,其中目力更是从小锻炼的重中之重。

谢星摇刚来修真界的那会儿曾被惊到过,即便身处黑夜,也能在无光的环境里隐隐看清前路。只可惜她的修为不算太高,看得不甚清晰,倘若到了类似晏寒来的金丹期,应该能长进不少。

书房被划为飞天楼禁地,并未向来此的宾客们开放。万幸须弥教曾经掌管此楼,入城之前,常清特意给了他们一把钥匙。

书房大门紧锁,这会儿又正值一片混乱,如谢星摇预想中一般,房门前空空荡荡,无人守卫。

她用钥匙轻而易举打开锁头,推门而入,嗅到一股浓郁的陈旧书香。

"我想想,常清姑娘说过,密道在第三排书架旁,只需要转动桌上的梅花花瓶。"

谢星摇循着记忆如法炮制,花瓶被顺时针旋转到第二圈,果不其然,身侧的墙壁传来一声轰响。

墙边的书架自行移开,阴影之后,是条狭窄纤长的幽寂小道。

顺着小道一路往里,抵达尽头时,就能找到被魔族封印的祭司古书。

"应该就是这里了。"

谢星摇向内张望一眼,借由修士超凡的目力,隐约见到一条长长阶梯。

她说着扭头,看向晏寒来:"里面很可能有驻守的妖魔,倘若亮灯,大概率会提早暴露——就这样下去,你没问题吧?"

这不过是一句习惯性的客套话,她本以为对方定会毫不犹豫应下,没想到回过头时,只得到一阵沉默。

晏寒来对上她的视线,双目幽深,侧脸被月色浸开冷厉棱角。

谢星摇听见他道:"抱歉。"

她一愣,晏寒来口中却是没停:"我看不清。"

"没关系,我也看不大清楚。你不会怕黑吧?就一条阶梯而已——"

她说着嗓音渐小,忽然想起楼中灯灭时,少年面上的恍惚与迟疑。

谢星摇上前一步朝他靠近,伸出四根手指:"这是几?"

晏寒来漂亮精致的瞳孔,像极蕴了冷意的玻璃珠。

他没做掩饰,答得直截了当:"看不清。"

不会吧。

谢星摇愕然收回右手，瞥一眼窗外的月亮。

月色如纱，虽被寒风骤雪吹散大半，却仍有几缕余晕坠落窗边。借着这道光线，哪怕是个练气期小修士，都能轻而易举看清她手里的动作。

晏寒来的眼睛……出了什么问题？

"小时候受过伤。"当务之急是尽快取回祭司遗物，晏寒来没作矫情掩饰，传音入密，"近日突有恶化，我没料到它已到此种地步，下去只会拖你后腿。你入密道，我留在书房布置障眼法，不让旁人察觉异样。"

书里从没写过这一茬。

想来也是，晏寒来一个标准反派角色，作者何必去写他身上大大小小的病症，只需要不断惹事，再被主角团制裁就够了。

他说得坦然，言罢忽然抬起双眼，极快地与身前的少女匆匆对视，再垂眸时，向谢星摇递来一张符纸。

"传音符。"晏寒来淡声，"一旦遇上危险，用灵力催动它，我会来。"

谢星摇笑："你看不见，怎么来？"

晏寒来似乎也极轻地笑了下："一直往前便是。不至于摔死，放心。"

书房之中的确存有隐患，须得有人时刻监守，否则一旦被妖魔发现，今晚的计划通通玩完。

时间紧迫，谢星摇也没纠结，抬手接下他递来的符纸："好。"

密道很窄。

起先还有零星几点惨白的月光渗进来，走着走着光晕渐弱，只能分辨出模模糊糊的阶梯轮廓。四下寂静，谢星摇特意用了身法，没发出任何响音。

原著情节里，独自深入地下的人是"温泊雪"。奈何他们一行人全被换了芯，战斗力大大削减，一来二去，重担落在了谢星摇肩上。

之所以选她，自然是出于战力的考量。

几人虽有原主记忆，却无原主经验，在术法的运用上只能算半吊子。这条密道里藏匿着三百年前的祭司遗物，妖魔如此看重，怎会放任它不管。

原文明明白白写过，地下共有三只邪魔，皆以刀刃为武器，能杀人于无形。

一只擅使长刀，一只精通暗器飞刀，最后一只十八般武艺样样精通，可一剑封喉。

"温泊雪"在原著里实力最强，经过上回与江承宇的死战，更是领悟了无上心法，修为大增，搭配神挡杀神的主角光环，对付它们不成难题。

至于现在，最适合应对它们的，毫无疑问是谢星摇。

阶梯漫长，空气里弥漫着陈旧与腐败的味道。四下无风亦无声，黑暗有如一只无形巨手，不动声色地擎住心脏，再猛然捏紧。

谢星摇不喜欢这样的氛围。

万幸，当最后的视野即将被黑暗吞没，于无垠暗色中，倏然现出一缕火光。

到了。

地下通道尽头，祭司遗物的存放之地，与此同时……也是妖魔齐聚的巢穴。

隔着老远，谢星摇已能嗅到令人不适的血腥味。

飞天楼，乃是邪魔残杀百姓的密园。

她一步步往前，血腥气渐浓，昏黄烛光摇曳不休，屏息去听，能听见囫囵啃食的声音。

下一瞬，一把飞刀迎面而来，直入谢星摇面门——

闪避！

身体的本能促使她侧身躲闪，飞刀未能命中，落地发出叮当脆响，当谢星摇再抬头，撞进三道不善的视线。

这是三个入魔的妖修。

烛火映照之下，三只妖物的相貌时暗时明，清晰可见布满血丝的通红眼珠，口中沾满血污的骇人獠牙，以及双足之下，被随意丢弃的黏腻血肉。

饶是谢星摇，也看得浑身一阵恶寒。

左侧刀客猛地一拍桌，面上青筋暴起："何人？"

谢星摇没心思出言应答，默然环顾四周，视线凝在角落里的一簇暗光。

有十分明显的灵气波动，想必正是古祭司遗物。

少女眉心一动："来取这个。"

"想要它？"中间的剑修阴惨惨冷笑，"怎么，区区一个小丫头，也敢来此处撒野？你是怎么进来的？"

右侧最年轻的男人为他斟上一杯酒，言语之间尽显讨好："不劳大人费心，我们来对付她便是。"

这三只妖魔都没隐藏修为，谢星摇探出神识，预估三者皆在筑基巅峰。

被称作"大人"的剑修实力最强，应是半步入金丹，进阶指日可待。

"小姑娘是哪家仙门弟子？看起来细皮嫩肉，竟叫我不大舍得吃……应该瞬杀还是慢慢折磨？"

不等她有所回应，年轻男人话音方落，已亮出手中飞刀："要想躲开我的飞刃，那可不容易。"

"我的刀分明才是最快。"另一边的刀客亦是杀气腾腾，狞笑着拔刀出鞘，刀刃映出血一样的火光，"小妹妹，到时候可别哭——真可惜，这地方又深又偏，无论你怎样求救，恐怕都不会有人听见了。"

"行。"年轻男人咧嘴，露出血色尖牙，"那就来比一比，咱俩谁先杀了她。"

两妖说罢对视一眼，仿佛将谢星摇看作了比试的靶子，电光石火之间，赫然亮出两道寒光。

坐在中间的剑修懒懒靠于椅背，欣然成为这场屠杀游戏的唯一观众，心中暗自思忖，获胜者会是哪一方。

然而出乎意料地，他既没见到飞刀迸发出的寒芒，也没感受到长刀如风的杀气。

当两妖话音落下，纷纷将手中刀刃舞出纷繁复杂的残影，刀光剑影变幻不休，谢星摇却只是静静立在原地，始终没出声。

随即响起的，是一声他从未听过的闷响。

——"砰"。

当初商量作战计划时，所有人一致同意，让谢星摇对付这三只妖魔。

它们清一色擅长使用冷兵器，统一的特点是，都很快。

飞刀迅疾，长刀迅猛，宝剑能做到一剑封喉，想必同样是一击制胜。

当时的月梵啧啧摇头："天下武功唯快不破。不过要说最快，这三位显然都不够格。"

没错。

冷兵器哪怕再快，也永远无法避免自身的局限性，任它刀剑如何挥如何舞，都不可能胜过它们公认的克星。

在同等修为下，刀与枪，究竟谁更胜一筹。

十米之外，枪快；十米之内——

枪又准又快。

枪声响起，正要甩出飞刀的年轻男人轰然倒地，两眼之中嚣张褪去，徒留满目震惊与悚然，不过刹那，胸前绽开大片血花。

另一边，长刀化作残影，干刀客手中猛然斩下，恰在此刻，又是一道闷响。

这不可能。

独坐一旁的剑修目眦欲裂：他们皆以身法闻名于妖魔界，怎可能连她的衣角都没碰到……便被贯穿了胸口？

他甚至看不清那道火光的动作！

闷响之后，刀客颓然倒地。

眼见剑修露出惊异之色，谢星摇步步靠近，朝他温和地笑笑。

在和江承宇的那场决战中，她曾尝试着把灵力汇入子弹，效果十分显著。

没有灵力加持，它只是一件颇为新奇的凡俗之物，正如世上所有普通的刀与剑，看似锋利，实则很难对修士造成伤害；可一旦融入灵力，就能脱胎换骨，名正言顺地成为一种全新的法器。

用游戏术语来讲，大概类似于附魔。

穿透力极强、速度极快、杀伤力极大，在同等修为的灵力之下，枪支终于能和刀剑重新站在同一起跑线上。

而毫无疑问，枪械是绝对的佼佼者。

至少在大家都很菜的筑基期是这样。

"你……你究竟是何人……"剑客拔剑而出，匆匆后退几步，手腕翻转之间，剑锋舞出道道残影疾光，于身侧形成一片凌厉杀机，叫人近身不得，"你杀不了我！"

从未见过如此迅疾的法器，他明显被骇住了。

"是吗？"谢星摇面不改色，指尖压下，又开出砰然一枪，精准打在他握剑的手腕上，"其实吧，三位看起来皮糙肉厚挺恶心，还真叫我不太想碰，让我想想，应该瞬杀还是慢慢折磨？"

无比熟悉的句式，似曾相识的语气。

这女人分明在模仿他们讲话，将之前的挑衅如数奉还。

到底谁才是杀人不眨眼的恶劣反派啊？就算斩妖除魔，也麻烦你拿出点儿仙门正道的气度好不好？

长剑应声而落，剧痛之下，剑客浑身一抖："此乃禁地，若是……若是杀了我，魔君定会让你死无葬身之地！"

"是吗？"谢星摇嗓音懒懒，被他逗得一笑，"好可惜，这地方又深又偏，无论你怎样求救，恐怕都不会被那位魔君听见了……奇怪，这句话是谁告诉我的来着？"

她说罢一顿，看向男人因恐惧而通红的眼眶："哎呀，你哭啦？"

……这是他们的台词吧！

剑客又气又惧，竭力试图看清她的动作，却毫无办法。

太快了。

这是远远超出他想象的速度，眼前的姑娘横竖不过筑基，怎会拥有如此强悍的实力？

"求你……求你别杀我。"他用尽最后的力气继续后退，仓皇之间，颤抖着惧声开口，"你……究竟是谁？"

"我？"来到他身前的姑娘歪歪脑袋，乌发垂落，轻柔蜷在胸前，"普普通通，修为只到筑基，比较厉害的，其实只有我手里的这东西而已。不过嘛……"

在意识的终点，他听见最后一声砰响。

硝烟，疾风，裹挟着火焰的味道，还有一道似笑非笑的低语，一如邪魔们面对人族求饶时的语气。

"这位大人，时代变了。"

砰响过后，一切喧嚣归于寂静。

密室之中只剩烛火摇曳，暗影盘旋，更添沉沉死气。三只邪魔了无气息，而在他们身侧的角落，躺着几具人族的惨白骨架。

谢星摇喜净，心中默念除尘诀，将浑身上下的血气清扫一空。

妖魔的尸身被咒法碾作尘土，而她掏出储物袋，从中拿出几件干净衣物，遮掩于人族尸骨之上。

她如今没法子将他们带走，唯一能做的，只有为逝者们献上力所能及的哀悼与尊重。

接下来——

少女目光微动，缓步上前。

古祭司遗物被安置在密室角落，掀开最上一层黑布，露出一个紧锁的铁笼。

谢星摇仔细看过原著，知晓有这么一个机关，在碾碎妖魔尸身之前，从剑客衣物里找到了钥匙。

钥匙严丝合缝地深入匙孔，伴随"咔嚓"一声轻响，铁笼倏然打开。

这一切进展得无比顺利，谢星摇长出一口气，速速伸出手去，拿起笼中封锁着的古书。

这本书看上去毫不起眼，外形甚至称得上粗糙，外封以最为寻常的深褐色动物表皮制成，没有任何花里胡哨、彰显尊贵身份的装饰物。

像是一本平平无奇的记事簿，无论如何去看，都与万人敬仰的救世大祭司联系不到一起。

不过细细想来，三百年前的北州群魔割据，人族沦为奴隶。在那般艰苦的条件下，须弥教的确做不出多么惊世骇俗的绝世法器。

谢星摇将它小心翼翼拿出铁笼，不承想，就在古书探出笼网的瞬息，耳边突兀响起一阵闷响——

不过转眼，笼中竟以迅雷不及掩耳之势结出阵法，魔气腾涌上袭，好似追逐花蜜的群蜂，轰然涌向她手中！

失策了。

谢星摇咬牙躲过，垂眼瞥过手里的泛黄书册，封皮之上，同样附着了一个暗色法阵。

这群妖魔想必对仙骨觊觎已久，要想寻得仙骨，这本古祭司遗物乃是重中之重。

藏于密室，派三名魔修镇守，对它们而言，这样还远远不够。

原文对这次的地下探秘几笔带过，并未详细说明"温泊雪"做过哪些准备，又留了什么后手，不过以他的修为，很可能会觉察出铁笼之中的猫腻。

这并非战斗的重点，作者略过不提，算是情理之中。反倒是她下意识地觉得再无危险，从而放松了戒备。

虽然以她这具身体的实力，也确实发现不了陷阱。

谢星摇闪身蹙眉，神识覆于阵法之上。

追踪术，只要触碰到阵法，抑或沾染法阵内的气息，便会被魔气缠身，有如附骨之疽。

翻涌的魔气汇作狂浪滔天，好似离弦之箭满蓄杀机，倏尔弓身乍起，尽数扑往谢星摇所在方向。少女灵巧躲过，踏上离开暗室的长梯。

古书放不进储物袋。

它应当被下了禁制，与储物袋彼此相斥，非但如此，还不时散发出令人心悸的阴沉暗光。

魔气循光而来,一时间有如藤蔓疯长,将地下的空间吞噬大半。谢星摇一个头两个大,匆匆拿出几块布料,将古书死死裹住。

哪怕迟疑短短一瞬,定会被卷入身后狂涌的暗潮。她不敢停下,心中思忖着解决之法。

她触碰过古书,身上理所当然沾染了魔气,要想避开追击,唯有散去这些恼人的气息。

否则等她出了书房,身后却跟着连绵不绝的追踪术法,那群妖魔只需一看,便能猜出前因后果。

到时候就全完了。

但她本身就中了咒术,无论如何清理,都奈何不了身上缭绕氤氲的黑烟;攻击身后的魔气更是死路一条,魔气被击散之后,反而分裂出更多。

恶心。

阶梯长而暗,谢星摇只能看清隐隐约约的几道轮廓,屏息前行之际,能感到身后的魔潮越来越近、越来越浓。

窒息感浓郁得前所未有,然而也恰在此刻,自楼道之上,恍惚传来一阵脚步声。

心口用力跳动的一霎,谢星摇嗅见熟悉的皂香。

然后手臂被人轻轻一拉。

拉住她的力道并不算重,却带着些许不由分说的笃定,在寂静的黑暗中,触觉感官仿佛被瞬间唤醒,脊背生出淡淡战栗。

没等谢星摇反应过来,鼻尖的皂香陡然更甚更浓——

一件外衫顺势落下,堪堪将她笼罩其中,布料温软,隐有几分残余的温度。

她心跳莫名其妙颤了一下。

"过来。"晏寒来笑意淡淡,将她推向身后,"怎么招惹了这种东西。"

尾音落下,黑暗中掠过一道冷冽刀光。

之前身在暗渊时,谢星摇见过他碾压群魔的场面,只不过因为体力不支,早早失去了意识。

此时此刻,似曾相识的威压浑然铺开。

晏寒来平日里孤僻懒散,唯独对战之时锋芒毕露,好似孤狼褪去慵然伪装,赫然现出锋利爪牙。

少年毫不犹豫地划开手腕,鲜血涌动的一霎,皆化作势不可当的凛冽杀机。

须臾,比魔潮更汹更烈的煞气一拥而起,如同黑夜中肆意啃噬猎物的野兽。

血光漫天,刺破血肉的少年却好似无知无觉,任由血流如注,指尖熟稔捻转,画出道道复杂法符。

十分符合晏寒来性格的解决方式。

要想压制无法无天的魔气……那便引出比它们更为凶残的气息。

两道咒法骤然相撞,魔气不堪重负,碎作万缕轻烟。

肩头沉甸甸的重压倏然消散,谢星摇终于能够长舒一口气,下意识拢紧身上披着的外衫。

晏寒来对此习以为常,自储物袋拿出绷带,随意缠在手腕上。

他的动作简略而粗糙,无视贯穿整条手臂的剧痛,听谢星摇悄声道:"你……就这样止血?"

"谢姑娘。"少年冷声相应,"寻常人在外风餐露宿的时候,可不会如你们仙家弟子一般,连皮外伤都要……"

他说得冷淡,一句话堪堪到了一半,整个人忽地顿住。

四下漆黑,晏寒来因疼痛微微分了神,此刻凝神稍许,竟直直撞上一双漆黑的眼。

谢星摇不知何时凑近几步,不动声色踮了脚,当他意识到这一点,同她已是咫尺之距。

他的墨绿外衫仍罩在她头顶,弄乱了几缕额前碎发,四面八方的阴影中,以他残损的目力,只能看清那双澄亮的眼瞳。

"说起来,"她眨眨眼,直勾勾地对上他的目光,"真的看不清吗?"

晏寒来不自在地侧开脸:"怎么?"

"看不见你还下来。"她没心没肺,停顿须臾,尾音含笑,"晏公子,该不会有那么一丢丢担心我吧。"

"不过是出于计策考量。"晏寒来讽刺地笑笑,"倘若谢姑娘葬身于此,麻烦只会更多。"

对方似乎很低很低应了一声"哦"。

谢星摇向来伶牙俐齿,少有这般语气含糊的时候。他疑心着自己是否把话说得太重,正要再开口,听她神神秘秘道:"伸手。"

晏寒来乖乖伸出右手。

黑暗铺天盖地,他看不清周遭景象,只知道手臂被人小心握住,继而拉开袖口。

胡乱缠绕的绷带被轻轻散去，有凉气沁入破开的伤口，随之而来的，是一道陌生温度。

晏寒来从小到大头一回知晓，原来伤口在剧痛之余，还能生出密密麻麻的痒。

他呼吸僵住，下意识地把手往回缩。

"怎么了？"谢星摇低低出声，"弄疼了？"

晏寒来："没。"

"这是疗伤用的药膏。晏公子不必多虑，我也是出于计策考量。"少女柔软的指尖轻轻擦过伤口，奈何语气并不温柔，"若是血腥气被妖魔察觉，麻烦只会更多。"

她当真很会化用旁人的言语，以牙还牙地呛人。

晏寒来心中暗嗤，却听她轻声一笑："逗你的。"

"晏公子虽不担心我，我呢，以德报怨，不愿晏公子受苦。"谢星摇也是第一次给人包扎，生涩地缠好绷带，语意悠然，"失血太多不是好事，更何况，莫非你不觉得疼？"

喜怒无常。

他早该习惯她的满口胡言，但还是听得微微蹙了眉，心口莫名发闷，如被猫爪挠过。

晏寒来觉得心烦。

绷带被层层缠好，他本想收回右手，谢星摇却没放开。

他看不清身前之人的动作，幽幽暗色里，猝然感到一缕突如其来的凉风。

如同骨血被揉作一团，痒意漫开，少年用力抽走手臂。

不愧是狐狸，头顶果然乍开几根飞翘的呆毛。

不知等他变回白狐的形态，届时再受到惊吓，会不会变成蒲公英一样的毛球。

"如果觉得疼，就往伤口吹吹气。"谢星摇看出他的仓促，收好手中药瓶，语气间溢出几分恶作剧得逞的笑意，"晏公子，没事吧？"

晏寒来冷声："这是安抚幼童的法子。"

"小孩可不会被这个动作吓跑。"

吓跑。

他习惯性地想要反驳，话到嘴边，微妙堵在舌尖。方才那道凉风来得突兀，于黑暗之中更显清晰，伤口隐隐的刺痛化作一霎的电流，叫人浑身不自在。

他收手的动作，的确像是落荒而逃。

"常清姑娘说过，若想修复飞天楼中的灯火，约莫需要半个时辰。"

谢星摇不再深究，抬头望一眼寂静长梯："先上去吧。"

楼中火光尚未恢复，书房多待不得，二人很快趁乱离开房中。

应当如何走出飞天楼，成了如今最大的问题。

"所以，"谢星摇抱着团团布料，尽量藏好怀里的古书，"你也解不开它的禁制？"

"禁制古老，绝非魔族所下。"晏寒来传音入密，"应是须弥教的术法，我们之中，唯有云湘能解。"

那便尽快去寻云湘。

谢星摇抱紧布团，用空出的左手揉揉太阳穴："我想想，她在的方向应该是……不过当下楼内混乱，妖邪皆在搜查断火之人，我们抱着这样一个布团，定会惹人生疑。"

她说罢抬眼，将四周无声扫视一番，但见男男女女目露惊惶，妖魔则是严阵以待，面带凶光。

"不妨将其藏于某处，待寻得云湘，便将她引至藏书之地。"晏寒来冷静分析，"如此一来……"

只可惜他没能说完。

当一句传音飘然落下，飞天楼内嗡声骤响。

继而便是灯火荧煌，灿如星汉——

灵力通了。

谢星摇太阳穴重重一跳，果不其然，再抬眼见到一只邪魔狐疑的视线。

她手中的布团太过显眼，引得对方好奇出声："这位小姐，不知你手中所抱……是为何物？"

言辞之间掷地有声，话音落下，立马惹来周围人的重重注视。

那场震惊全场的狗血大戏，它尚未完结。

此时此刻，人们目光凝集之处，赫然是故事的男女主人公。

又又又又一次倒大霉。

谢星摇默默看一眼晏寒来，半晌，又静静望一望手中层层叠叠的团状布料。

"是的。"苦情大戏的女主角面无表情，眼角一抽，"实不相瞒，我们有一个孩子。"

晏寒来静默无言，经过短暂一霎的怔忪后，极快稳下心神，垂眸看向谢星摇。

他们二人做贼心虚，为了避开旁人的注意，特意站在侧厅角落里。

这会儿灯火虽已恢复，但角落自成一片幽暗的阴影，谢星摇立于他身后，手中布料大大一团，叫人无法看清。

从别处乍一看去，倒真有几分像是婴儿的襁褓。

万幸，他已渐渐熟悉这个女人的思维逻辑，能循着她的思路演下去。

"正是。"晏寒来扬眉，侧身一步，将她身形大半挡住，"我们夫妻二人哄孩子入睡，有问题吗？"

此人一副懒散派头，凤目稍抬，掩不住眸子里的冷淡笑意。

看上去就很理所当然，很顺理成章，即便口中说着胡编乱造的谎言，也硬生生造出了"我有理我很拽"的假象。

或许这就是反派恶人光环。

他说话时伸出左手，看似摸了摸襁褓中孩子的脸，实则从指尖化出一张拟声符，贴在布包内侧。

当谢星摇手臂轻晃，符咒得了感应，发出低低一声轻笑："哈哈咯咯，娘亲。"

这人戏精培训班出来的吧。

谢星摇飞快睨他，明面上嘴角轻扬，露出一个含羞待放的浅笑，心中暗暗传音："拜托，婴儿，这么小的个头，能说话吗？"

晏寒来只懂杀人不懂造人，同她对视一瞬："不能吗？"

他说罢一顿，显出点儿不耐烦的自暴自弃："就当你我二人生了个天才。"

……但是一个布包"咯咯咯"叫她娘亲，真的很诡异啊！

"原来二位竟有个孩子。"有人好奇地开口，"之前……嗯……二位交流感情时，似乎并未见他出现。"

这位姐姐真是人美心善，用"交流感情"概括了那场世纪狗血大戏，可谓给足他们面子。

谢星摇勾勾唇边："毕竟当时要见几个外人，只能把孩子交由一个朋友看管……你明白的。"

外人自然是指云湘和温泊雪。

她同样说得隐晦，言下之意，是自己私下与情人会面，不可能把孩子带在身边。

有理有据，渣男贱女，出轨都出得这么理直气壮。

"那二位如今是，"另一人迟疑道，"和好了？"

"正是。"谢星摇毫无停顿地接话，"我本欲与他分开，却在那一刻，听见孩子唤了我们一声'爹爹娘亲'。"

晏寒来坑人一流，奈何对感情戏的桥段一窍不通，闻声略略颔首，含糊开口："……稚子何辜。"

"看见孩子，让我们想起曾经相爱的时候。"思及在二十一世纪看过的诸多"合家欢"作品，谢星摇抿唇笑笑，抓住身旁青衣少年的袖口，"我与夫君长谈一番，既然二人都有错，不如给彼此一个机会，重新来过。"

晏寒来似乎很认真地思考了一下。

晏寒来传音入密："谢姑娘，私以为这种理由难以服众，常人理应一刀两断。"

笨，你懂什么。

电视剧里都这么演，不管前几十集经历过出轨冷战还是争执互殴，到最终结局的时候，双方定会重归于好，美其名曰"重新来过"。

看见这种情节，观众顶多吐槽一句"离谱"，但渣男贱女的心思，没谁能猜透。

谢星摇加大力道，轻轻捏了捏他的手腕："别打岔。"

不出所料，侧厅中短暂一静。

狗血的吸引力远远大于对那团布包的怀疑，沉默半晌，终是有人强颜欢笑，朗声开口："二位还真是……祝福，祝福。"

另一道讪笑紧随其后："尊重，尊重。"

晏寒来本以为他懂了，但这个修真界，他似乎还是不太懂。

侧厅之中宾客繁多，稍有不慎就会被察觉异样。二人商议一番，又回到了之前待过的偏僻厢房。

"按照计划，温泊雪他们应该去了正门，等着我们一并离开。"谢星摇轻咳一声，坐在角落悄悄传音："我抱着布包不便行动，在这里使用传讯符，又很容易被妖魔发现。不如你先去叫来云湘，让她解开古书上的禁制，顺便告诉温泊雪与月梵我们这边的情况，如何？"

如今也只能这么做了。

晏寒来点头："嗯。"他说罢稍停，嗓音渐低，"你万事小心。"

谢星摇笑："放心，绝对没问题。"

晏寒来不愧为彻彻底底的行动派，很快便转身离开。她独自坐在一根柱子的阴影下,轻轻打开布包一角,露出藏匿于其中的古祭司遗物。

凡是流传于世的前辈大能,个个都自在潇洒,有通天法器傍身,唯独这位三百年前的祭司与众不同,用着这么一本平平书册。

看它的材质,顶多算个中阶法器,倘若观察再细致一些,还能见到封皮上磨损的痕迹。

不过……毕竟是传说中天赋异禀、超凡卓绝的天才嘛。

谢星摇小心翼翼地合上布包,想起曾在老人家中听过的故事,那位祭司恍如神女降世,周身气质高洁不可攀,本就拥有了呼风唤雨之威,哪会在意法器的等级高低。

这间厢房地处偏僻,环顾四周,并无多少宾客入座。

有好几人认出她是那场狗血剧的女主角,由于人物设定过于离谱,围观群众虽则好奇,却无奈只敢远观,没谁上前搭讪。

谢星摇乐得清净,抱着布团做出哄小孩的动作,不消多时,耳边响起一道清脆少年音:"姐姐!"

谢星摇惊喜抬头。

是云湘。

云湘扮作了清秀少年人的模样,一双杏眼漆黑澄明,满蕴流灯光华,与她对视的瞬间,毫不掩饰眸中的欢喜与期待。

谢星摇提心吊胆地独自坐了这么久,此刻终于能脱离苦海,同样神色大喜,朝她扬起一个灿烂微笑。

一霎之间,厢房中的气氛再度诡异。

"这少年郎,"不远处的女人与好友窃窃私语,"不正是那什么吗?"

这二人表现得太过喜出望外,看那暧昧的神情,听那亲昵的语气,加之原先那位"夫君"并不在场。

莫非——

云湘机灵,很快意识到自己的身份,想起不能太过招摇,刻意放轻脚步,躬身往前。

从最初发自内心的欣喜,再到后来不得不噤声的委屈。

人们静观其变,心中已明白一切。

"这就是孩子吗?"云湘时刻牢记角色设定,上前小心接过布团,"来,快让我抱抱!"

她着实是个小机灵鬼，特意加重了"孩子"两个字的读音，如此一来，定能让旁人深信不疑。

殊不知，身后的道道视线已然越发犀利。

众所周知，眼前二人的关系并不简单，倘若孩子真是女方与丈夫所生……

这小白脸怎会如此激动，二人又为何要趁着丈夫不在，私下悄悄会面呢？

剧情峰回路转，谁能想到，掀开那层重修旧好的外衣，竟会露出一个更为震撼的惊天阴谋。

这女人从无和好之意，就连这孩子，恐怕也并非同她夫君所出！

女人，恐怖如斯！

"能解开吗？"谢星摇传音入密，"晏寒来说，这是你们须弥教的禁制。"

云湘正色："嗯。我们再往阴影中靠近一些，莫让外人察觉。"

女子与少年双双抬头，谨慎将四下环顾一圈，确认无人接近，便藏进了柱子后的阴影里。

若说没猫腻，傻子都不信。

"好啦。"

不消片刻，云湘指尖光华流转，与古书之上的深色纹路悄然相映。

在此之前，谢星摇从未见她施展咒术，如今匆匆一瞥，感应到一股澄净浩瀚、势如破竹的灵力。

云湘看似大大咧咧不谙世事，但论实力，应当更甚于温泊雪。

禁制抹去，古书终于能被装进储物袋中。

谢星摇迅速完成这出偷龙转凤，当古书自眼前不见踪影，与云湘同时长出一口气。

"时候不早了，我们快些离开飞天楼吧。"云湘压低嗓音，"我们关系微妙，最好不要同行。你留在这儿不安全，不妨抱着布团先离开，我随后出去。"

这对奸夫淫妇，开始了嘀嘀咕咕。

在场看客下意识噤声，眼睁睁看着少年郎后退一步，慈爱地摸摸布包："孩子乖，真可爱。"

而女子柔声笑笑："时候不早了，我该走了，有人在外等着我。"

有人。

男人听了会流泪，女人听了会沉默，好端端一个夫君，到她嘴里成了"有人"。

全场一片死寂，宾客欲言又止，纷纷显露颓败之色。

"我们……是不是应该让她夫君知道一下?"不久前出言问询的女人低声耳语,"看他的表现,应当仍被蒙在鼓里。"

"真……真的吗?"她身侧的好友略有踌躇,"可他一直把孩子当作亲生看待,倘若有朝一日知晓真相……与天塌有何异啊!"

她们的交谈止步于此。

因为当这句话堪堪说完,余光所及之处,厢房门前,冷然一袭青衣拂过。

熟悉的场景,熟悉的动作,熟悉的主人公。

当熟悉的男主角走进房中,外衫清冷如竹,漫溢开熟悉的葱茏绿色。

春风又绿江南岸。

梅——开——二——度。

"怎么了?"晏寒来无视身后道道目光,神色如常,"天色已晚,孩子累了,需要休息。"

事已至此,居然还心心念念着孩子。

好几个看客悲痛掩面,不敢接着往下看。

"我正要出来。"禁制除去,谢星摇心里的石头终于落地,朗然一笑,"你久等了。"

是可忍,孰不可忍。

她刚打算上前,忽见不远处一名壮汉猝然咬牙,拍案而起:"公子,你莫要被骗了……这孩子,他很可能不是你的!"

"正是。"另一名女修目露悲色,"你夫人与这位少年郎仍有往来,二人举止亲密……唉!"

晏寒来没明白他们的意思,蹙眉沉声:"什么?"

"我也看不下去了!"又一名正义群众起身而立,"都说孩子同爹娘长相相似,今日我们就来看看,这究竟是谁的孩子!"

云湘与谢星摇同时屏住呼吸。

"不是吧。"谢星摇右眼皮狂跳,"朔风城里的人,都这么好心吗?"

"是……是……是的,我们北州……"云湘咽下脱口而出的夸赞,紧蹙眉头,"咱们现在怎么办呀?"

布团里空无一物,一旦被人拿去分辨,他们到时候必定百口莫辩。

要想制止悲剧,唯独剩下一个办法。

云湘沉思片刻,垂眼,哑声:"没错。"

在所有人目眦欲裂的注视下，白衣少年握紧双拳："还记得吗？你已有整整一年未曾归家……这的确是我与姐姐的孩子！"

一段话，引爆整间厢房。

——小白脸，恐怖如斯！

为所有爱执着的痛，为所有恨执着的伤。

他已分不清爱与恨，是否就这样。

一语落毕，晏寒来面如死灰，双目无神，好似天塌。

而云湘直身屹立，神色决然，俨然小人得志的阴险姿态，傲视群雄："她之所以同你和好，不过为了继承财产，与我继续快活逍遥。"

"圆……圆上了。"云湘欲哭无泪，"这下不会再有什么幺蛾子了吧？求求各位好心人，快放我们离开吧。"

晏寒来思忖着自己应有的反应，面无表情地后退一步："不，这不可能。"

——可怜的男人，已然丧失神智，做不出表情了！

他的模样着实悲惨，眼见谢星摇抱着孩子迈步将行，不知是谁同情出声："可……也说不定呢？那孩子既会说话，证明年纪不小，要不咱们还是看看？"

万万没想到会栽在这种地方，谢星摇停下脚步，不动声色瞪一眼晏寒来："这就是晏公子想要的天才？"

晏寒来："他其实年纪很小，我们的孩子，不，他们二人的孩子是天才。"

——果然已经神志不清了，面无表情地讲出这种话好可怜啊！

现场一片混乱，孩子成为万众瞩目的唯一焦点。有不少人闻风而来，于门外探进黑黝黝的脑袋。

正是千钧一发之际，忽而听得长廊中一声怒喝："都别吵了！"

谢星摇抬眼，见到熟悉的温泊雪与月梵。

"既然诸位都已捅破窗户纸，那我也就不再隐瞒。"温泊雪迈步往前，一把夺过布包，"毋庸置疑，这是我的孩子。"

血和眼泪在一起滑落。

她的心破碎风化。

云湘后退一步，尾音颤抖："你……你说什么？"

云湘绝望传音："快快快，快把这团倒霉的布包带走！"

场面再度沸腾，新瓜接旧瓜，短短几句话的工夫，剧情辗转反复，帽子戏法。

——男人，恐怖如斯！

一语落毕，晏寒来与云湘皆是面如死灰，双目无神，好似天塌。

而温泊雪直身屹立，神色决然，俨然小人得志的阴险姿态，傲视群雄。

"我才是与佳期两情相悦之人，你们，不过是用来掩饰我俩关系的工具罢了。我算过时间，孩子出生于一年前，正是我和佳期情意正浓之时。"

温泊雪于识海中咧嘴一笑："别担心，有我在！"

他毕竟是个演员，整段话说下来一气呵成，加上最后一句颇具说服力的台词，的确能打消不少人心中的疑惑。

奈何恰是此刻，看客中有人狐疑开口："您……您莫不是温家公子？我曾在一年前远远见过您，可您那时远在中州，压根没回过朔风城啊。"

"那还是，"另一人挠头，"看看孩子的模样？"

完蛋了。

温泊雪紧紧抱住怀中布包，心脏倏然紧绷。

他们几人使出浑身解数，奈何还是逃不开这一劫。孩子他爹定在云湘与晏寒来之中，如今穷途末路，再无其他救场的人选。

他正琢磨着应当如何糊弄过去，猝不及防，又听得一声冷笑。

——厢房正门，别着"赵铁头"名牌的月梵嗤笑连连，上前几步，眸中有伪装出的得意，也有濒临崩溃的决绝。

"赵铁头赵铁头，这分明是个男人的名姓，我看上去却是女儿身。"月梵壮烈咬牙，给自己暗暗贴上一张拟声符，"你们，莫非不觉得古怪吗？"

不会吧。

温泊雪瞳孔狂震：连名字的缺漏都能圆上？

"没错。"一瞬的凝滞，当月梵再开口，厚重雄浑的中年男音有如钟磬，震惊全场，"我男扮女装潜伏于你们身边……这是我的孩子，都别碰！"

震撼他娘哭天喊地，震撼死了。

这居然……居然是大四喜！

颤抖的手，无法停止，无法原谅。

温泊雪后退一步，尾音狂颤："你……你说什么？"

"我与佳期情投意合，青梅竹马，一年之前，正是我们日日私会的时候。"厚重雄浑的中年男音器张哼笑，"我佯装成无知少女，潜入温家盗取财产，她则嫁入阎家，只等有朝一日继承家财——这孩子后背有颗同我一样的痣，他是，也只能是我的孩子。"

一语落毕，晏寒来、云湘与温泊雪皆是面如死灰，双目无神，好似天塌。

而月梵直身屹立，神色决然，俨然小人得志的阴险姿态，傲视群雄。

——男扮女装，恐怖如斯！

沉默，沉默，还是沉默。

沉默是今晚的飞天楼。

修真界民风淳朴，连狗血话本都极少见过，更不用说眼前这出狗血狂泼、不断颠覆三观的年度大戏。

良久的沉默后，终于有人骇然打破寂静。

"所以，"一名少女茫然道，"孩子的父亲，是这位……男扮女装的头公子？"

月梵："不好意思，打断一下，我不是头公子，我姓铁。"

月梵看一眼胸口"赵铁头"的名牌："……不对，我姓赵。"

她身为最后的赢家，昂首阔步行至温泊雪身旁，一把夺过他手中襁褓，中年男音厚重如山："再见，夫君。"

——差点忘了，这两人还是一起进入飞天楼的道侣。

温泊雪代入几分当事人崩溃的心态，五官痛苦，做不出表情，抽搐着嘴角哑然应声："算！你！狠！"

这是什么人间炼狱。

月梵看似入戏已深，实则异常靠谱，时刻牢记一伙人今日的使命，将布包紧紧抱住，给出一个眼神暗示："兄弟姐妹们，随我撤！"

谢星摇闻言上前，做出如愿以偿的坏女人姿态，抬手挽起月梵右臂："走吧铁头哥，莫要与他们纠缠不休。这么多年过去，我在阎家可赚到了不少银钱。"

月梵哈哈大笑："走，回我们的家，自此逍遥快活。"

万万没想到，今夜的大戏会以此作为结局。

围观群众皆是惊叹纷纷，纵观全员，竟无一人是真正意义上的纯然无辜，每个人都心怀叵测，居心不良。

黑吃黑，狗咬狗，在全员恶人的故事里，唯有最狠最毒的狗男女，才能赢得最终胜利。

他们悟了。

然而此时此刻，任谁都无法料想到，故事尚未迎来终结。

一对狗男女开开心心往外走，没出厢房，骤然听得一声怒喝。

"吵吵吵，吵什么吵，何人在此惹是生非？"

此音浑浊，渐朝厢房靠近之时，溢开满满当当、令人心悸的魔气。

小室内多为人族，见状不约而同后退几步，噤声不语。

魔气暗涌，一道高大身影映于门前，片刻后，骇然现出一张青面獠牙的脸。

飞天楼魔族齐聚，无疑是场妖魔之间的饕餮盛宴。妖魔在楼中占据绝对性的主导地位，自然不会特意化作人形。

他们这里太过热闹，吸引看客之余，也引来了一只不善的邪魔。

"我听说……"魁梧的影子沉沉压下，魔修向内张望几眼，咧嘴露出阴气森森的笑，"这里有小孩？"

"糟糕！"云湘悄然传音，"妖魔最喜婴孩的血肉……它若进来，我们必然暴露。"

她话音未落，不久前与同伴嘀嘀咕咕的人族少女忽然瑟瑟开口："小孩？哪……哪有小孩，我们分明在唱歌喝酒。"

"就是。"另一边的年轻男人打了个哆嗦，不敢直视魔修的双眼，"小孩多闹腾，哭哭啼啼最是烦人，哪会有人带进来？"

言谈之间，月梵身前的女子微微一动，用身形遮住她手中的襁褓。

"是吗？"魔修笑笑，"有没有小孩，可容不得你们来说，我的鼻子一向很灵。"

笑音森森，在场众人皆是屏息凝神。

这只妖魔的修为显然不低，听闻魔族嗜血，其中一些甚至能嗅到孩童的气息，方便将他们做成盘中餐。

魔气肆虐，穿过重重人潮，好似攀附而上的幽幽藤蔓，逐渐蔓延至每处角落。近了，快近了。

黑色雾气冷冽寒凉，渐渐贴近月梵手中的襁褓，下一刻，定是鲜血四溅，婴孩命丧当场。

好几人屏住呼吸，严阵以待，却见魔气稍稍顿住，然后——

掠过去了？

"搞什么！"一番搜寻毫无结果，魔修不屑冷哼，"抱个空布包，有病。"

魔修骂骂咧咧地走了。

然而厢房之中的气氛，不比他在场时更好。

小室又一次被沉默包裹，谢星摇红着耳朵摸摸鼻尖，瞥见门边一只小魔竖起眉头："我觉得，我需要一个合理解释——布包里究竟是什么！你们这伙人居心不良,有什么阴谋!"

它修为不高,无法嗅出婴孩独有的味道,但方才路过的前辈既然否认了孩子的存在,其中就定有猫腻。

"不会吧,这么倒霉?"温泊雪真真正正面如死灰,双目无神,"它要是察觉到不对,把这件事报告给上级,我们就全完了。"

"话说回来,我也觉得很奇怪。"围观群众里,同样有人小心翼翼地举起右手,"这位赵铁头小姐,你不是夏家的千金吗?怎么成了飞天楼里的侍女……啊,不对,侍男?"

月梵太阳穴狠狠一跳,想起自己易容后的脸,以及那块被藏进口袋的名牌。

名牌上不多不少三个字——"夏知烟"。

她早该料到,很可能会在飞天楼里遇见夏小姐的老熟人。

完蛋了。

如今才是真的无路可退,根本找不到合适的理由——但凡是精神正常的普通人,怎么可能抱着个大布包,集体上演这样一出狗血至极的烂戏?

厢房压抑而安静,处处落针可闻,连空气都是凝滞的。

在混乱复杂的心绪里,识海陡然响起一道来自谢星摇的传音:"朋友们,启动C计划。"

C计划。

温泊雪茫然应答:"我们有A计划和B计划吗?"

"你们一定能明白。"谢星摇面色沉沉,唯有双眼澄亮依旧,"想想每年,每到那一天的夜晚,我们都会看些什么。"

温泊雪与月梵皆是一怔。

他们似乎懂了。

有一种神奇的存在,能让一切不合理变得合理,将或欢脱或无厘头的剧情,老老实实禁锢在一个老套的现实框架内。

C计划。

春——晚——?

悟了。

"实不相瞒,我的确不是赵铁头女士,更不是赵铁头公子。"月梵如获新生,言语含笑,"我,名叫夏知烟,是佳期的朋友。"

"实不相瞒,我也不是温仲伯——哦,不对,我就是温仲伯。"温泊雪一声轻咳,如沐春风,"但我与宋佳期小姐清清白白,乃君子之交。"

云湘听得云里雾里,摸不着头脑,两眼呆呆,试探性接话:"那个,我……我也一样。"

人群中响起一道质疑:"那你们之前是——"

月梵:"唉。"

温泊雪:"唉。"

月梵、温泊雪异口同声:"实不相瞒,我们是受了宋小姐的邀请,特意来演一出戏啊!"

云湘:"我……我也一样?"

这究竟是什么剧情,她不懂了呜呜呜!

"不错。"谢星摇沉痛咬牙。"脚踏三条船是假的,孩子是假的,夫君,方才说不爱你了……也是假的。"

晏寒来沉默着没出声。

剧情一波三折起伏太大,他有点儿蒙。

"我知道,阎公子,你心里定在埋怨我们无理取闹。"月梵上前一步,目露忧伤,"但请你相信,佳期她有不得不这么做的苦衷。"

"阎公子,"温泊雪哀哀长叹,"你此刻是不是在想,自己日日操劳,忙里忙外,一切都是为了这个家,可妻子为何仍是不满意,要这般折腾?"

他说得直白,几乎是把台词往晏寒来脸上怼。

晏寒来不傻,闻言沉声:"不错。我日日操劳,忙里忙外,究竟哪里做得不够好?"

"忙……知道你忙。"谢星摇凄然垂头,长睫掩下眸中悲痛,"可我若是不演这一出戏,你会在百忙之中,抽出这么多时间陪我吗?"

温泊雪啧啧摇头:"我有预感,要来了。"

月梵神色复杂:"我好像,已经听到了新年的钟响和烟花。"

"你夜以继日辛辛苦苦,常常十天半个月不露面。街坊邻居都说,你定是在外拈花惹草了,但我知道,你是为了支撑起这个家。"谢星摇哑声,"可这不是我想要的生活啊。你在外吃苦,我三天两头见不到你的影子,在家担惊受怕。每天等每天愁,就连到了阖家团圆的节日,你也要出门办事——不久前的跨年夜,我坐在满桌珍馐前,身边却只有侍卫丫鬟,这是家吗?"

"人才,人才啊。"温泊雪的佩服发自真心,"居然把对晏公子那段拈花惹草的诽谤都圆回来了！"

"老天。"月梵摸摸心口，"这氛围，如果再放一首煽情的背景音乐，我DNA就动了。"

晏寒来："抱歉。我以为你过得好，会开心。"

"唉，阎公子不必道歉。"温泊雪三步并作两步，飞快上前一些，"家中难题谁都有，齐心才能共白首。"

脱口而出就是打油诗，这人是吃了多少吨小品。

月梵心下惊叹，口中却是自顾自出言接话："不错。大伙知道你很忙，有事别总自己扛。"

——她为什么也这么熟练啊！

"你苦你累，你从不和我说。明明是一家人，却总有那么多隔阂。"谢星摇拉住少年衣袖，又一次抹去眼角并不存在的泪珠，"我只能谎称自己有了孩子，再找些朋友陪我演完今日这出戏，只有这样，你才能多看看我，多关心关心我们的家。"

谢星摇："今日多陪陪我，好吗？"

晏寒来：他麻了。

纵观全局，现场围观的人们，终于明白了一切。

表面看似是渣男贱女你来我往，然而揭开这层虚伪外壳，背后的原因竟如此令人暖心。

人群之中，有人擦拭通红的眼眶，也有人轻轻鼓掌。

温泊雪面露微笑，靠近二人身边："今年的故事特别多，真心的话呀你直说。"

"有人才有家，有爱才团圆。"月梵连连点头，笑得慈爱而释然，"有事别总藏心里，家人理应在一起——大伙你们说，是不是啊！"

无比单纯的修真界围观群众："是——！"

云湘答得最大声："我也一样！"

这午夜梦回般的熟悉互动。

谢星摇单手掩面，艰难传音："……这打油诗说的，你们真牛。"

温泊雪痛苦握拳："谁不是被生生熏陶了二十多年，一路熏过来的呢。我快臭了都。"

月梵神色恍惚："回凌霄山之后，让大师兄给我们做顿饺子吧。"

"对了，佳期刚不是说，跨年时阎公子没回家吗？正好，新年刚过去不久，我家还有不少食材存货，不如就补上这错过的团圆佳节。"月梵开口，熟练得叫人心疼，"走，一起离开飞天楼，去我家吃顿年夜饭吧！"

再看不远处围观的人群，已然不约而同地纷纷退让，为他们让出一条回家的通路。

狗血的尽头，原来不是渣男贱女。

而是春晚合家欢。

云湘仍然处在半蒙状态，见状眨眨眼，无比期待地传音入密："怎么了怎么了，吃年夜饭吗？什么时候？"

"吃什么年夜饭啊！"月梵一把拉住她的胳膊，"快跑！"

谢星摇走出飞天楼时，迎面撞上一阵呼啸而过的寒风。

疾风凛冽，刮在面上有如刀割，这并不是多么舒适的感受，却让她长长呼出一口气，无比雀跃地加快了脚步。

"我们出来了？"

云湘在心中细细捋清事情经过，终于有些明白了其中套路，双目粲然弯起："好厉害好有趣！我方才好几次被吓得不敢呼吸——没想到居然能把一切圆回去！"

月梵拍拍心口："多亏摇摇能想到这个法子……佩服佩服。"

她当真是把具体问题具体分析落到了实处，从狗血大戏到合家欢，每一步都走得叫人连连惊叹。

"所以，"云湘摸摸肚子，念及飞天楼中的对话，隐约显露不舍之意，"年夜饭没有了。"

"年夜饭算什么。"月梵大大咧咧揽上她肩头，"摇摇她大师兄做菜一绝，等我们解决了朔风城里的事，大可带你去凌霄山，尝尝他做的美食。"

温泊雪颔首应声，同样露出向往之色："绝对不比年夜饭差。"

云湘闻言一怔，用力点头："好！"

"话说回来，"温泊雪不知想到什么，微微挑起眉梢，眼皮上撩，"晏公子的演技真是不错，接戏接得顺畅，反应甚至比我更快。"

晏寒来本是一言不发听他们侃大山，猝不及防听见自己的姓氏，于黑暗中安静抬头。

此刻天色昏暗，月亮被浓云吞噬大半，除却几缕残絮般的月光，街边只剩下淡淡交错着的流灯光影。

他穿着近乎沉黑的青色外衫，衣料单薄，衬出少年人瘦削挺拔的脊背腰身，面部轮廓亦是冷冽，裹挟了生人勿近的傲。

和另外几个叽叽喳喳的小伙伴相比，他仿佛被隔绝于夜色之中，与周身一切格格不入。

直到温泊雪一句话出口，才将两个空间浑然融为一体。

"对哦。"云湘不了解此人性子，只当他是个沉默寡言的可靠同伴，"晏公子的反应总能比我快，稀里糊涂演到最后，我都快捋不清楚逻辑，他却可以行云流水地接话。"

"确实。"月梵轻抚下巴，"我还以为晏公子定会一本正经，不愿随我们胡说八道——没想到演技超群，手握戏眼大权。"

温泊雪有感而发，悄然传音："晏公子模样好看，演技也如此出色，如果生在二十一世纪，当演员肯定比我有前途。"

"他的性格，恐怕不适合演戏。"谢星摇却是笑笑，"否则保不准哪天你就能看见热搜第一条，'当红影星晏寒来出言不逊，暴打片方'。"

这人的性子古怪又孤僻，要他抛头露面，必然不可能。

她说着侧眸，瞥向不远处那件鸦青外衫。

晏寒来身形颀长，宽肩窄腰，衣架子般将它撑得恰到好处，但不久之前，这件衣服曾披在她身上。

这个念头来得莫名其妙，谢星摇皱皱眉，把它抛之脑后。

甫一抬眸，居然见到晏寒来极淡地看了她一眼，在视线相交的刹那，少年不动声色地挪开目光。

他瞧她做什么？

谢星摇思忖一瞬前因后果，倏尔抿唇笑笑，足步轻挪，靠近他身旁："晏公子，想让我也夸夸你呀？"

少年回以一声冷哂："谢姑娘想象力天马行空，或许能靠撰写话本发家致富。"

他仍是平日里常见的不讨喜模样，说起话来好似刺猬，谢星摇被小刺轻轻一戳，面上却并无羞恼。

她已经找到同晏寒来相处的诀窍——他愈是嘴硬，她便越发纵容，只要顺着他的心意，凶巴巴的冷硬刺猬便会瞬间瓦解，最终落荒而逃。

"说得也是。"谢星摇慢悠悠行在他身侧，往手心哈出一口热气，"其实吧，我也觉得晏公子挺厉害的。"

晏寒来别开脸:"谢姑娘无须刻意讨好。"

"真心话呀。"她扬唇笑开,"晏公子莫要妄自菲薄,今日若非有你的临场发挥,我们一行人定会暴露身份。那些话怎么说来着,足智多谋、能文能武、随机应变,很厉害的。"

谢星摇说罢抬眼,飞快与另外几人交换一个眼神:"——对吧?"

月梵与温泊雪啪啪鼓掌,云湘笑得眉眼弯弯,跟着二人的动作,生涩地拍起手来。

好一群仙家弟子、名门正派,他看他们倒像是魔道中人。

心烦意乱的狐狸无言蹙眉,只当不认识这伙人。

他们顺利取得古祭司遗物,接下来需要做的,便是等云湘施展术法,与遗物中的须弥血统生出感应,再经由古书,找到藏匿神骨的位置。

"毕竟过去了三百多年,祭司不断更改,感应血脉会花去一些时间。"温泊雪想起原文剧情,若有所思,"今日飞天楼乱成一锅粥,妖魔心觉不对,必然会去探察书房。它们发现古祭司遗物不见踪影,肯定就在不久之后。"

"也即是说,不久之后,妖魔便会在全城范围内大肆搜查。"月梵沉声,"像这样大大咧咧待在城中,铁定不会安全。我们不如先行出城,去须弥教的地盘慢慢研究。"

如今也只能这样了。

谢星摇点头:"好。"

今夜风雪正盛,冷意凌然如刀。

朔风城中尚有一些人间的烟火气息,置身于暖光之中,不会觉得太过寒冷。然而一旦出了城门,便有来自荒野群山的冷风呼啸而至,寒气森森,几欲刺入骨髓。

谢星摇纵使用了法诀,还是被冷得一阵哆嗦。

须弥教藏身的山洞位置隐蔽,加之用了等级颇高的障眼法,更是完美融入雪景之中,难以分辨出清晰轮廓。

得知一行人取得古祭司遗物,常清姑娘下意识笑了笑。

她年纪不大,生有一张清丽温雅的面庞,奈何朔风城突逢大变,人人皆是苦不堪言,身为苟延残喘的幸存者,比起微笑,她更习惯于沉下脸色,不自觉蹙起眉。

"我有一事想不明白。"谢星摇飞快蹿进洞穴，靠近一簇温暖火光，"既然须弥教有古祭司遗物在手，为何这么多年过去，一直没用它感应仙骨？"

"我们曾经尝试过不少次，但仙骨气息太弱，每次皆以失败告终。久而久之，也就放弃了进行感应。"常清敛眉摇头，"直到魔族攻城，我们才听说仙骨之力得以复苏，甚至被魔君察觉了气息。然而当夜事态紧急，须弥教皆在竭力屠魔，根本来不及感应。"

"等我们找到仙骨，落川的支援应当也能即日抵达。"云湘迟疑片刻，缓声道，"待一切准备妥当，我们便攻入朔风城。"

常清如释重负："多谢大祭司。"

她心中藏了心事，不消须臾，忽而再度开口："请问——"

这两个字轻轻吐出口，迟疑停在舌尖。

谢星摇看出她矛盾的神色，温声接道："常清姑娘，可是想询问关于你兄长的事情？"

常家兄长叛逃以后，几乎成了家中不可谈及的耻辱禁忌。当初向一行人提起常欢，她并未抱以太多希冀，没想到谢星摇牢牢记在了心中。

常清一怔，朝身后看上一眼，确认无人靠近，无言点头。

谢星摇道："我在飞天楼里问过几个侍从，可曾听说'常欢'的名姓，他们皆称他是须弥教分坛祭司之子，至于更多去向，就全然不知了。"

眼前的年轻姑娘沉默稍许，似是早有准备，无奈笑笑。

"妖魔攻城，我们狼狈出逃之后，我托不少人问过他的去向。"常清压低声线，"叛逃之人，往往会在魔族那边觅得一个小差事，但他仿佛一夜之间消匿了行踪——"

她说着长睫一颤："后来我才知道，妖魔压根看不起那些叛逃的人族，其中不少人在宣誓效忠以后，便被他们当作食物吞吃入腹了。"

月梵心下一动，好奇抬眼："常清姑娘，听起来和兄长关系很好？"

"毕竟是一家人啊。"常清笑，"我哥对须弥教生不出兴趣，平日里最爱捣鼓咒术阵法和一些小玩意儿，为此事常同爹娘生出争执。不过……你们看，这手环便是由他所做，上面附了些复杂的咒法，能根据天气冷热调节身体温度，冬暖夏凉。"

她说着抬起右手，少女手腕白皙精致，环绕于其上的，是串银白色小链。

谢星摇用神识探去，果然有纤盈灵力悠悠不绝，四下尽是刺骨寒意，手链却有暖意散开。

"爹爹觉得他吊儿郎当不务正业，其实……"

常清细语出声，然而话未说完，便听身后一道低斥："常清！"

这声音来得毫无征兆，谢星摇被吓得挺直身板，循声望去，对上一双凶冷的眼睛。

"家丑不可外扬，你想叫人看笑话吗？"

中年男人跨步而来，衣袂拂过萧瑟空气，引来一阵冷肃寒风。

目光极快掠过常清，望向另外几人时，男人面上浮起一丝苍白淡笑："小女多言，诸位还请见谅。"

也许是见他们欲言又止，男人重重咳嗽几声，哑声解释："各位有所不知，常欢性情顽劣，与须弥教多有不和，甚至曾口出狂言，诋毁须弥。我们供奉多年的古祭司遗物……便是由那孽子亲手交予魔族。"

常清闻言面色灰白，垂眸咬牙。

温泊雪一愣："由他？"

"那日天象大乱，临近深夜，魔气冲天。我们皆知大祸临头，妄图以命相搏，不知多少人为此被挫骨扬灰。可常欢——"男人眸色骤沉，"他察觉到不对，立马闯入供奉遗物的禁地，待得魔族攻来……是他捧着古书，将其送入妖魔之手。"

"倘若仅是叛逃，或许还能找些迫不得已的理由，奈何有了这一行径，便再也寻不出借口。"

月梵觉察出气氛尴尬，尝试着转移话题："对了，我有一事不明。"

见男人扭头，月梵凝神正色："既然妖魔拿到了古祭司遗物，据我所知，有好几个须弥教的教使于当夜叛逃。他们同样习过须弥咒术，应当能与仙骨生出感应，为何直到今日，妖魔仍未找到藏匿仙骨的位置？"

"这也是我想不通的地方。"男人蹙眉，"或许他们血脉不纯，咒术不精……无论如何，只要邪魔尚未寻得仙骨，我们就还有反击的机会。"

他话音方落，角落里的云湘突然惊喜开口："找到了！"

"这么快？"

温泊雪心下一惊："确定没问题吗？"

血脉感应的术法并不简单，他记得在原文里，云湘用了整整一炷香的工夫，才从中窥见仙骨所在。

云湘已褪去易容术，恢复了平日里清秀少女的模样，闻言扬起下巴，颊边碎发悠悠一晃："当然啦。你们看，这道蓝光指向北方，预示我们应往北走。"

谢星摇循声望去，果真见到一道幽蓝色细线徐徐生出，似有似无地飘浮于半空。

"我已与仙骨有了神识交汇，即便没有细线，也能自行寻见它的方向。"

云湘踌躇满志，眉宇间满溢稚嫩少年气，说罢扬眉笑笑："大家随我来吧。"

说老实话，从一处温暖的小窝迁徙到空旷荒野，四面八方寒风阵阵，无异于自天堂堕入地狱，堪称人生痛苦之事。

谢星摇往手心哈出几口热气，跺跺脚边厚沉沉的积雪："还远吗？"

那条用来引路的蓝色细线过于明显，为了防止被魔族发现猫腻，云湘消去了蓝光，只凭识海里的印象赶路。

晏寒来瞟她，似笑非笑："谢姑娘刚来北州见到雪，可不是这副模样。"

谢星摇面不改色，理直气壮："我就是喜新厌旧，晏公子头一回知道？"

"快到了。"云湘笑笑，"几位之前都未曾见过下雪吗？不妨试试打雪仗堆雪人，我在北州生活这么久，至今觉得雪景很是有趣。"

谢星摇只在影视剧里见过打雪仗，自是欣然应下："好！"

此地多是平原，北方则被巨大的吞龙雪山横贯东西。

连天大雪无处不在，于天边织出密不透风的巨网，放眼望去苍茫无垠，也难怪魔族寻不着仙骨。

当众人渐渐靠近吞龙雪山，顺着连绵山道徐徐深入，绕过不知第多少个岔道口，云湘终于停下脚步，抬眼四下打量："到了。"

她说着往前，手中古书发出嗡然轻响，伴随一道法诀掠过，眼前积雪轰然消散，竟现出一处隐蔽山洞。

谢星摇往前一步，借着晦暗天光，隐约看清洞穴中的景象。

——以及充斥整个鼻腔的，浓郁陈旧的血腥味。

第五章 再相逢

仙骨被带回须弥教时，天色已然暗得看不清前路。

谢星摇心知晏寒来目力不佳，不动声色地拿出手电筒，握在手中拿了整整一路。

侥幸存活的须弥教众听闻仙骨得以取回，纷纷面露喜色，结伴前来道谢庆贺。

谢星摇却是神色沉沉。

取回仙骨，接下来只需等待落川的支援到来。魔族得不到仙骨倚仗，届时必然落败。

常清坐在主厅石桌旁，听父亲拖着病体连连致谢："只要此物不落在魔族手中，我们便有九成把握。诸位道长、大祭司，今夜辛苦。"

温泊雪连连摆手："前辈不必道谢，寻找仙骨本就是我凌霄山的任务，反倒是我们要多谢须弥教。"

他说罢稍停，迟疑道："对了，还有一件事……"

他语气犹豫，踌躇着不知应当如何开口，常母见状笑笑，温声安慰："小道长有话直说，无论什么要求，我们定会竭力满足。"

温泊雪挠头，没来得及措辞，便听身边的月梵低声道："我们见到了常欢。"

石桌对面的三人皆是愣住。

"我们一直疑惑，为何魔族寻不见仙骨所在。"谢星摇道，"……在藏匿仙骨的山洞，我们见到了他。"

"他？"对桌的男人目光倏凛，声调冷硬，"道长们的意思，是魔族催动了感应之术，却因他的掩藏，没能找到仙骨？常欢小小年纪，修为低下，若想骗过魔修，除非……"

他说着顿住，似是意识到什么，剩下的言语全没出口。

世间万物有灵，其中灵力最盛，乃是生灵血肉。

正如晏寒来总以鲜血为符、妖邪以血肉为食，要说天下何种咒法最强，定是令寻常人闻风色变的血咒。

以身为符，以血作咒，献祭生灵性命，轻则越级杀人，重则逆天改命。

当他们走进山洞，幽幽血气之下，是一道早已没了气息的人影。

当夜妖魔攻城，百姓全然来不及反应。

先是攻破城门，屠尽须弥，再借由古祭司遗物夺得仙骨，自此修为大增，北州之内再无敌手。

凭借朔风城里的修士，败给邪魔只是时间问题。而当城破之际，遗物定是它们的首要目标。

无论如何抵抗，古书必然会落入妖邪之手，既然这是条必败的死路，那不妨尝试一条更为危险、毫无回转可言的绝途。

先感应出仙骨所在，再在妖魔动身之前，封锁仙骨的九成气息——

若非来自落川的大祭司，绝无可能找到藏身之地。

而这一切的前提，是活下去。

古书注定被夺，那便将它当作一个活命的筹码，由他亲手献上。

这是一出生死攸关的豪赌，好在他是最后的赢家。

"常欢以身祭阵，封锁了仙骨与外界相通的气息。"谢星摇道，"他执念未消，留有一丝魂魄在仙骨旁侧，见到云湘后，才消去影踪。他拜托我们告诉三位……"

那时的洞穴寒气扑面，血渍重重，于地面汇作一道复杂阵法。

常欢的确精于此道，阵法繁复精巧，是她从未见过的高阶咒术。

陌生青年气息不再，徒留一抹暗淡影子，见到他们时咧嘴笑笑，如释重负。

"我爹是须弥教分坛的祭司，从小叫我做这做那，想从我和常清之间选出一个继承人。"洞穴中的黑衣青年撑着腮帮，坐在角落里的磐石上。

"我不喜欢须弥教的规矩，也不爱念书写字，从小到大没少和他吵架。他总爱说些很久以前的故事，什么神女救世，什么三百年前的生死之战，我吧，老是顶嘴说他很烦。"

四下幽暗无光，谢星摇能见到他的影子在一点点消散。

青年对此却毫不在意，漆黑的眸子清清亮亮，好一会儿才继续说："劳烦诸位告诉他，我一直在听。"

倔强固执的男孩生性顽劣，自幼不服管教，独来独往。父亲一遍遍告诉他前人的故事，例如古祭司舍身屠魔的决意，又或是祭司们世世代代的传承。

男孩总是置若罔闻，同父亲争执不休。

可他一直把它们牢牢记在心上。

"不过说实话，老爹讲故事的水平真的很烂。"在即将消逝的最后一刻，常欢垂眸扬起唇角，"他和娘亲老是唠叨别人的故事，其实在我看来……他们就是最好的祭司，不比任何人差。"

他说："还有常清，劳烦转告她，多笑笑，我妹妹笑起来比谁都漂亮。"

而今烛火摇曳，被端正摆放于桌前的神骨散发出莹莹白光，一向肃然的夫妻默然无言，眸中倒映徐徐火光。

谢星摇垂下视线，透过二人袖口，望见一模一样的银色小链。

这是常欢赠予家人的礼物，他们口中斥责着儿子不务正业，直至此刻，却一直将它小心翼翼戴在手中。

或许常欢从不知晓，这对冷肃寡言的夫妇同样将他珍藏于心，在收到手链的一霎露出过由衷的微笑。

他们是彼此未曾言说的骄傲。

"臭小子。"男人垂头，黑睫遮住通红眼眶，"……还是这么不守规矩不听话。"

他用了寻常斥责的语气，临近句末，嗓音已被哽咽吞没。

夜色幽深，烛火重重间，偶有冷风拂过。

谢星摇静静抬起双眼，透过洞外万千风雪，望见那座遥远的城池。

偌大的修真界，天赋异禀的大能名扬四海，除此之外，也总有那么多名不见经传的小人物。

心怀希冀的修士以命相搏，最终被妖魔斩于刀下，只留下块块冰冷名牌。

手无缚鸡之力的人们置身于饕餮盛宴，性命危急关头，亦会有一个个平民百姓挺身而出，用谎言守护即将沦为食物的婴孩。

街边的霜花糕店一直开在那里，世事仿佛从未有过改变，店主却再也无法见到那对总是结伴而来的小夫妻。

真正的阎公子和宋小姐，早就死在了那场盛宴的前头。

今后或许不会再有人记得他们的名字，但无论如何，他们都曾真真切切存在过。

"好冷啊。"温泊雪仰头望向无边夜色，看着雪花兀自出神，"不知道到了明天，会不会暖和一些。"

"一定会吧。"谢星摇握住一道霜雪似的冷风，"等到明天这个时候……朔风就又是人族的城了。"

仙骨。

谢星摇举起右手，细细端详手中那根硬挺修长的骨头。

仙骨当之无愧一个"仙"字，通体晶莹澄亮，并非如寻常之人那般灰白的骨骼，乍一看去，泠泠然好似剔透水晶。

淡淡灵力萦绕其上，于月色下映出缕缕白芒，可比雾里玲珑。

"这就是传说中的仙门圣物？"云湘睁着杏眼好奇观察，"我听说仙骨难求，往往几百上千年才能出来一个——这应该是当世仅存的一份了。"

"用神识探察的话，的确能感应到灵力复苏的趋势。"温泊雪点头，"万幸此物没落入魔族手中，否则就算落川的支援赶来，恐怕也很难夺回朔风城。"

仙骨莹莹，将神识覆于其上，能感应出由它蕴藏着的浩瀚灵潮。

沉睡的仙骨已然是一件高阶法器，而今待它渐渐苏醒，威力越发强大，一旦被心怀叵测之人夺去，定将酿成不可挽回的恶果。

好在有人于千钧一发之际护住了它。

"朔风城里的那群魔族……"月梵叹一口气，垂眼望向云湘，"落川的支援，应该快到了吧？"

云湘长睫倏忽一颤，正色点头："无论何时，须弥定不会置百姓于不顾。"

他们不便打扰常氏一家，特意来了山洞外头。荒原寂静，处处朔雪寒风，许是想起今日所见的一切，百无聊赖间，气氛难免有些压抑。

正值沉默之时，远处城池的天边，忽然划过一簇澄黄光团。

光团出现得毫无征兆，自幢幢楼宇的阴影中悠然飘荡，混沌雪夜仿佛成了一片寂然深海，而它是徐徐荡漾着的月亮影子。

谢星摇凝神望去，认出那是一盏灯。

灯火粲然，好似一把利刃出鞘，瞬息刺破无边黑暗。紧随其后，是悠悠而来的第二盏、第三盏。

温泊雪难以掩饰心中惊讶，怔然出声："这是……"

"落灯节。"云湘循声抬头,眸中倒映出漫天火光,"这是我们北州的传统。相传在每年的今日,将心愿寄托于明灯之上,不久便能实现愿望。"

她说罢沉默良久,忽而迟疑开口:"你们……想去看看吗?"

过去这么一段时间,妖魔定然发觉了书房里的遗物失窃。

他们在飞天楼里闹出那样大的动静,八成沦为了魔族捉拿的头号对象,假身份不能再用。

由于不必伪装身份进入飞天楼,几人并未易容,而是寻了处僻静的城墙,利用身法悄悄潜入朔风城中。

魔族肆虐,街边比起往日萧瑟非常,然而放眼望去,仍能见到几家贩卖飞灯的商铺。

谢星摇四下环顾,居然见到了那日卖画的婆婆。

他们一行人并未易容,相貌与当日相去甚远,老人虽与她的视线短暂相交,却只是温声笑笑,没过多表示。

老人当天卖画,今天卖灯,摊位前摆放着不少形态各异的飞灯,身侧则站着个年轻男人,是她受伤的儿子。

"婆婆。"谢星摇朝着摊位靠近几步,目光流连于几只形貌精巧的兔子、金鱼和猫咪,"这些怎么卖?"

老人见她温和有礼,展颜应道:"若是喜欢,拿去便是。"

月梵一愣:"不要钱?"

"小手艺罢了。这街头巷尾,无一人是收取灵石的。"老人笑笑,"城中逢此惊变,谁家没几个愿望。"

她语意隐晦,谢星摇却明白了言外之意。

如今妖魔肆虐,朔风城里人人自危。

若想活命,乖乖躲在家中便是,哪需抛头露面,在街头巷尾贩卖这般显眼的飞灯。

百姓们之所以自发走出屋门,冒着被邪魔吞吃入腹的风险,摆出一个个亲手制成的飞灯,是为铭记朔风城自古流传的信念。

——城门被破,人们最大的心愿,唯有逼退邪魔,还朔风平安。

他们不似修士力能通天,也不如儒者出谋划策,今时今日,每一盏渐渐升空的明灯,都承载着他们不屈的祈望。

这是整整一座城的反抗。

谢星摇视线辗转，掠过一只只憨态可掬的浑圆飞灯，忽而一愣，扬起眉梢。

晏寒来立于她身侧，察觉到身边那人蓦地伸出右手，下意识垂下长睫，循着她的动作望去。

不过须臾，少年眉心重重一跳。

谢星摇五指白皙纤细，许是太冷，骨节沁开淡淡粉色。

她动作飞快，指尖所触的方向，赫然是一只圆滚滚的胖狐狸。

绝非错觉，晏寒来听见她发出一声轻笑。

"姑娘好眼力，我最是中意这只狐狸。"婆婆身侧的青年扬唇道，"我娘却觉得它太胖，瞧起来有点傻。"

"胖点儿好啊。"谢星摇捧起飞灯，捏捏狐狸胖嘟嘟的脸颊，"越胖越好摸，还有一条大尾巴。"

晏寒来抿唇，别开双眼不再看她。

"奇怪，这是什么？"温泊雪俯身看着摊点角落，拈起一颗碧绿色圆石，"我好像……曾经见过它。"

月梵凑上前，一眼将它认出："这不是白小姐送给摇摇的碧流吗？"

他们解决江承宇后，白妙言离去之时，特意相赠一条吊坠作为谢礼，吊坠顶端的石头，便是名为"碧流"。

谢星摇恍惚一霎，听身后的云湘笑道："这颗自然是仿制品。北州有个习惯，会在飞灯上镶嵌一些小装饰，传说飞灯装饰得越漂亮，越容易被神明看见。"

她说罢一顿，兴致更浓："不过你们居然有颗碧流石！我听说那是难得一见的宝贝，有护体凝神之效，绝大多数天阶的护身法器，都是由它炼成的。"

碧流石清透漂亮，谢星摇一直将它带在身上，当作一个珍贵护身符。

她没想到一颗石头还能有这种用处，好奇地接话："炼器？"

"以灵力催动碧流，能从中化出一滴结晶。把结晶融入法器，便可大大提升护体之效。"云湘道，"只不过结晶难得，顶多十年一滴。"

"居然还有这种用处。"温泊雪挠头，"可惜我们不懂炼器。"

他说着钝钝停住，目光一转，居然瞥见谢星摇若有所思。

温泊雪小小吸口冷气，传音入密："你的游戏……不会还能炼器吧？"

"当然不能。"谢星摇抱紧手中的狐狸灯，"只不过，游戏里能自制防弹衣。"

防弹衣，利用二十一世纪高强度纤维制成的护身神器。

碧流石用在防弹衣上或许有些浪费，但……顺着这个思路想，如果将防弹衣的复合型结构与修真界的天灵地宝彼此融合，能不能造出一件举世无双的保命装备？

谢星摇把这个计划默默记在识海中的小本本里。

这条长街灯火通明，已引来好几个魔修巡视徘徊。此地不宜久留，几人商议一番，来到城郊一处百姓群居的巷道。

这地方居民繁多，家家户户亮着烛火，由于地处偏远，鲜有妖魔在意。

月梵登上房檐，抬手抓一捧虚无缥缈的月色；温泊雪无言仰望浩瀚无垠的雪空，不知独自想些什么；晏寒来被谢星摇硬塞了一个小灯笼，正把它抱在胸口，满目尽是嫌弃之色。

谢星摇坐在黑压压的檐角，放飞手中圆鼓鼓的狐狸灯笼，看它一点点缓慢升空，身后的大尾巴摇摇晃晃。

抬眼的时候，发觉云湘望着漫天飞灯怔怔出神。

感受到她的注视，少女恍然回神，红着耳朵与她仓皇对视。

"怎么了？"谢星摇笑，向她靠近一些，"你很喜欢落灯节？"

"嗯。"云湘摸摸耳朵，"我在落川的时候……"

她语气迟疑，说到一半便抿唇停下，不知应当如何继续。

谢星摇却是不甚在意，右手托起下巴，对上她怯怯的双眸："云湘，你是不是有事情瞒着我们呀？"

云湘好似炸毛的猫，飞快抬眼，又迅速低头，犹犹豫豫好一会儿，才用唯有二人能听见的语调低声道："其实——"

她眼睫一颤："我是偷偷溜出来的。"

谢星摇微愕："咦？"

她下意识觉得惊讶，因为原文里从未提及这一茬。

但细细想来，很多细节都有着古怪的猫腻，譬如云湘身为须弥大祭司，身侧却并无护卫跟守；又或是她的穿着打扮随意至极，很难与一位高权重的大祭司彼此相称。

"其实也不算偷溜，但是……"她说得吞吞吐吐，耳朵越来越红，直至最后，泄气般握了握拳头，"我没有信心。"

谢星摇恍然："因为这次与魔族的对战？"

"算是吧。"云湘声音极小，怯怯地与她对视一瞬，"大家都说须弥教大祭司定是神通广大，不惧妖邪，但其实……我根本不是那样。"

谢星摇没说话，静静听她小声倾诉。

"我年纪不大，胆子也小，压根没有传闻里那样的决心。"

她坐在房檐，半边脸颊埋进臂膀，望向谢星摇时，唯有一对杏眼灼灼生光。

"想到那些魔族，我甚至会害怕……所有人都把希望寄托在我身上，我不知道应该怎样去做，更怕搞砸。"

身边安静了半晌。

街巷之中人来人往，随处能听见嘈杂人声。他们所在的房檐风雪皆寂，偶有风声萧动，更衬出夜色静默。

"我知道。"谢星摇忽然说，"我小时候，也被家里人寄予了厚望。"

她侧着脑袋，眼中倒映出连绵火光，平日里那么一个随心所欲的人，如今轻笑着抬眼，火光尽数融在瞳孔，如同蜂蜜或琥珀，温柔得过分。

云湘眨眨眼，被她的眼神看得一呆。

"我家没有须弥那样厉害，但……"谢星摇斟酌一瞬后措辞，"家规很严。爹爹娘亲一辈子顺风顺水，自然也希望我能出人头地，小时候别家孩子都在玩耍打闹，我却被送去学这学那，万事总得做到最好。

"其实很多事情我并不喜欢，每天学得很苦很累，但当时年纪不大，满脑子里想的，都是不能让爹娘失望。忽然有一天，我站在镜子前，不知怎么就想，我自己到底想要什么？"

她讨厌一切尽善尽美，更不喜欢端着架子苦学书法乐器，只为能被旁人称道一句"优秀"。

那样的生活了无生趣，连自己都觉得茫然无措，不知道应该为了什么而活。

之后接触《一起打敌人》，这种随心所欲的荒谬游戏，算是她发泄压力的一种叛逆途径。

"你想要的又是什么？"云湘抬眸，听身边年纪相仿的姑娘轻言出声，"不去想旁人给你的压力，也不去想须弥教大祭司的名头，身为云湘，你愿意去做什么？"

远处一簇烟花炸开，照亮少女精致侧颜，雪光流转，不知何处凤箫声动，烟火飞散如星。

入眼是城池百里，万家灯火，全城之人的祈愿随风荡入夜色，遥遥寄予一轮明月。

身为云湘的她，热爱着这座城、这片土地。

她也有想要守护的人和事。

"更何况，不要害怕。"谢星摇眼尾微扬，勾出一个小小的笑弧，"有我们陪着你呀。既然是同行的伙伴，我会保护你的。"

她言罢仰头，望一眼天边飘摇的火光，转而垂下长睫，莞尔张开双手："抱一抱？"

一种令人安心的温柔。

云湘静静与她对视，不知为何喉头一哽。

受宠若惊的小姑娘耳垂泛出微微红潮，笨拙地伸出右手，尚未触及谢星摇，便被后者顺势揽过，拍拍脊背。

有那么短短一瞬间，少女温暖的气息裹挟全身之时，那些困扰她许久的恐惧、忧虑与悲伤，尽数化作云烟消散。

"之后……"

云湘轻轻吸一口气，生涩抬手，环住她的腰身。

她不知想到什么，语气有些难过："就见不到你们了。"

"就算这次分开，也总能再见的。"

谢星摇摸摸她的脑袋，笑意温和，带着几分少年意气的狡黠。

"悄悄告诉你，因为修真界是圆的。"

谢星摇离开朔风城时，已近午夜时分。

今夜城中繁灯如昼，万家灯火好似星河倒流。

他们立于高高屋檐之上，将无边胜景尽收眼底。临近离城，谢星摇从游戏系统掏出一个拍立得，给大家拍了几张合照。

温泊雪与月梵皆是拍照老手，毫不费力双双摆出经典姿势，在镜头前如鱼得水；晏寒来对这玩意儿一窍不通，眸底虽有茫然，却还是贯彻了一直以来的别扭脾气，直挺挺地站在角落。

云湘是个活泼性子，对新鲜事物充满好奇，即便从未听说过这种"法器"，在谢星摇的指导下，动作仍称得上灵活多变。

几张照片迅速出炉，谢星摇给每人递去一份，没忍住笑出声："不是吧，这就是你们两个所谓的'经典必杀姿势'——剪刀手？"

——每张照片上，温泊雪和月梵都在比着剪刀手傻笑。

老实人温泊雪挠头笑笑,眼神真挚:"那些装帅扮酷的动作,我们不太好意思。"

"你仔细看看,其实每张都有很大差别的!我们分别用了冷笑、微笑和咧嘴笑,剪刀手的位置也不一样。"

月梵低头看一眼手中照片,凛然正色:"等等,你教云湘的这些……单手比剪刀手、双手比剪刀手,还有用剪刀手和你组成一个爱心?"

不老实人谢星摇挠头笑笑,眼神同样真挚:"复古流行风格嘛。"

她轻咳一声,决定转移话题:"以及晏公子,你怎么跟纸片人似的,从头到尾没换过动作?"

活像一张不断复制粘贴的静态图。

晏寒来懒声笑笑:"谢姑娘的手势,似乎也从无变化。"

谢星摇:行。

同为静态图,本是同根生,相煎何太急。

落灯节乃是北州一年一度的盛事,即便到了深夜,仍有绵绵不绝的火光延烧至天边,燃出一条通天之河,惹人遐想连篇。

奈何他们处境特殊,倘若继续留在城中,很有可能会被妖魔察觉,只能恋恋不舍地先行离去,回到城外的须弥教藏身地。

谢星摇从小到大极少受寒,直到踏入山洞,置身于温暖的烛火之中,才惊觉双手早已被冻得通红。

修真者倒也真是不惧寒冷,若是曾经的她来到北州,定会变成一只不愿动弹的冬眠熊,日日夜夜藏在厚厚的棉被里头。

如今体质一变,居然觉得这种温度不算什么,灵脉甚至还会有热气自行生出,蔓延到五脏六腑,消去七成寒意。

她迫不及待想要暖和暖和,云湘对这种滴水成冰的天气习以为常,见状笑笑:"你们先进去休息休息吧。我独自在外走走,看看朔风城里的灯。"

她下意识说了"独自",想必是要留出一个安静的自我空间。

谢星摇不便打扰,颔首应声:"好。注意安全。"

云湘的背影轻盈远去,谢星摇行至暖炉旁,接过常清姑娘端来的一杯热茶:"多谢。"

她说着垂眸,目光凝在石桌上一本翻开的旧书上:"这是……咒法?"

常清点头:"是须弥教的术法。"

"听说须弥最擅术法,常清姑娘修习多年,一定所知甚广。"谢星摇目光微动,"常清姑娘,不知这修真界里……可曾有过能穿梭时间与三千世界的术?"

月梵与温泊雪闻言皆是凝神。

"时间与小世界?"常清略有沉思,"就我所知,若想去往三千世界,唯一的法子便是飞升。至于穿梭时间……传说数百年前,须弥确实存在过这种手段。"

谢星摇眼神一亮:"能连通过去和将来?"

常清:"嗯。"

她相貌清丽、气质沉稳冷静,谈吐间逻辑清晰,很能让人信服:"只不过溯时之术消耗巨大,布阵极难,由于太过复杂,在战乱中渐渐失传了。"

谢星摇与身边二人飞快交换一道视线:"明白了,多谢。"

虽然术法失传多年,但他们也不算毫无收获,至少知道了在修真界里,时间穿梭能被人为造出。

只可惜信息太少,要想捋清他们来此的前因后果,恐怕还差得很远。

"时间穿梭,听起来像是科幻电影里的桥段。"月梵思忖半晌,传音入密,"你们说,修真界也存在平行时空吗?如果真有时间穿梭的术法,一定会产生外祖母悖论吧。"

温泊雪听得一呆,用神识回她:"什么外祖母?"

"外祖母悖论,是关于时间旅行的一种矛盾。"谢星摇道,"简单来说,倘若你回到过去,杀死了你的外祖母,没有外祖母,你的母亲不会出生,你自然也就不可能存在——由此产生一个问题,既然你不存在,那么杀死你外祖母的人,究竟是谁?"

温泊雪大概听明白了,呆呆点头。

"所以在很多科幻电影里,外来者都会尽量不去改变历史。"谢星摇笑笑,"哪怕只有一个非常微小的不同,也能对后世造成巨大影响。不过吧,修真界不就讲究一个逆天改命吗?如果成功来到这儿却一味提心吊胆,我觉得未免太过无趣了。"

他们三人看似安静,实则在用神识你一言我一语,讨论时间空间的各种可能性。

谢星摇不经意抬起眼,恰好瞥见晏寒来沉默的侧脸。

他一言不发地站在角落,任由光与暗交织变幻,勾勒出面上棱角分明的轮廓。一双琥珀色眼瞳晦暗不明,眼尾之下,是冷厉沉凝的烛光余烬。

晏寒来正看着那本记载有须弥术法的旧书。

他极少显露如此认真的神态，谢星摇轻扬眉梢："晏公子，莫非也对溯时之术很感兴趣？"

少年不过懒散笑笑："谢姑娘不也是？"

他最擅长这种抛球似的问答，一旦遇上不愿应声的提问，便把话茬丢给对方。

谢星摇不可能向他透露自己的秘密，本欲打个哈哈敷衍过去，忽听常清姑娘温声道："在这世上，又有几人不想重回过去呢？"

人人皆有不称心意之事，旧日时光远去，徒留悔意而已。

若能操控时间，便可回溯往昔，将一切苦难与别离扼杀在萌芽的时候。

不知怎么，谢星摇想起晏寒来身上大大小小的伤疤，还有他那双受过重伤的眼睛。

他想要改变的往事……同它们有关吗？

"都在说重回过去，我觉得去将来看看也挺好。"温泊雪咧嘴一笑，"我还挺好奇，大家将来会变成什么样的人。"

还有一句话他没说，或许多年以后，修真界也能发明出各种高科技，科学与仙法完美融合，那种生活岂不美滋滋。

他说话时毫无防备，临近句末，忽然感到一阵凛冽而来的冷风。

这风沉郁浑浊，裹挟着不善杀意，温泊雪在一行人中修为最高，当即敛起笑意："谁？"

又是一簇风声过。

一时间冷气如潮，烛光被撕裂成不断挣扎的碎片，透过几缕昏黄火光，谢星摇蹙眉抬头，望见几个浑然陌生的影子。

冷寂，肃杀，满携势如破竹的杀意——

竟是数十个散发着魔气的妖邪。

"不愧是仙家之人，反应真快。"领头的男人生有一双赤红眼眸，开口时手中长刀一动，释放出重重威压，"古祭司遗物，应该在你们手上吧。找到仙骨了吗？"

谢星摇不动声色地轻挪脚步，把常清护在身后。

这帮妖魔不容小觑，察觉到古书失窃后，定然展开了全城范围内的大搜查。

然后在不到一夜的时间里，根据蛛丝马迹，寻到这处须弥教藏身之地。

"真没想到，有几只灰扑扑的老鼠活了下来，还藏在这样一个偏僻山洞。说老实话，找到你们，还真费了我不少工夫。"魔族男人轻咧嘴角，"识相的话，把仙骨交出来，我能留你们一个全尸。"

他们之所以攻入朔风城，是为了寻得仙骨，晋升修为。一旦拿到仙骨，便能全面压制须弥，彻底占据北州。

没承想仙骨不知所终，根本无法被古祭司遗物感应，眼看落川的须弥主坛有了动作，即将出面剿杀除魔，妖魔心中定然慌乱。

他们必须在须弥支援到来之前寻得仙骨，否则就全完了。

十，十一，十二。

一共来了十二只妖魔，大多在筑基修为，领头那个到了金丹。

谢星摇沉默不语，指尖微动。

下一瞬，便与温泊雪同时掐出法诀，白芒如刃，直攻其中两个小妖眉心！

他们的动作又疾又厉，须臾击溃两道身影。领头的男人怒气将发，手中长刀嗡然出鞘，煞气四溢间，于半空划出一道寒月般的圆弧。

然而下一刻，又是一道冷光突现。疾光奔流如腾龙，不过转眼，便直直刺入好几只小妖心口。

这回不只领头的魔族，连谢星摇亦是愣住。

这是她从未见过的招式与灵力，并非来自山洞里的任何一人，流光飞舞，映出淡淡雪色——

出招之人，赫然立在洞外的茫茫白雪中。

在她怔忪的瞬息，洞口涌入几声寒风呜咽，紧随其后，是数道鸦黑色影子。

来者皆身着漆黑斗篷，将面貌尽数遮掩，乍一看去，只能瞧出每个人的大致身形。

黑影高挑，虽然看不清相貌，但显然受过训练，与蛮横无理的魔族有着天壤之别，匆匆行进而来，没有丝毫声息。

谢星摇余光倏过，望见常清面上的惊喜之色。

转瞬之间，又是几簇光华生出，妖魔们来不及反应，被击得接连后退，身前破开道道血光。

这是令所有人都意想不到的状况，妖邪被死死压制，挣扎着慌乱求饶，黑斗篷却是置若罔闻，指尖轻点虚空，再一次催动繁复冗杂的阵法。

绸黑夜色凝出金光道道，磅礴之气汇作奔涌雷霆。眼前俨然一场单方面的屠杀，不消多时，群魔已是了无气息。

温泊雪迟疑低声："这是……落川的须弥教？"

他话音方落，最后一只妖魔的身体轰然倒下。

几缕雷光尚未散去，碎裂于寒风之中，照亮直身而立的漆黑斗篷。

洞外隐约可见飞雪连天，夜幕与狂风融成模糊背景色。身着斗篷的人们足步无声，向洞穴两侧井然分散，为中央留出一条笔直通路。

烛火倒映出连绵黑影，暗影重重下，有人满带雪色自洞外而来，所过之处，教徒皆如黑鸦散开。

冷肃，决然，满身风雪，挺拔如刀。

当她走近，赫然是少女的声线："想必诸位便是凌霄山道长吧。"

"不错。"谢星摇忽然生出一种古怪而微妙的预感，压下莫名开始狂跳的心脏，正色应道，"你是——"

少女缓声笑笑，无瑕似玉的莹白指尖徐徐上抬，引出银铃叮当作响，稍一用力，掀开头顶黑沉沉的宽大斗篷。

斗篷之下，是一张全然陌生的脸。

精致漂亮，眉眼之间生出高岭之花般的玲珑贵气，肤如凝脂，见不到丝毫瑕疵与伤疤。

她笑得温和礼貌，朝众人微微颔首，嗓音清凌温雅，有如玉石击撞。

"初次见面。我是须弥教大祭司，云湘。"

不对劲。

一语落毕，四下静如死寂。

温泊雪最为老实，脑子里一团乱麻，下意识出声："须弥教……云湘？可云湘不是……"

他说着顿住，目光里现出几分求助之意，茫然看向谢星摇。

"……还记得原文里的剧情吗？"谢星摇并未出言应答，而是合下长睫，咬牙传音，"主角团第一次见到须弥教大祭司，的确是在落灯节的夜里。"

月梵沉声："可我们遇见的那个——"

她想不出答案，双唇翕动，也没出声。

打从一开始，很多事情都不对劲。

在上一段江承宇的副本里，事态发展紧随原文剧情，从未有过任何纰漏。然而这一回，自他们来到北州的第一天起，就出现了令人困惑的错位。

真正的云湘，行事成熟，心怀大义，时刻谨记身为大祭司的使命，即便偶尔显露几分稚嫩的少女情怀，也定不会仓皇逃离须弥，配合他们上演一出出荒诞闹剧。

但她又的的确确戴着属于大祭司的银铃，有常清父母做证，绝不可能认错。

"常清姑娘，"谢星摇踌躇片刻，迟疑开口，"你不久前提过的须弥教溯时之法……是以何种形式开启阵法？"

常清也有些茫然无措，思考不出前因后果，闻言一愣，飞快应答："我听说，除却咒法之外，还应配合一出极为复杂的舞步，命唤'溯时舞祭'。"

溯时舞祭。

来到北州的第一天，她望着满目寒风朔雪，四下张望的时候——

温泊雪骇然一惊："谢师妹，当日我们抵达北州，你是不是曾问过我们……是否见到有人在跳舞？"

洞外冷风狂啸，烛光晃得视野模糊，谢星摇徒然张口，终究没发出声音，而是匆匆转身，快步行入苍茫夜色。

她早该想到的。

那时他们坐在朔风城的房檐上，抬头凝望漫天灯火，云湘却把半边脸颊埋入双臂，小心翼翼地告诉她，自己有些害怕。

其实云湘修为不弱，待得落川的支援抵达，对抗魔族不成问题。谢星摇以此为前提，想方设法安慰她，唯独忽略了另一种可能性。

让她那般在意、那般踌躇的事情，怎会是一场必然取得胜利的战役？

云湘虽然青涩，却从不怯懦。

风雪肆虐，割在脸上好似刀锋。谢星摇轻轻咳嗽一声，循着来时的记忆步步往前。

他们认识的"云湘"，手掌并不精致细嫩，甚至纵横有道道血口和冻疮。她说她习惯穿着男装，没见过富丽堂皇的楼宇，也没吃过软糯可口的点心。

须弥教执掌北州三百余年，哪个大祭司不是出身尊贵，养尊处优？纵观百年，手戴银铃却境遇不佳之人，独独有那样一个。

三百年前，须弥教第一任大祭司。

……那位相传川渟岳峙、高洁无双的救世神女。

那是云湘。

所以她才能在极短时间里，同古祭司遗物极快生出感应，找到仙骨所藏之地，原因无他，那本就是属于她的法器。

雪虐风狂，大雾模糊视线，谢星摇深吸一口气，没来得及用上御风法诀，被冻得瑟瑟发抖。

那日她隐约见到一道人影，是在一处萧瑟偏僻的湖边。

记忆中的道路渐渐变得清晰，四野空旷无垠，谢星摇喘息着停下脚步。

湖泊早已凝成厚重冰面，八方雾气缭绕，好似一幅无声融化的画。

放眼望去尽是雪白，在铺天盖地的雪色之下，同样身着素色长裙的女孩显得格外寂静渺小。

群山罩下混沌暗影，云湘闻声抬头，对上她的目光。

"谢姑娘，"侧脸被霜雪冻出淡淡绯色，云湘眨眼，面色如常，"怎么了？"

"你之所以离开山洞，"谢星摇迈步上前，足底踏过雪层，发出簌簌闷响，"是察觉到了须弥靠近的气息？"

四下短暂安静一霎。

"……是啊。"云湘再开口，仿佛有沉重担子被瞬间放下，扬起如释重负的轻笑，"我留在那里，倘若与他们相见，场面会很尴尬——你说是吧？"

她们彼此都未点明，沉默中，是不约而同的心照不宣。

见到她之前，谢星摇藏了满心的话想问想说，然而此刻当真同她遇上，犹豫许久，只轻轻道出一句："你要走了？"

"这个阵法消耗太大，顶多只能维持一天。"云湘望一眼遥遥月色，微眯双眼，"倘若一天之内不曾启动，它便会消逝无踪。"

那样一来，她再也无法回到三百年前。

正如谢星摇在山洞中所言，哪怕只有一个非常微小的不同，也能对后世造成巨大影响。没有她，须弥无人劫杀魔君，北州必将再无出路，彻底沦为妖邪炼狱。

"对不起，没和你们说实话。"

月光刺破棉絮般的绵密云朵，洒下一缕清幽光华，时间已近午夜，白裙少女立于树下，安静地注视谢星摇的双眼。

"从很小的时候起，他们便说我天赋异禀，是北州境内独一无二的好苗子，也只有我，能胜过高高在上的魔君。"云湘说，"我没日没夜苦修术法，直到几日前……于我而言的几日前，师父忽然找到我，告诉我行刺的计划。"

世人皆道那位舍身救世的大祭司风光无两，数百年光阴过去，几乎没人知道，她不过是个年纪不大、从未出过北州的小姑娘。

正如守护了仙骨的常欢，暗中庇佑朔风城的须弥幸存者，无数来了又去的修士和百姓，世上哪有那么多十全十美、心怀天下的大能？

掀开或惨烈或波澜壮阔的传说，风雪连天的北州里，是许许多多普通人的故事。

她胆子不大，穿着便于行动的粗糙男装，没尝试过精心烹饪的食物，由于生活艰苦，满手皆是疤痕冻疮。

她也喜欢新鲜有趣的事物，与世间寻常少女们没什么不同，乍一看懵懂稚嫩，如同一只鸟，不知应当飞往什么地方。

"我猜不出结果，总是怀疑自己究竟能不能做到，想到那些齐聚的妖魔……会觉得害怕。"

云湘垂眼，足尖掠过一堆白雪，留下转瞬即逝的影子。

"倘若刺杀成功，我定然逃不出群魔的围剿；要是失败，同样是死路一条。你也看出来啦，我和传说里的大祭司很不一样，才不是什么置生死于度外的圣人……师父瞧出我的心思，布下这个阵法。"

懵懂的少女恍恍惚惚来到三百年后，不出所料，她果然死在那场大战之中。

听三百年后的人们说起关于自己的故事，她觉得怅然又好笑。

"在我生活的那个北州，处处都是叫人讨厌的冷风，家家户户住在木房子里，被妖魔当作奴隶驱使，运气差上一些的，会被直接吃掉。"云湘道，"我与朋友谈心的时候，总会想象几百年后的生活——或许人们能够逃离魔族的掌控，拥有属于自己的城池；或许街边不再处处萧条，而是建出好多好多漂亮的高楼，有想吃的想玩的，都能在街头见到。"

她说着仰头，眸子里盛满风雪，以及一抹荡开的、自心底溢出的笑："好开心，我今天全都看见了。"

谢星摇没说话，眼眶发涩。

连绵灯火，朱楼绮户，皆是她心心念念的景象——

而这一切的源头，始于她命中注定的死亡。

不久之前，他们曾一起讨论过时间穿梭。

常清说，世人之所以执着于探究时间，是为逆天改命，弥补过去发生的悔恨与遗憾。那时谢星摇也想，倘若万事一成不变，那样未免索然无味。

唯独云湘不同。

她跨越千万段光阴而来，只为了心安理得心甘情愿地奔赴一场早已写就的结局。

因为她全都见到了。

阖家团圆的老老少少，随心所欲放飞入夜的明灯，千家万户由衷的祈望。

正如她们在房檐上所说的那样，不去想身为大祭司的职责与压力，身为"云湘"，她深爱这座城池与土地。

于是她想，不要害怕啦，哪怕只有这一次，试着勇敢一点吧。

"你，"谢星摇沉然出声，"你叫什么名字？"

"云襄。"

树下的白裙少女粲然一笑："衣字头的襄。"

浓云缭绕，月上枝头。午夜将近，自湖泊冰面上，浮现起淡淡浅蓝荧光。

谢星摇看着她双眼，良久，也发出一声轻笑："今日一别，往后或许没机会再见面了。"

这是云襄曾对她说过的话语，那时谢星摇看着落灯节的火树银花，只当这是一个小姑娘失落的随想，如今想起，才后知后觉地明白她言语中的深意。

云襄一怔，拂去眼前碎发，扬起唇边："也许还会再见哦。你不是说过吗，修真界是圆的。"

她说："再见啦。"

剩下的时间已到尽头。

朔风呼啸，银铃声响，白裙少女与她最后对视一眼，足步轻挪。

裙裾生风，于冰面撩起层层雾影，淡蓝色大阵勾连起复杂纹路，自冰面不断延伸，好似蛛网将她缚住。

除却耳边回旋的疾风，入眼尽是月色、雪色，以及如群山不断流动着的、水一样浑浊的倒影。

昏昏雪意云垂野，吞龙雪山亘古如常地保持着沉默，月下起舞的少女恬静无声，唯有手中银铃叮当，丝丝入心弦。

修真界偌大，哪怕几经分别，有缘之人总会再相逢。

奈何她奔向过去。

谢星摇没再说话，云襄亦是未有出声。

她们心知肚明，在遥远的三百年前，抑或即将来临的几天之后，少女立于祭坛之前，有人将会问她。

"此次西行,绝无生路。你可愿意?"

而她毫不迟疑地回答:"我愿意。"

一瞬疾风起,引得回雪漫天,模糊视线。

当谢星摇再抬眼,唯见暮野辽阔,夜色无边。

铃铛声清脆一响,继而轻轻落下。

铃声散去。

风停了。

今夜北风凛冽,放眼尽是雪海冰山、滚滚寒流。

城郭之外山如玉簇,朔风城内,点点火光绽出琼林玉树,万家灯火中,却是满目肃杀之气。

百姓们放飞的盏盏天灯,已被妖魔拦下大半。

"愿朔风无灾,太平长安,早日驱逐妖邪。"

一盏飞灯被踩碎,拿出盛放于其中的纸笺,身着黑衣的魔修笑意冷戾,将它一字一句地读完:"这是谁放的灯?"

于他身前,诸多百姓齐聚在街头。

不久前在街边摆摊赠灯之人、举家放飞灯盏之人,男男女女噤若寒蝉,无人应声。

"还有什么'愿须弥尽早夺回朔风城,还百姓安宁''愿妖魔死无葬身之地'……"

黑衣魔修指尖轻捻,冷声笑笑,一张张纸片蓦地化作尘土。

"实话告诉你们,之所以留下你们的性命,不过是为了培养更多奴隶储备粮食罢了,真以为自己是多么不得了的重要角色,能在城中肆意妄为吗?"

他说罢一顿,掌心魔气凝集,好似骤然生长的藤蔓,死死缠上最近那人的脖子。

魔修笑得恣意,瞳仁散开血色:"至于须弥,我们从不害怕那些人。待我们夺得仙门圣物,今夜以后,北州境内再无敌手——须弥又算什么,我今日如何杀了你们,也能在他们抵达之时,如出一辙地将那些人碾碎!"

低哑笑声自他喉间逸出,掌心的魔气愈渐浓烈。

不远处的青年被拧住脖颈,面颊已然现出紫红色,正是危急关头,一个年近半百的女人哭着上前一步,护在青年身前。

"他是无辜之人，你何必滥杀。"女人咬牙，忍下眸中水色，"其中一盏灯是我放的，'愿妖魔死无葬身之地'也是我写的。你们霸占朔风城，杀害我们那么多同胞，怎么，如今觉得心虚，不敢让我们说实话吗？"

她话音方落，身侧的少年人亦是开口："落灯节本就是北州传统，你们恬不知耻地闯进我们的城，莫非还要干涉我们几百年来的习俗？"

转瞬，又有几道身影护在二人身前。

城中灯火不歇，映出一张张再平凡不过的脸。每个人都沉默着同妖魔对峙，面貌憔悴，却有跃动着的火光。

黑衣魔修被气得大笑："好！既然你们执意求死，今夜便满足各位的愿望。一个一个来，首先是——"

言语之间，魔气轰然一震，紧紧锢住青年脆弱脖颈的命脉。

魔修目露杀机，手中发力。

魔气即将拧碎他的骨头。

如预料中那样，不过一霎，夜色中响起令人心悸的咔嚓脆响——

本该得意的黑衣魔修，此刻却怔然愣住。

被果断拧碎的，并非是那青年的颈骨。

空气里隐有血色渗出，黑衣魔修不敢置信地垂下视线，赫然见到自己鲜血淋漓的手腕。

就在电光石火的一瞬间，有人催动灵力，以迅雷不及掩耳之势炸开了他的腕骨。

人群之中，传来几道下意识的惊呼。

"谁——"剧痛撕心裂肺，黑衣魔修面目狰狞地捂住手臂，收回缠绕在青年颈上的魔气，"是谁？"

回应他的，是倏忽一声风响。

街边烛火摇曳，自远处寂静的小小巷道里，悄然现出数道身影。

来人身穿漆黑斗篷，清一色看不见面貌，静悄悄地立于阴影之下，如同夜色淌下的缕缕流波。

即便几乎融进了夜色，黑斗篷们散发出的威压同样不可小觑。街头巷尾的魔族纷纷做出戒备姿态，凝神屏息。

"有一个消息，或许会让各位感到不那么开心。"领头的黑斗篷低声笑笑，语气轻蔑，能听出是个中年男子，"那些被派去抢夺仙骨的魔族——"

他说着抬手，掌心冰冷，溢散开浅蓝色微光。

光芒暗淡却精巧，照亮身边每一片纷纷扬扬的雪花，继而凝结成形，化作一道复杂圆阵。

"回不来了。"

语罢，势起。

疾风回雪，因汹涌灵力纷纷改变路径，旋涡一般环绕于男人身侧，如刀如箭，对准妖魔所在方向，蓄势待发。

与此同时，另几道黑色斗篷逐一现身，火光如昼，映出眸子里的汹汹杀意。

领头的男人上前一步，模仿黑衣魔修不久前的口吻，尾音噙笑："不如来看看，今夜是谁被碾碎。"

同一时间，飞天楼。

飞天楼乃是朔风城中最为奢华的楼宇，理所当然成了妖魔的寻欢之地，夜夜笙歌，酒醉灯红。

魔族已打听出须弥教余孽的藏身地，只需前往城外夺回仙骨，自此便可称王称霸，纵横北州。

正因如此，今夜的飞天楼来了位贵客——

占据朔风城的魔族首领，流翳君。

放眼修真界，中部有仙门大宗庇佑，东方、南方有数之不尽的世家宗族。

唯独北、西二侧群雄割据，教坛、部落与自拥为王的妖魔城邦层出不穷，这位流翳君的领地，便是其中一个。

虽自称为"君"，但论其修为，其实不过金丹巅峰，顶多算个部族小领袖。

流翳君之所以攻入朔风城，全因有了仙骨的底气，一旦取得仙门圣物，北州之内必然再无敌手。

这是一场志在必得的赌局，但事态的发展，似乎并不如他所愿。

流翳君神色恹恹，眉宇之间尽显不耐，满心烦躁灌下一杯酒："跳，跳什么跳！你们人族的舞姬，就只有这种水平？"

他坐于厢房中央，身侧是蹁跹起舞的少女，一声怒喝响起，舞姬们皆停下动作，不敢多言。

她们已经见到不少小姐妹誓死不从，结果被毫不留情地吞吃入腹。今夜魔君心情不佳，不知会有多少人遭殃。

这群妖魔从未将她们当作人来看待，整座飞天楼里，尽是待宰的牲畜。

"魔君息怒。"侍奉的小妖为他斟满一杯酒，语气讨好，"我已派人去城外夺回仙骨。您放心，须弥教里活着的人大多身受重伤，成不了气候。"

小妖说罢笑笑，扫视面如死灰的房中舞姬："您若是心里堵得慌，大可进食来高兴高兴。您看，最左边儿的姑娘就生得不错……"

他话没说完，身侧的流翳君神色骤凛："闭嘴。"

小妖修为不高，觉察不出有何异样，闻言只得乖乖停下，一声不吭地后退几步。

流翳君目光微沉，掌心魔气凝集。

他已半步元婴，能清晰感知空气里的灵力波动。

窗外朔雪寒风，混沌嘈杂，细细探去，能感到一阵逐渐靠近的陌生气息。

凝神感受它的修为，应是在——

眉心重重一跳，男人蹙眉起身，避开径直袭来的磅礴灵力。

来人下了死手，木窗被击得粉碎，他身侧的小妖没能躲过突袭，化作齑粉一摊。

"魔君还真是薄情寡义。"陌生的少女声线沉凝如冰，毫不掩饰讽刺之意，"好歹是个对你忠心耿耿的同族，居然就这样不管不顾。"

一旁的舞姬们被吓得浑身哆嗦，流翳君对此避而不答，冷言回应："须弥？"

大祭司云湘自窗门现身，足尖轻盈落地，带来满屋风霜雪重。

于她之后，同样身披斗篷的修士们踏足而入，好似黑鸦。

谢星摇紧随其后，望向那位双目猩红的魔君。

在她熟悉的中州，大多数妖魔能与人族和平共处，无论妖修魔修，清一色修习正统仙法，不会为害世间。

然而北州偏远，妖魔混战，流翳君显然是靠修炼邪术、吞吃血肉来助长修为，通体气息浑浊不堪，满溢令人窒息的血腥气。

所谓擒贼先擒王，修士们不与他多言，击溃闻风赶来的数名小妖，旋即列阵结咒，将魔君包围其中。

魔族没有仙骨加身，这场决战的结果早已注定。

谢星摇看着流翳君目眦欲裂，掌心魔气翻涌，四下寒风凛冽之时，不知怎么，忽然想起曾经所见的古旧画卷。

在三百年前的混战中，没有相伴而行的修士，亦无世间难求的护身法器，唯有一名少女孑然现身，独自面对千百邪魔。

"是日滴水成冰，夜色沉沉。冰寒雪冻，群魔狂舞，人间炼狱。"

冷风呜咽，吹断檐角一根尖锐的冰凌。雪夜浑浊，风声簌簌，不见天光。

隔着一段漫长光阴，两个毫不相干的故事，于此刻微妙重合交错。

飞天楼里一片混乱，谢星摇掐诀击退好几个杀气腾腾的邪魔，侧目望向房里的须弥大阵。

云湘凝神而立，手中法器氤氲出刺目白芒，细细看去，正是神兵榜上有名的八荒古籍。

"群魔筵席之上，忽有一簇灵力随风而来，全无声息。但见祭司自夜色而出，手中古书荧光流转——再看魔族首领，竟被瞬杀于一霎之间。"

"妖魔大怒，群起而攻。祭司身中数箭，再无生还可能，临近绝路，投身山崖之下。"

当年的故事，早就写好了结局。

但今日不同。

群魔盛宴，夜色漫流。

当少女默念法诀，在她身后，是训练有素的同伴，无数心怀祈愿的百姓，以及将她牢牢庇护的高阶术法。

北州早已不是三百年前的北州。

今时今日，它是人族的领地。

古籍翻动一页，书声轻响，绽开凌厉杀机。

谢星摇无言仰头，望见灯火中云湘的双眼。

三百年过去，唯一未曾改变的，似乎只有那双眼睛。

云裳人生中的最后一刻，应该也拥有这样的目光——

澄然干净，安静而坚定。

有火光在她眼中跃动，像归巢的鸟。

一场对战告捷，待得第二日天明，气候果然暖和了一些。

但零下就是零下，气候恶劣的本质不变，谢星摇起床出门，仍被冷得打了个哆嗦。

流翳君被须弥除去，群魔没了头头，纷纷四处逃窜。谢星摇他们寻得仙骨，理所当然到了回宗门的时候。

离开之前，谢星摇提出在朔风城里逛一逛。

朔风城的百姓提心吊胆这么多天，如今妖魔出逃，街边终于恢复了几分热闹人气。昨夜落灯节的盛况未消，他们行于其中，仿佛头一回来到这座城池。

"……终于结束了。"温泊雪有灵力傍身，不觉得多么寒冷，环顾一会儿熟悉的街角，身旁分明是无比喜庆的氛围，却不知为何有些怅然，"这么快就要回凌霄山了吗？我们……"

他说着一顿，目光呆呆停在一处街边角落。谢星摇顺着视线看去，是那家霜花糕铺子。

他们不约而同地收回目光。

"本来打算去尝一尝北州美食。"月梵踢开一堆雪，神情怏怏，"但是……今天似乎没什么胃口，也许是太累了。"

每个人都心知肚明气氛低沉的原因，却无人主动提起，只能用一句"太累"敷衍过去。

朔风城东西南北纵横数里，一行人漫无目的，兜兜转转，居然到了曾经去过的卖画婆婆家门前。

这条路被他们除雪除冰，通行难度大大减小，加之魔族落荒而逃，过路行人熙熙攘攘，尽是面露喜色。

谢星摇往手中哈出一口热气，抬眼看看四周，拉住月梵袖口："你看，那是什么？"

月梵撩起眼皮，望见一棵葱茏大树。

北州天寒，大多灵植难以存活，放眼望去，只能见到一簇簇嶙峋枯木。这棵树应是受了灵力笼罩，在大雪纷飞的时节，枝头依旧碧色青葱。

除了繁茂的碧绿枝叶，在树干枝丫上，还用红绳吊着不少白纸。

"像是许愿树。"月梵说出心中猜想，迟疑补充，"我们——过去看看？"

绿树立于阶梯之上，跨过被雪淹没的玉色长梯，便能嗅见一股清新叶香。

谢星摇放眼一瞥，枝头绑着的信笺上，果然写着许许多多各不相同的愿望。

"奇怪，"温泊雪抬头，望向树后的宽敞院落，"这棵树如此显眼，我们上次来这里，居然没发现。"

谢星摇笑笑："当时天色太晚，就算它是绿色，也得染上一层黑。"

"后面的院子是什么？"月梵探头，"这儿有块牌匾——'凌雪书院'，原来是念书的地方。"

晏寒来没出声，一如既往地站在角落。

他们有一搭没一搭地谈话，同一时刻，自书院里走出一个年纪不大的少年。

少年好奇地将几人打量一番，从口袋中拿出一根红绳，小心翼翼地绑好手中信纸。

月梵出言搭话："小哥，把心愿挂在树上，也是你们北州的传统吗？"

"是以前的古方。"少年将红绳另一端挂上树梢，"你们是外地人？这是很多年前的北州传统，我们相信万物有灵，会有神灵栖息在树上，倘若挂上心中祈愿，能被神灵看到——这是师父教给我们的。"

谢星摇一愣："师父？"

据她所知，若是古时的平常书院，学生们大多把老师称作"夫子"或"山长"。比起这两个称谓，"师父"更像是仙门中的称呼。

"对啊！我们师父很厉害的。"少年双目明亮，轻轻吸一口气，不顾双颊被冻得通红，"不瞒你们说，凌雪书院里都是父母双亡、无家可归的学生。我们从小没了去处，是师父好心将我们收留，教我们读书写字、修习术法。"

师长如师如父，不外如是。

月梵点头感慨："你们师父真是个好人。"

少年性子单纯，听她出言夸奖，高高兴兴扬起通红的鼻尖，自嘴角咧开一个笑。

然后很快收敛下去。

——书院里本是寂静无声，忽然传来几道清脆低笑。

几个同他年纪相仿的女孩结伴而出，路过少年身旁，最右边的姑娘微微抬眼，同他打了个招呼。

肉眼可见，小少年的脊背陡然挺直，面上一副正经之色，向她礼貌颔首。

几个女孩如麻雀一般匆匆路过，少年深吸口气，如释重负。

月梵哼笑："喜欢那个女孩子呀？"

"没……没有！我和她只是普通朋友。"心思被人一句话戳穿，少年红着脸无措摇头，即便极力掩饰，眼中仍透出几分不舍，"只是她几天前入了剑宗，不久便要离开北州了。"

谢星摇漫不经心地打量着树上的信笺："所以你今日写下的心愿，是希望有机会能与她再见？"

"才……才不是。"小少年耳根发红，"我希望她万事无忧，在剑宗崭露头角。

见不见面根本不重要，而且我们师父说过，修真界说不定是一个圆，只要有缘，总能相遇的。"

谢星摇原是看着树上的信纸，忽而目光骤凝，拈起其中一张画片。

"修真界……是一个圆？"

月梵心口重重一跳，某个天马行空的猜想浮于心头，即便心知不可能，却还是令她脱口而出："你们的师父，是不是一个姑娘，杏眼瓜子脸，很白很瘦？"

少年眨眨眼："你们……认识她？"

……不会吧。

识海"嗡嗡"作响，月梵茫然抬眼，见到温泊雪同样呆滞的目光。

再看谢星摇，虽然亦是露出了惊喜的神色，较之他们二人，却更像是一种意料之中的坦然。

温泊雪竭力拼凑好混乱的思绪："谢师妹，你……"

"忽然想起来，那天咱们讨论的时候。"月梵尚未整理好情绪，恍惚间敛眉出声，"摇摇曾经说过，比起一成不变，她觉得逆天改命更有意思……对吧？"

可当夜的分别来得毫无征兆，绝无时间让他们思考退路，以谢星摇的修为，也不可能助那人在群魔围剿下侥幸存活。

除非——

心口又是咚咚一敲，月梵有点儿蒙，试探性开口："是白小姐送你的碧流？"

碧流石，白氏一族珍藏之物，若以灵力将其催动，可凝出一滴结晶，有防身护体之效。

一瞬冷风过，吹得树叶"哗哗"作响。

阳光透过缝隙纷然落下，化作满地莹白光斑。树下的红裙少女扬唇笑笑，自储物袋拿出那颗晶莹剔透的绿色石头。

它曾经被灵力环绕，石中随处可见青色流影，而今光影褪去，澄亮得几近透明。

"昨晚时间紧迫，我在云裹即将完成溯时舞祭的时候，把碧流结晶凝在了她心口上。"

然后告诉她，倘若有幸能活下去，不要忘记历史的章法。

谢星摇指尖轻压，手中圆石随之一晃，碧光荡漾，倒映出她眼角的轻笑："这回欠白小姐一个人情。"

她生活在循规蹈矩的日子里，偶尔会不由自主地去想，是否一定要遵循现有规则。

迫不得已认命，接受一个注定死亡的结局，那实在称不上令人高兴的故事。

昨夜站在冰湖边，谢星摇看着阵法亮起，在两段时空交错的瞬息，她问自己，究竟想要什么。

——她想要一个尝试，一个可能性，一个足以破局的赌注。

记载有三百年前历史的古书里写道：

"妖魔大怒，群起而攻。祭司身中数箭，再无生还可能，临近绝路，投身山崖之下。"

这诚然是货真价实的历史，不过只把故事堪堪讲了一半。

山崖幽深，常人绝无生路，更何况云襄身中数箭，重伤难医。

直到一缕碧光涌现。

来自三百年后的天阶法宝藏于少女心脉深处，为其挡下致命一箭，当她轰然坠落，碧色流泻，灵气四起，给予她一瞬缓冲。

跨越百年的因果纠缠汇聚，这一次，她并非孤身一人。

"所以，"月梵愣愣传音，"白小姐送你的碧流石，救了云襄一命……她活下来后，心知不能改变历史，于是隐姓埋名，来了朔风城？"

"是吧。"

谢星摇踮起脚尖，抬手轻轻一晃。

被她捏住的画片，轻飘飘转向所有人眼前。

入眼是一幅漆黑夜景，天边繁灯万千，月色淡淡，笼上几张再熟悉不过的脸。

月梵与温泊雪并肩而立，晏寒来沉默着站在檐角，谢星摇身穿红裙，与身边的少女齐齐抬手，用剪刀手比出大大爱心。

于是一切都有了合理的解释。

拥有这张照片的人，坚信修真界是圆形的。

以及知道他们一定会来朔风城、同她重逢的那个人——

只有一个。

"我好像有一点儿，不，是非常非常饿了。"月梵由衷开口，神色向往，"这么冷的天，既然有胃口，不如一起去吃火锅吧——绝对不是因为心情好到飞起啊，就是吧，走了这么远的路，有点儿累。"

温泊雪激动得呜呜咽咽："冰冰凉凉的点心也不错，我要流心的。"

谢星摇点头："打雪仗，堆雪人。"

晏寒来:"少辣。"

修真界广袤无垠,然而若是有缘,无论相距多远,终能再相逢。

北风吹落檐角一堆落雪,小少年向他们挥手告别,正要转身离去,忽地双眸一亮:"师父——!"

谢星摇想要一个可能性微乎其微的奇迹。

如今看来,她赌赢了。

日光凌乱,树影斑驳。红裙少女悠悠抬头,瞥见那双明亮杏眼的刹那,扬眉勾起唇角。

谢星摇:"一起去吃火锅,有兴趣吗?"

这间书院建于二十年前,面积极广,除却院落中矗立的幢幢楼阁,还占据了院落后方的那座幽寂雪山,一眼望不到尽头。

行于院中,入目是一条纤长的鹅卵石小道。道路连绵,时有分岔,两旁栽种有棵棵松柏,因有灵力庇护,枝叶青翠欲滴。

顺着小道向前探去,木质小楼成行成排,清一色白墙黑瓦,檐角凝出道道冰凌。

谢星摇好奇张望,身侧的云裹轻声笑笑:"北边是教授孩子们课业的地方,往西是住房,东侧有片结冰的湖,他们常去湖边观景。"

温泊雪摸摸后脑勺:"那南方呢?"

月梵面露同情:"我们正是从南边进来的,温师兄。"

一声"师兄"被她叫得阴阳怪气,谢星摇没忍住笑出声来,在温泊雪无辜的视线中轻咳一下,转头看向云裹:"那次死里逃生后,你就来了朔风城?"

"没那么容易。"想起不甚愉快的记忆,云裹皱皱鼻尖,"跳下悬崖后,我昏迷了整整三天。"

当年她被妖魔团团围住,逼至悬崖尽头。那时的云裹没想太多,只觉得与其死在它们手上,不如来个干净利落的自我了断。

没承想,明明已经步入了死局,她居然还能在暗无天光的悬崖下睁开双眼。

在尝试捏自己手心、咬自己手腕、戳自己伤口,并最终在伤口撕裂的瞬间疼出眼泪时,云裹终于不得不相信,她还活着。

她想起谢星摇赠予她的那抹碧色,也想起红裙少女最后的传音,莫要遗忘历史原本的章法。

须弥教大祭司,一向是个聪明的姑娘。

"醒来以后,我在崖底生活了一段时日,等伤口恢复,才启程前往朔风城。"云襄言语简略,温声笑笑,"我运气不错,很快找到一份事做,在这里安定了下来。"

她的语气云淡风轻,实则报喜不报忧,将这段经历省略了许多。

碧流石虽能护住最为重要的心脉,助她逃过必死之劫,然而除了心脉上的致命一击,云襄身体的其余部分,同样遍布重伤。

四肢、五脏六腑,甚至识海。

自活下来的那一刻起,她便斩断了和之前身份的所有关系。为让历史如常运转,大祭司云襄必然死于决战之中,而她,将成为另一个截然不同的普通人。

于是没有支援,没有后路,哪怕走投无路,也找不到任何人求救。

云襄拖着满身重伤,在崖底生活了不知多少天。

刚开始的时候最是痛苦,她疼得没法动弹,只能独自坐在一处角落,用所剩无几的灵力加快伤口愈合。

由于识海也受了伤,每日每夜都过得昏昏沉沉,绝大多数时间,全是在昏睡里度过。

后来伤口渐渐愈合,云襄却仍然很容易睡着。

日子一天天过去,她用了整整上百年,才终于将残损的身体调养大半,不再整日昏昏欲睡。

那场劫杀魔君的决战被描写得无比惨烈,谢星摇听她笑着说出往事,心中了然,澄明如镜。

受了将死的伤,又孑然一身无依无靠,日子怎么可能过得轻松舒坦。云襄之所以匆匆略过不提,是为了不让他们担心。

云襄道:"后来我攒了些钱,就把这地方买下来了。"

温泊雪身为当之无愧的气氛活跃组,闻言积极接话:"为什么想到要办一所书院?"

"你们应该也察觉到了,北州很乱。"云襄同他对视一瞬,"这里的人们活得随性恣意,处处风流,奈何其中有不少贫苦人家,连生计都要发愁。如此一来,被随意丢弃的小孩也就越来越多。"

温泊雪眨眨眼,听她继续道:"我曾经是个孤儿,幸有师父收留,才不至于露宿街头。其实最初的时候,我只收养了一个时常在门边徘徊乞讨的小姑娘,没想到后来孩子越来越多，原本的房屋渐渐容纳不下——"

云裹无奈地笑笑："就变成这样了。"

更早一些的时候，她灵脉受损，灵力大伤，哪怕使出寻常术法，都要用去不少工夫。

然而这张属于须弥大祭司的脸绝不能被人认出，久而久之，云裹习惯了在外保持易容术，回到书院里，面对最为信赖的孩子们时，才偶尔精疲力竭卸下伪装。

万幸，每个孩子虽然懵懂，却皆是守口如瓶。整个北州境内，无人识破她的身份。

三百年过去，她的相貌与当初并无差别，眉宇之间青涩褪去，由豁达的温柔取而代之。

许是因为时常同十多岁的小孩们待在一起，当云裹抬眸，眼中仍能瞧出几分澄亮明光。

"多亏有你们救我一命。如今我生活在朔风城，同这群孩子住在一起——"云裹仰头，吸一口清新冷冽的空气，嘴角弯起小小的弧，"我很开心。"

虽然比不上须弥大祭司的地位尊贵、万人朝拜，但抛开身份带来的重重枷锁，作为云裹，她不后悔这样生活。

月梵静静听她说完，如释重负轻敛眉心，轻声道："你之所以来朔风城定居，是为了……"

萧萧雪风过，立于松树下的白裙姑娘悠悠转身。

细碎的日光融在她眼底，云裹咧嘴一笑，眸底微光攒动，好似跃动的雀鸟："因为你们一定会来呀。咱们什么时候吃火锅？"

韩啸行与意水真人抵达朔风城，已到傍晚时分。

今日天气晴朗，奈何北方昼短夜长，明明还没到入夜的时候，天色就已逐渐暗淡下来，任由漆黑泼墨浸染整片天穹。

山与云与水与房屋，天地上下皆是一白，韩啸行收好御空飞行的法器，朝四下侧目张望。

铺天盖地的雪白里，谢星摇身上的红裙格外引人注意。

"师父、大师兄！"她站在一棵挂满红绳的葱茏大树下，瞧见他们二人身影，兴冲冲挥舞右手，"这里这里！"

她旁边的温泊雪一身淡白，几乎融进白茫茫的背景色，见到二人微微颔首，拘谨有礼："师父、大师兄。"

月梵与晏寒来立于树后，也正色致意。

"不愧是我的得意乖徒，即便置身北州，也不忘惦念师父师兄，邀我们二人前来共赏雪景。"

意水真人毫无仙家气派，活脱脱一个活蹦乱跳小老头，瞟一眼树后牌匾。

"凌雪书院……这是我们的住处？"

谢星摇拉过身侧姑娘的袖口："是云襄建成的书院。"

云襄腼腆的性子不变，一本正经地向两个陌生人问好。

邀请师父师兄来朔风城做客时，谢星摇已在传讯符里讲述了事情大致的前因后果。

意水真人对云襄很是好奇，终于见到本尊，当即弯眼笑道："我听摇摇说起过你，很不容易。我们接下来是？"

"知道师父想看雪，我们特意找了个好去处。"

谢星摇上前几步，与韩啸行不动声色地交换一个视线："赏景的时候，不妨配上一些小食。"

"底料准备好了。"韩啸行点头示意，"你要的鸳鸯锅，外加各种新鲜食材。"

月梵表面维持着仙门圣女的高洁风度，矜持地站在毫不起眼的角落，实则疯狂传音入密，哐哐撞大墙："我我我！还有我要的毛肚！"

温泊雪又给自己加了道定身咒，竭力压下上扬的嘴角，同样用神识接话："流沙点心，卤鸡爪，嘿嘿，嘿嘿嘿。"

谢星摇："不要顶着高岭之花的脸，却在心里发出这种笑声啊你们！"

云襄为他们选定的地方，是雪山脚下一间小小院落。

院落临山，抬眼便是一片苍茫壮阔的盛大雪景，院中有个椭圆池塘，已被尽数冰封，凝出厚重寒霜。

几树寒梅傲然而立，枝头堆满簇簇雪团，乍一看去憨态可掬，被风轻轻吹过，花瓣与雪团一并下落，织出雾一般的朦胧大网。

如今天色渐暗，门边挂了两个圆滚滚的小灯笼。烛火轻摇，映衬出天边一缕遥遥月色，雪堆亦被染作澄黄，透出淡淡暖意。

直至炉火燃起，院中更添温暖热度。

"谢师妹嘱托过鸳鸯锅，我便选用了这两种汤底。"

汤汁以鼎装盛，鼎下火苗正旺，鼎中汤底烧开沸腾，咕噜噜冒着热气。

晏寒来睨向身前的浅色汤锅，听闻"谢师妹"三字，静默抿唇。

她居然记得他那句"少辣"。

"这边的鸡汤菌菇锅口味偏淡，由鸡肉、枸杞和各类蘑菇熬制多时，吃起来绝不会索然无味。"韩啸行耐心介绍，"另一边的辣锅用了牛骨，算是中辣程度，如果觉得味道不够，大可蘸一蘸染杯。"

古代将调味品统称为"染"，他口中的"染杯"，类似于调味碟。

谢星摇被馋得迫不及待，搓搓冰凉手心，用力呼吸一口浓香热气。

两边锅底都被熬制得十足入味，白烟徐徐，杂糅了菌菇鲜香、牛骨醇香与浓郁辣香，在天寒地冻的环境里，能让整个身子都为之一振，浑然复苏。

吃火锅就应该热热闹闹，一群人聚在一起，空气顿时不再冷冽。谢星摇夹起一块毛肚，满心期待地放入辣锅。

毛肚只需烫几秒就能捞出，被筷子轻轻夹住，溢开满满当当热辣滚烫的红油。

放入口中，舌尖能感受到表皮清晰分明的点点颗粒，牛骨汤汁裹着嫩肉，牙齿咬下，辣而不燥的浓郁香气倏然散开，毛肚本身则是脆爽鲜嫩，口感绝佳。

谢星摇双手合十："好吃，幸福，脆得好像能听见'嘎吱嘎吱'声。"

月梵看得蠢蠢欲动，没忘了时刻保持矜持雅致，扬唇笑笑，夹起一块麻辣牛肉。

牛肉被提前腌制过，辣椒的气息早已渗入其中。如今被汤汁浸满，入口顺滑醇厚，丝毫不因辣味呛喉，滚烫，入味，又香又麻，一口满足。

月梵一阵恍惚："天堂……不对，这里是云顶仙宫。"

"奇怪。"意水真人顺势喝口桃花酒，目光往下，盯住角落里的不明白色团状物，"这是什么？"

"此物名为虾滑。"温泊雪道，"原料是剁碎的虾仁，揉成团状。"

他说着伸出筷子，在锅中寻出一个煮好的成品，放入师父碗中："味道很好的，师父您尝尝。"

小老头一生见过无数大风大浪，这会儿却对着一个白色小团发呆，好奇地将它夹上筷子，低头打量一番。

修真界并非没有火锅，然而食材大多是家常菜，锅底更不如今日这般精巧别致，不过是把辣椒、香油与调味品煮进一锅。

意水真人张口，将它一口吞下。

虾滑是由虾去壳，经过打碎搅拌，形成最终的团状肉末。

与寻常肉类的口感相去甚远，虾滑肉质紧实，弹性绝佳，入口瞬间携来一阵鲜甜，被咬开的刹那，爆开香浓汤汁。

黏而不腻，弹而不硬，软软糯糯的触感弥散舌尖，尽是饱满虾仁。

意水真人一阵恍惚，双手合十："好吃，幸福，这里是云顶仙宫。"

"别拘束，大师兄做菜很厉害的。"眼见云襄吃得小心，谢星摇轻声笑笑，为她夹去一份鸡爪，"我刚刚尝过，这是卤制出来的鸡爪，被火锅一煮，味道非常棒。"

云襄点头。

鸡爪被煮了好一会儿，此刻已然吸满汤汁。她好奇地咬下第一口，不过转瞬，双眼粲然亮起。

鸡爪大只，格外软糯，无须任何气力，轻轻一抿就能令其骨肉分离。经过卤制，肉上处处沁满了微辣的卤味，辅以香油、蒜末、牛骨汤，口感层层递进，妙不可言。

云襄一阵恍惚，双手合十："好吃，幸福，这里是云顶仙宫，大师兄做菜真厉害。"

谢星摇：……不要变成和师父一样的复读机啊！

除却煮熟的食材，汤汁本身亦是火锅的一大特色。

牛骨汤里随处可见辣椒红油，谢星摇不敢轻易尝试，盛了碗菌菇鸡汤。

一口鲜香，热气迎面，五脏六腑皆被温温热热的气息裹住。

冷意尽散，谢星摇双手紧捧瓷碗，幸福眯眼。

也恰是同一时刻，余光瞥见身边的晏寒来。

他吃不了辣，又放不开动作，平日里随心所欲的一个人，这会儿默默坐在一边，夹鸡汤里的白菜吃。

谢星摇脑补了一下，白毛狐狸缩成一团啃菜叶的景象。

这幅画面着实委屈巴巴，更何况狐狸还是原文里杀人不眨眼的大反派，她一时没忍住，往上扬扬嘴角。

再眨眼，身侧的青衣少年竟伸出筷子，从辣锅中捞出一块土豆。

比起肉类，他似乎更喜素食。

晏寒来定是见到她面上微妙的神色，静默着张口，赌气般将其吞下。

土豆最能入味，尤其这块被煮了许久，堪堪入口便软烂化开。他吃得急，红辣辣的浓汤于口中轰然融散，刺鼻气息来得毫无征兆。

晏寒来垂眸，低头。

晏寒来侧过脑袋，重重咳嗽。

"晏公子没事吧？莫要逞强。"

韩啸行身为尽职尽责的男妈妈，先是递去一杯清茶，继而又拿起一块糕点。

想起自己冷酷凶戾的武痴人设，把即将出口的长篇大论竭力咽下，惜字如金："解辣。"

晏寒来哑声："多谢。"

火锅很能填饱肚子，吃饱喝足，自然到了饭后甜品的时间。

谢星摇兴致颇高，品尝起桌上摆放的各式点心，不消多时，为云襄递去一个圆嘟嘟的白色胖球："这个这个！"

她年纪不大，欢欣雀跃的神色尽数写在脸上，漆黑瞳仁里盛满火光，如同蜂蜜在悄然融化。

云襄安静与她对视，不自觉扬唇。

被谢星摇选中的点心名为"流心雪媚娘"，外层是冰凉轻软的糯米薄皮，轻轻咬开，液体状的蛋黄流心爆浆而出，甜咸交融，满沁凉丝丝的冷气。

云襄从未品尝过这种糕点，甜香透过喉咙直达心口，仿佛能将心中烦忧尽数融化，让她呆呆眨了眨眼。

"云襄。"

出神之际，身侧传来低低一声耳语。她循声看去，撞上谢星摇圆润漂亮的眼睛。

"你虽然没说，但是……"谢星摇没开口，用了只有两人能听见的传音，"从那场决战中活下来，一直努力到今时今日，辛苦你了。"

云襄一愣，下意识屏住呼吸。

"这句话你一定听过很多很多遍，我还是想再告诉你一次。"

红裙少女坐在同她近在咫尺的地方，一片雪花落在纤长眼睫，倏尔一颤，又温温柔柔地落下。

谢星摇说："你很好也很勇敢，无论作为大祭司还是云襄——我们一直知道。"

数百年过去，世人皆知那位舍身屠魔的须弥大祭司。而她隐姓埋名，彻底与过去切断了联系。

传说永传于世，而关于云襄，关于真正的她，似乎再无人记得。

直到谢星摇告诉她，他们全都知晓。

不必掩藏，不必隐瞒，他们曾共同经历过一切。

"对书院里的孩子们来说，你一定也是他们的英雄吧。"谢星摇笑笑，"时隔三百年，久违地再抱一抱？"

这次不必由她伸出双手。

话音方落，云襄已将她拥入怀中。

火锅升起的袅袅白烟温热暖和，与之相比，少女身体的热度却要更为舒适。

云襄声音很闷，化作低不可闻的耳语："我一直在朔风城，在等你们。"

谢星摇："我知道。"

抱住她的白裙姑娘似乎笑了笑，笑音清悠，在耳边生出温热的痒。

云襄轻轻说："谢谢你。"

一顿火锅加甜品吃完，云襄心满意足地摸摸肚皮。

谢星摇是活泼爱玩的外向性子，许是想要逗她开心，从石凳上猝然起身："今日重逢，没什么见面礼，不如给大家表演一个不用灵力的御风术吧。"

御风法诀不算困难，然而不用灵力，所需修为必然不低。

谢星摇的实力堪堪筑基，很难想象她能如何办到。若是旁人，定会对此置之一笑，云襄却满心期待地乖乖坐好，看她低头捣鼓半响。

"啥？不用灵力的御风术？"月梵吞下一口奶黄包，"这丫头又想整什么活？"

她说话的间隙，谢星摇已缓步踱向庭中的空地。

屋前聚有千堆雪，她轻呼一口气，像模像样地举起双手。

只一瞬——

当她抬手之时，雪堆竟当真被狂风卷起，随她手上的动作回旋纷飞，渐渐聚作旋涡之势，咆哮如闷雷！

云襄新奇眨眼，兴致勃勃地用力鼓掌。

月梵与韩啸行默默对视，不约而同地望向庭院角落。

除了谢星摇，赫然有另一道人影立在阴影之中。

乍一看去，少女裙裾纷飞，红衣似火，狂风循着她的手势奔腾流转，好不威风。

恍然定睛，这才发现温泊雪正默默站在角落里，手里拿着个鼓风机。

说白了，就是利用鼓风机吹雪，外加模仿老年人打太极。偏生云襄看得乐和，掌声没停过。

"可恶。"月梵沉痛咬牙,艳羡非常,"被她装到了。"

"我这里也有些独门法诀。"韩啸行被勾起兴趣,不甘示弱,"云姑娘且看。"

他听谢星摇讲过云襄的故事,心觉一个女孩无依无靠漂泊百年,定然吃过不少苦头,思忖片刻,手心白芒骤亮,现出一盒流心蛋黄酥。

"给书院里的孩子。"冷淡的刀客正色开口,"他们喜欢吃什么?"

云襄受宠若惊,小心翼翼应声:"那个……甜味点心,还有凉凉的小吃。"

"你们大师兄好容易心软。"月梵悄悄传音,"我记得他有个外号叫'冷面修罗',又做饭又送点心,不会崩人设吧。"

另一边,韩啸行已掌心倏动,转眼之间,身前变戏法般现出几盒雪媚娘、几盒抹茶千层、几盒奶油蛋糕。

以及几包袋装冷面。

谢星摇:"就……字面意义上的,冷面修罗。"

"在下储物袋中蕴藏万物,人们都叫我——"韩啸行牢记人设,自凶狠强悍的脸上勾起一抹冷笑,不似安慰,更像杀手见到猎物时的欢欣,"哆啦韩梦。"

"你们大师兄,"月梵倒吸一口冷气,捂住冰凉双臂,"好擅长讲这种连冷笑话都不算的烂梗。"

一旁的温泊雪满眼崇拜,狠狠握拳:"可恶,被他装到了。"

"既然气氛到了,我也来为大家表演表演。"月梵爱凑热闹,起身一笑,"看好了。"

她说罢稍扬下巴,手中白光乍起,现出一块其貌不扬的长板。

修真界土著从未见过此物,谢星摇等人却是一眼认出——

滑板。

"对哦。"温泊雪恍然拊掌,暗暗传音,"差点儿忘了,《卡卡跑丁车》里,有滑板娱乐赛。"

今日大雪满山,毫无疑问,是一出属于月梵的主场狂欢。

院落后方就是一座小山,她登上山巅,顺着山腰直行而下。

滑板带出两条蜿蜒雪线,飘移、加速、跳跃、半空旋身,每个动作都拿捏得恰到好处,行云流水,令人惊叹连连。

云襄看得入迷,不时发出几声惊呼。

韩啸行咬牙:"可恶,被她装到了。"

他说罢一顿,目光往左,好奇地看一看沉默的温泊雪。

整活大赛,名额只剩下最后一个。

温泊雪怔怔与他对视。

温泊雪:"不如……我也来试试?"

《人们一败涂地》,人畜无害的解谜游戏。

当温泊雪拿着月梵的滑板登上山峰,有些拘谨地深吸一口气,朝众人遥遥挥一挥手。

谢星摇坐在云襄身侧,看他放下滑板,双足踏上。

不得不说,橡皮泥小人的柔韧性一流。

温泊雪对雪地滑板并不熟悉,好在这具身体学习过御器飞行,加之有游戏傍身,他虽生涩笨拙,动作却称得上如鱼得水。

但见雪屑飞洒,白衣青年的身影时而跃起,时而跳跃,时而于半空旋转七百二十度,完完全全超出人体生理极限,云襄目瞪口呆。

一切进行得恰到好处,滑板顺势而下,温泊雪亦是愈来愈近。

远处的人影即将跃下一个陡崖,顺利回到他们身边,月梵咬下一口点心,忽然迟疑传音:"对了,我忽然想起来,在《人们一败涂地》里,倘若从高处坠落,是不是会回到存档点?"

谢星摇后知后觉,同样一呆。

作为一款和谐至上的解谜游戏,橡皮泥小人一旦坠落,不会摔死,只会重新读档,回到一切开始的地方。

温泊雪的存档点是——

他有存档点吗?

在场三人纷纷沉默,不约而同地望向远处那片苍茫雪色。

当滑板自陡崖落下,旋转着的橡皮泥小人,忽然停下了动作。

他已被判定为从高处坠落,相当于游戏终止,动弹不得。

眼见温泊雪四肢绵软如泥,从陡崖轰然落下,意水真人骇然惊呼:"我的乖徒!"

眼见滑板砸向温泊雪的脑袋,韩啸行冷声蹙眉:"不好,滑板在滑温师弟!"

是人是鬼都在秀,只有泊雪在挨揍。在即将落地的瞬间,温泊雪身形一晃,回到了陡崖顶端——

由于从未设置存档点,他的存档点,被默认为开始坠落的那一霎。

眼见橡皮泥小人开始新一轮的坠落,谢星摇飞快编出借口,用以解释这幅诡异景象："温师兄，你瞬移咒用错了，别往上走！"

月梵："哈哈哈，这叫什么，让橡皮泥飞。"

眼见一伙人心系于他，纷纷出谋划策，云襄有感而发："你们师门关系真好。"

雪白身影又一次自山头跌落，意水真人痛心疾首，以手掩面："我的乖徒！"

韩啸行咬牙："不好，滑板又在滑温师弟！"

谢星摇加大音量，希望能让他听见："温师兄，你瞬移咒用错了，别往上走！"

月梵："哈哈哈，让橡皮泥飞飞。"

紧随其后，又是一轮新的坠落。

意水真人：他快忍不住了。

意水真人遥望四肢瘫软的小人，嘴角略微抽动，白胡子被用力吹飞："我的乖徒。"

——你绝对笑出了声吧师父！发出了好奇怪的声音！

韩啸行拿起一块小点心，竭力克制嘴角笑意，将点心塞入口中："不好，滑板还在，呵，滑温师弟。"

——已经开始幸灾乐祸了啊你这坏家伙！

谢星摇："温师兄，你瞬移咒用错了，别往上走！"

——所以快用瞬移的术法离开陡崖啊温泊雪！

月梵："哈哈哈，让橡皮泥飞飞飞。"

月梵没心没肺，从头到尾笑个不停；晏寒来无言静坐，看似无悲无喜的世外高人，实则嘴里吃着小甜包。

这回云襄沉默了好一会儿。

面对此情此景，她似乎无法再说出"你们师门关系真好"这句话。

云襄思忖半晌，正色握拳："可恶，被他装到了！"

谢星摇身心俱疲。

夸得很好，下次不要再夸。

他们一群人，既不炫酷也无仙门风范，活像游戏里卡了Bug（漏洞）、不断重复对话的抽风NPC（非玩家角色）。

小阳峰，指不定有什么毛病。

绿蚁新醅酒，红泥小火炉。

北州的生活固然惬意，然而搜集仙骨事不宜迟，待得明日，一行人便不得不回凌霄山。

临别前夜，谢星摇和小伙伴们爬上高高房檐，坐在堆满雪花的檐角，同云襄你一言我一语地说话。

月梵双手撑在身后，仰面望着天边一轮昏黄月亮："你受了致命伤，身边又没有可以依靠的人，最初那几年，一定很不好过。"

"那已经是三百年前的事情了。"云襄笑，"现在的我很开心啊。书院建得很顺利，学生们很听话，火锅也很好吃。"

谢星摇双手撑着腮帮，小腿凌空，随心所欲晃了晃："今后呢？你打算怎么办？"

"先把这批孩子教到出师。"云襄踌躇满志，弯弯眼角，"至于更远的事情，以后再考虑吧——说不定会去修真界各处逛一逛，看看除了北州雪景，还有哪些漂亮的地方。"

她说罢扬唇，小半边脸埋进双臂，侧着头眨眨眼睛："我们还会再见面吧？"

"当然啊！"温泊雪率先抢答，"等我们集齐仙骨，完成师门交予的任务，就能随心所欲四处游历了。"

月梵点头："到时候咱们一起去修真界探险，肯定特有意思。"

谢星摇举起右手："再加一个，吃遍修真界美食！"

月梵莞尔，伸手戳戳她的额头。

"那就这么说定了。"谢星摇被戳得一个后仰，满心期待地摸摸脑袋，"顺便带上一个大师兄，这样一来，吃穿住行样样俱全。"

云襄当人师父久了，也在她额头轻点一下，笑得无可奈何："可不能只顾贪玩。"

初次见到她时，云襄不过是个懵懵懂懂的小姑娘，亦步亦趋跟在他们身旁。

再见面，谢星摇反倒成了被照顾的那一个。

漫长光阴匆匆逝去，曾经熟悉的一切尽数生了变化，万幸，亦有一些未曾改变的人与事。

"知道啦。"谢星摇笑笑，望向身侧那双澄亮清透、不见杂质的杏眼，尾音稍扬，带出点儿调笑味道，如同一只恶作剧的猫，"云襄师父。"

他们几人一夜无眠，叽叽喳喳到了第二日天亮，当意水真人备好的飞舟赶来时，个个皆是意犹未尽。

"好了好了，又不是生离死别，至于吗？"白胡子老头立于飞舟前，被灵力吹起耳边白蓬蓬的乱发，"写信、传音、传讯符，哪个手段不能随便用？"

谢星摇脚步轻快，小跑来到他身边："嗯嗯，知道啦师父，师父说得对。"

意水真人哑然失笑："就你嘴乖。"

他们与云襄做了再见面的约定，离别时便也不会太过感伤。

飞舟缓缓升空，身着白裙的姑娘站在房檐上，对上谢星摇的目光。

谢星摇向着窗外探出脑袋，同她用力挥手道别。

四面八方尽是雪白，放眼望去，唯有云襄的乌发于风中扬起，点缀出一抹格格不入的黑。

这抹黑色起初极为显眼，然而随着飞舟愈来愈高，渐渐缩成一片雾影、一缕泼墨、一个越来越小的黑点，直至最后融入背景里头。

取而代之的，是另一幅更为广阔的画卷。

立于穹顶之上，大半个朔风城尽收眼底。

积雪的房屋好似白玉雕砌，群山逶迤，蜿蜒不休，山巅有杳霭流玉，不知是云是雪，还是晨间尚未褪去的雾。

"这个飞舟，应该值不少钱吧。"月梵四下打量，由衷感慨，"意水真人，真人不露相——我还以为要和来时一样，靠自己御器飞行呢。不愧是仙家大能，排场就是不一样。"

谢星摇深有同感，闻言点头："怎么说呢……类似于乘坐一架私人飞机。有生之年，这种事情居然能被我遇到。"

晏寒来最后登上飞舟，仍是一副懒洋洋的冷然神色，然而细细看去，少年目光无声掠动，流连于窗边浩荡之景，隐有几分好奇。

他独自在外漂泊久了，习惯于简洁方便地御器飞行，或许是头一回登临飞舟。

飞舟共有三层，第一层形如主厅，宽敞明亮；顺着角落里的木梯往上，则是一间间排列整齐的客房。

意水真人曾痴迷过一段时间的物质享受，飞舟中随处可见雕栏画栋、罗帷彩绣，显而易见价值不菲。

"飞舟有三层。"月梵扬眉道，"第三层是什么？"

大师兄韩啸行搜寻一番记忆，眼角微抽："我们师父的酒窖。"

逍遥酒中仙，不愧是他。

"客房已经分好，你们好好休息吧。"

他们窃窃私语间，不远处的白胡子老头一展长袖，已然到了木梯口。

"为师先行一步。"

"这是喝酒去了。"谢星摇无奈地笑笑，"三层皆是千金难求的名酒，是师父的八成身家。"

她昨晚一夜没合眼，加之数日以来操劳奔波，这会儿难免有些发困。

倒是温泊雪、韩啸行和月梵对飞舟兴趣十足，正立在窗前遥望漫天云卷云舒，丝毫见不到疲惫之色。

谢星摇与三人暂时道别，打了个哈欠走上了楼梯。

她行得缓慢，一边走一边端详头顶斑斓的彩绘，再一眨眼，身后突然现出一道漆黑影子。

谢星摇顺势回头，见到晏寒来。

他一声不响地跟在她身后，显然也要上楼回房，与谢星摇漫不经心的神态相比，眼中透出莫名的急躁。

与她对视的瞬间，少年不耐烦地别开视线。

"晏公子，"谢星摇敏锐地觉察出不对劲，刻意压低嗓音，"你……没事吧？"

他的状态似乎称不上"没事"。

晏寒来修为不低，平日里浑身上下的灵力被浑然聚拢，极少出现波动。此刻楼梯狭窄，置身于逼仄的空间里，能清晰地感受到他散出的混乱气息。

面无血色，瞳孔里也生出了几道通红血丝，与上次在医馆竹林里的模样如出一辙。

谢星摇试探性低声问："是连喜镇那回……"

晏寒来沉声："无碍。"他对此事避而不谈，少顷抬眼，极快地瞥她一眼，"上楼。"

谢星摇没再追问，心里明白了个大概。

他应当是生病或中了毒咒，毒性沁入血脉，不时发作。晏寒来性子孤僻，自尊心强，必然不想让其他人见到自己狼狈的模样，因而匆匆上楼，欲图回房熬过毒发。

如今她站在原地，是挡了他的道。

谢星摇自觉靠向墙角，为他留出一条通路。

平心而论，她不想和晏寒来扯上关系。

谢星摇完完整整地看过原著，原文里的主角团从头到尾对他真心相待，到头来还是落得一场空，被猝不及防盗去仙骨，目睹了一场大屠杀。

晏寒来像是一块焐不热的石头，打从一开始，接近他们就是别有用心。

至于后来，也从未有过悔改。

但转念去想，晏寒来身上，有太多太多他们从不了解的秘密。

关于他的满身旧伤疤，目力甚至远不如平民百姓的眼睛，以及不惜身死，也要屠灭那个南海仙门的目的。

他一向冷静自持，绝不会做冲动之事，从头到尾苦心谋划，莫非当真只是如原文所讲那般，"生性嗜杀，妄图掀起血雨腥风"吗？

近在咫尺的青衣同她擦身而过，谢星摇垂眼，见到他战栗的指尖。

谢星摇觉得……或许不是。

那夜住在卖画的婆婆家里，她夜半未眠，曾无意间望见晏寒来递给老人一袋灵石，让她买些防寒的厚衣。

他生性别扭，做好事也悄悄摸摸，避开了他们所有人，连说话声音都压得很低。

谢星摇当时想，这狐狸好怪。

……后来在飞天楼的地下，也是晏寒来及时赶到，为她解开追踪术法，明明在那般昏暗的环境里，他什么都看不清。

就当是还他那日的恩情。

她忽然之间脑子一抽："晏寒来。"

她很少直呼旁人名姓，少年闻声微怔，本打算不做理会，却听谢星摇继续道："我能帮你。"

他的状态像是极寒下的风寒发热，上次由她注入一些暖和的灵力，不适之感才褪去许多。

如今身处北州，凛风朔雪天寒地冻，晏寒来的症状恐怕比之前更加严重。

谢星摇出于好心，对方却并不领情，迈步向上："不必。"

"现在独自回房，继续用刀划手腕？"她下意识地皱眉，拉住少年的手臂，"这是何种病症？凌霄山医修众多，若能向他们告知一二，或许可以找出……"

一句话没来得及说完，晏寒来浑然顿住，谢星摇亦是一呆。

他不知中了什么毒或咒术，身子止不住轻颤，被她触碰到的那一霎——

谢星摇欲言又止，右手僵住，静悄悄松开。

被她触碰到的那一霎，少年额角碎发倏然翘起，定睛看去，头顶赫然现出两只毛茸茸的雪白色耳朵。

狐狸耳朵，孑毛了。

糟糕。

她真没想过，此时此刻的晏寒来会敏感成这样。

这究竟是什么稀奇古怪的毒咒啊？

谢星摇做贼心虚，奈何今日运气不好，她堪堪松手，便听楼下的月梵好奇地道："摇摇？你和晏公子怎么了？"

他们三人显然听到了动静。

楼道狭小，昏暗无光，晏寒来的气息混乱而滚烫，几乎将整个空间悄然填满。突如其来的问询清脆而张扬，更衬得楼道之中静谧非常，紧随其后，是几道越来越近的杂沓脚步。

晏寒来呼吸更乱。

谢星摇看一眼雪白的狐狸耳朵，上前一步，掌心不动声色地贴在他脊背上。

温热的灵力轻盈漫开，自脊骨淌入五脏六腑，少年眸色沉沉没出声，须臾间，苍白面色有了一瞬缓和。

狐耳绒毛轻颤，恢复成人形模样。

下一刻，月梵、温泊雪和韩啸行出现在楼道口。

"没什么，聊聊天而已。"谢星摇笑笑，神色如常，"我先回房休息啦。"

月梵没看出不对劲，扬唇笑道："晚安！"

他们三人来得快去得也快，不消多时告别离开，继续享受大师兄准备的飞舟甜点。

谢星摇松开放在他后背的手心。

于是暖意倏然褪去，不适感又一次裹挟全身。青衣少年长睫一动，破天荒露出点儿茫然的神色。

他睁着一双漂亮的琥珀色眼眸，眼尾残存了温热的余烬，置身于漆黑楼道间，眉眼好似被水濯洗后的黑曜石，凛冽却狼狈。

谢星摇被这道眼神看得一顿，试探性开口："……还想要吗？"

不对，这句话听起来很不对劲。

她很快重新组织语句："就当退毒疗伤。"

可惜她没能得到回答。

没了渡来的灵力，晏寒来再无法支撑形体，眨眼之间，变成一只小小的白毛狐狸。

在狐狸骨碌碌滚下楼梯前,谢星摇将其揽入怀中。

晏寒来条件反射地想要挣扎,奈何浑身上下难受得厉害,沉默片刻不再动弹,别开眼不去看她。

楼道里并不安全,随时可能会被另外几人发现,谢星摇放轻脚步,飞快进入房中。

怀里的白狐狸身形微僵,垂下脑袋。

这个动作来得微妙,谢星摇先是一愣,很快猜出对方的心思——

修真界同样讲究男女有别,按照规矩,女子卧房不能随意进出。

身为狐狸也这么古板,居然牢牢记下了这一套,对她住的房间如此避讳。

"让我看看。"谢星摇坐上桌边木椅,微微斜倚一侧,掌心灵力暗涌,"这病症……"

灵力无形,穿过绒毛直浸血肉,于血脉之中悠悠前行。

她小心翼翼动作,无言地蹙起眉心。

真奇怪。

除了时冷时热,晏寒来的血脉并无其他异样,她引出的灵力几乎蔓延至全身,却始终找不出病症的源头。

再往深处,便是身体中最为重要的灵脉与识海。

这两处位置隐秘而脆弱,是外人不便触及的禁区。

她心知逾越不得,更何况晏寒来的识海被下了重重禁制,显然不愿让人靠近。

莫非源头……在识海之中?

谢星摇暗暗思忖。

身体里寻不到病灶,不像先天形成的疾病,应是被人刻意种下了毒咒。将咒术深深印入识海,发作之时求生不得求死不能,手段可谓残忍至极。

"当真不用问问凌霄山的医修前辈吗?"掌心按住狐狸后脊,她迟疑道,"你这种样子……毒咒不除,日日蚕食心脉,身体支撑不了太久。"

晏寒来恹恹摇头。

他有意隐瞒,谢星摇便也不再追问,手心灵力缓缓凝集,溢散出更为浓郁的热度。

晏寒来极瘦极高,平日里一袭青衣有如云海青松,这会儿化作狐狸模样,亦是瘦削的身形。

像只懒散的白猫,只不过绒毛更多更长,尾巴大大一团,如云朵一般蜷在身后。

他对旁人的触碰十分抗拒,身体不时轻轻颤抖,偶尔被灵力掠过后颈,还会不动声色地僵起身子,摇摇耳朵。

浑圆精致的毛茸茸小物,谁看了不会心动?

谢星摇爱好不多,高中时倘若学得心烦,会去学校附近的猫咖坐一坐。

她对小动物毫无抵抗力,如今白团子在怀,鼓起勇气开口:"晏公子。"

无事献殷勤,非奸即盗。

体内难忍的剧痛尚未褪尽,晏寒来迷迷糊糊撩起眼皮,果然听她继续道:"耳朵,我能摸一摸吗?"

不行。

绝!对!不!可!以!

小白狐狸双耳倏动,正要摇头,对方的指尖已悄然而至。

狐狸耳朵薄薄一片,外侧生满蒲公英般的浅浅绒毛,往里则是单薄的皮肉,泛出瑰丽浅粉色。

被她指尖轻轻下压,晏寒来骤然埋下脑袋,尾巴不自觉地用力一颤。

狐耳极软,在指尖的力道中柔柔下叠。谢星摇食指摸着耳朵尖尖,拇指则顺势向下,掠过顺滑的耳后绒毛。

软软的,好烫。

被她抚摸的时候,还变得越来越红。

她得寸进尺,讨好似的捏捏耳朵:"晏公子,再往下一点,可以吗?"

晏寒来烦死她了。

少年自尊心强,体内毒咒是他难以启齿的耻辱,此刻这般狼狈至极的模样,从未让任何人知晓。

没承想突然之间被人窥见了秘密,那人还是谢星摇。

毒咒在他体内滋生已久,多年过去,剧痛、极寒与极热于他而言,尽是习以为常的家常便饭。若是实在无法忍受,那便划开皮肉,利用疼痛转移注意力。

无论多难受,一个人总能熬过去。

谢星摇提出帮忙,他本应拒绝的。

抬眼便是少女纤细白皙的脖颈,晏寒来默默垂眸,心中更生烦躁。

然而当谢星摇将他抱起,在满心羞耻之中,他不知为何感到了一丝茫然。

——脑子里一片空白，不知应当去想什么、去做什么，原本令少年十足抗拒的触碰，忽然变得不再那样让他厌恶。

甚至连抱住他的人，也……

晏寒来止住更多的念头。

他一定是被毒咒蒙蔽了心神，才会生出如此荒诞的思绪。

回过神时，谢星摇的掌心已到了后颈处。

比起她在落灯节买下的那盏胖狐狸灯，晏寒来四肢细瘦，双目狭长，少了几分憨态可掬，更多的是矜贵秀美、动人心魄的漂亮。

手指捏两下后颈，狐狸顿时缩起瞳仁，尾巴在身后胡乱扫了扫，肉垫紧紧压住她的手臂。

与此同时，房中响起少女含笑的嗓音："晏公子，我继续往下啦。"

怀里的灵狐又软又小，仿佛稍稍用力就会碎掉。谢星摇不敢使劲，手心拂过后脊，来到尾巴。

晏寒来意识到她的用意，似乎抗议般动了动爪子。

红裙少女动作温柔，用食指对准大大一团绒毛，在顶端轻轻一戳。

然后又戳一戳。

谢星摇没忍住嗓子里的惊呼："呜哇。"

尾巴应是他浑身上下最为敏锐的地方之一，不过被碰了碰尾巴尖，整团绒毛便轰然参开。

粗略看去，真有几分像是超大豪华版的蒲公英。

猝不及防的战栗席卷全身，裹挟着几分令他心烦的羞耻。

晏寒来耳后发热，本应奋力挣扎，奈何连训斥她的气力也不剩下，只能沉默着把头压得更低。

转瞬，是耳根上越发滚烫的热意。

——谢星摇右手合拢，掌心柔软，将尾巴前端一股脑包住。

这种感觉古怪至极，更何况她手上还带着灵力。

他未曾被人这般触碰，尾端生出钻心痒意，灵力则顺着皮肉融进血脉，让骨血剧烈生热，舒适得如坠梦里。

有那么极短的一瞬间，晏寒来下意识半合双眼，欲图就这样沉沉睡去。

然而理智强迫他醒来，意识到这一切必须终止。

缩成一团的狐狸缓缓挪动身子，少年竭力出声："你……"

谢星摇:"怎么了晏公子？"

她一直用"晏公子"这个称呼，时时刻刻提醒着他，被拥入怀中的，并非一只与他毫不相干的普通狐狸。

这个念头滚烫如火，在他心头重重一灼。

"放开。"

沙哑少年音沉沉响起，狐狸用肉垫拍拍她的手臂，虽是凶巴巴的表情和姿势，却因力气太小，瞧不出丝毫威胁。

晏寒来心下更燥，正要开口，却窒住呼吸。

谢星摇许是觉得有趣，拇指抵住最为柔软的尾巴尖，靠住它悠悠一旋。

热气膨开，如有电流穿透狐尾，直达四肢百骸，他心口发紧，用力咬牙："我已经……"

一句话到此戛然而止。

客房寂静无声，北州的冷风全被挡在窗外，由于关着窗，四下只能见到飘浮着的幢幢倒影，静谧幽然。

两两沉默间，凶巴巴的狐狸伸出圆爪，在她小臂上凶巴巴一推，连语气亦是凶巴巴。

白狐狸圆爪轻抬，被刺激得咬紧牙关。

白狐狸："……嘤。"

这是在太过舒适的情形下，动物会不自觉发出的低鸣。

一个音节轻轻落地，不只怀里的白狐，连谢星摇亦是愣住。

方才那一声，应当不是幻听。

她本是存了戏弄的心思，然而毫无征兆地听得这道低鸣，一股没来由的热气径直蹿上耳根。

救命。

以晏寒来那种自尊心爆棚的性子，此刻定想将她杀掉。

心中纷繁错杂的思绪引出种种胡思乱想，谢星摇默默瞧他一眼，又慢吞吞移开视线，手足无措的间隙，不知应当把目光往哪儿放。

好一会儿。

晏寒来双目死寂如幽潭，静默半响，语气毫无起伏："放我下来。"

谢星摇这回听话许多，没嘲弄也没出言讽刺，乖乖把白狐狸放下。

晏寒来："多谢。我走了。"

他说罢便走，来到门边，才想起自己仍是狐狸的形态，直至心烦意乱默念法诀，青衣少年的身影才徐徐浮现。

"今日之恩，必当重谢。"

晏寒来语气淡淡，方要开门，忽听身后一声嘀咕："那个……"

他轻呼一口气，不耐蹙眉，没回头："怎么？"

"你，"谢星摇小声，"耳朵还没变回去。"

光影氤氲中，日光刺破云朵，透过纱窗映出少年背影。

他身形颀长，脊背挺拔，乌发略有凌乱，被高高束于身后。本是极为冷冽高挑的形貌，头顶两只耳朵却闻声一晃，被太阳照出浓郁绯色。

晏寒来抿唇，收好轻颤着的狐狸耳朵。

未等他再有动作，身后的谢星摇又一次迟疑出声："还有……"

晏寒来转头，极快同她对视："又怎么？"

直至此刻，谢星摇终于看清他的模样。

原本慵懒轻慢的狭长凤眼轻微上挑，尾端晕出淡淡薄红，眼中亦有通红血丝，眉目低垂，被日光勾勒出锋利轮廓。

十足好看，也有点儿凶。

"就是。"谢星摇轻咳一下，声音更小，"本来没有的，收回耳朵的时候，尾巴又冒出来了。"

谢星摇举起右手发誓："你放心，我绝对守口如瓶，不会把今日之事告诉任何人！"

有点儿凶的少年人，沉默着低头。

在他身后，蒲公英般的绒球悠悠一动，比狐狸形态时更大更柔，似是觉得害羞，小心翼翼地蜷缩起尾巴尖尖。

晏寒来走得行色匆匆，只消片刻便关门离去，不见影踪。